LE DÉFI

De la même autrice

La Rumeur, Les Escales, 2020 ; 10/18, 2021
Qui le sait ?, Les Escales, 2021 ; Pocket, 2022

Lesley Kara

LE DÉFI

Traduit de l'anglais (Royaume-Uni)
par Clara Gourgon

LES ESCALES

Titre original : *The Dare*

Édition française publiée par :
© Éditions Les Escales, un département d'Édi8, 2022
92, avenue de France
75013 Paris – France
Courriel : contact@lesescales.fr

ISBN : 978-2-36569-671-5
Dépôt légal : janvier 2022
Imprimé en France

Couverture : Hokus Pokus créations
Mise en pages : Nord Compo

À Dawn, pour avoir fait
« La Promenade » avec moi.

PREMIÈRE PARTIE

« Des secrets silencieux, pétrifiés, trônent dans les palais sombres de nos cœurs à tous deux : des secrets lassés de leur tyrannie : des tyrans désireux qu'on les détrône. »

James Joyce

Elle avait installé un petit autel sur la commode de sa chambre. Une tulipe solitaire dans un vase en verre strié. Une bible illustrée pour les enfants ainsi qu'un bol d'eau avec des pétales de rose rouge flottant à la surface.

Elle a d'abord allumé une bougie puis un bâton d'encens. La fine volute de fumée gris-bleu dansait sous nos yeux, emplissant la pièce d'une odeur capiteuse qui faisait tressaillir mes narines.

« À présent, nous allons joindre nos mains au-dessus de la Bible », a-t-elle dit. Mon cœur s'est mis à cogner dans ma poitrine. « Nous devons promettre de n'en parler à personne. » Ses yeux ont brillé d'une lueur étrange. « Ni maintenant. Ni jamais. »

Je n'ai pas osé lui rapporter ce que ma mère m'avait dit un jour, que Jésus n'approuve pas les personnes qui prêtent serment.

« On commence ? », a-t-elle demandé. J'ai hoché la tête si fort que je me suis fait mal au cou. J'aurais signé mon nom en lettres de sang si elle m'y avait invité.

J'ai saisi la main qu'elle me tendait et ensemble nous avons scandé d'une voix solennelle et tremblante les mots qu'elle avait méticuleusement écrits sur un petit morceau de papier cartonné blanc. Puis elle a approché le papier de la flamme de la bougie et nous l'avons regardé noircir et se replier sur lui-même, avant de se consumer jusqu'à former un petit tas de cendre grise.

« Et maintenant nous allons enterrer les cendres dans le jardin. »

J'ai de nouveau hoché la tête et elle a recueilli les cendres dans la paume de sa main gauche, prenant bien soin de refermer les doigts dessus. Elle est sortie de la chambre et je lui ai emboîté le pas. Nous avons descendu les escaliers pour rejoindre la pièce du fond, puis nous avons traversé la pelouse jaunie par le soleil. Je la suivais de si près que nos ombres semblaient avoir fusionné. Je savais qu'il en serait toujours ainsi et que je serais toujours derrière elle. Où qu'elle aille. Quoi qu'elle fasse.

1

Alors
Jeudi 19 juillet 2007

Il y a deux raisons de célébrer cette journée. La première, c'est qu'il ne pleut pas. Cela faisait des semaines qu'il pleuvait et même si maman disait que c'était une bénédiction et que nous devions être reconnaissants envers Dieu pour chaque goutte qui tombait, elle aussi commençait à en avoir sérieusement assez. Hier, je l'ai surprise en train de dire à papa que Dieu avait été plus que généreux ces derniers temps. Merci bien.

La deuxième, c'est que c'est le premier jour des vacances d'été, autrement dit, de six longues semaines sans ÉCOLE.

J'ouvre la fenêtre de ma chambre et inspire une longue bouffée d'air. Alice et moi devons *absolument* aller sur « La Promenade ». C'est notre parcours préféré et nous l'avons emprunté tant de fois que nous en connaissons tous les repères : la porte des baisers, le passage secret à travers la haie, le petit cours d'eau avec sa passerelle branlante, le champ avec l'épouvantail qui ressemble à un cadavre attaché à un poteau, les rangées de peupliers, les six échaliers et pour finir, la ligne de chemin de fer où nous attendons toujours que le signal d'alarme se déclenche pour voir le train passer à toute allure.

C'est le moment que je préfère. Je crois que c'est aussi celui que préfère Alice, même si nous ne l'avons jamais véritablement avoué. L'une comme l'autre, nous disons que c'est notre promenade favorite parce qu'il nous faut deux heures pour aller et revenir, sans traîner ni se dépêcher. La durée idéale pour parler de tout ce dont nous avons à parler avant que nos jambes ne commencent à fatiguer et que nos estomacs ne se mettent à gargouiller. Mais au fond, nous savons toutes les deux que c'est notre promenade favorite à cause de la ligne de chemin de fer et de l'excitation quand on la traverse.

Je descends et compose le numéro d'Alice sur le téléphone de la cuisine. Je n'ai déjà presque plus de forfait sur mon vieux portable tout naze. C'est la sœur d'Alice, Catherine, qui décroche. Sans même me saluer, elle appelle Alice de sa petite voix de prétentieuse. Quel gros bébé, alors qu'elle a bien neuf ans de plus que nous ! Alice dit qu'elle a des « problèmes ». En tout cas, elle a assurément *un truc* qui cloche. Un jour, elle a même donné une grosse claque à Alice juste sous mes yeux. Tout ce qu'Alice avait fait, c'était de vaporiser une toute petite goutte de son parfum dans le creux de mon poignet.

Peu importe, je ne laisserai pas l'impolitesse de Catherine Dawson m'affecter aujourd'hui. J'enfilerai mon manteau en Téflon, comme maman l'appelle, celui-là même qui me vaut les moqueries de Melissa Davenport et des autres lorsque je le porte à l'école.

— On va sur La Promenade ? me demande Alice.

— À ton avis, pourquoi est-ce que je t'appelle ?

— Je prends le bus pour aller chez toi, dit-elle. À tout à l'heure.

Le cinquième échalier est différent des autres. Plus élevé. Mon pied glisse maladroitement sur le deuxième échelon dont le bord pointu vient s'enfoncer dans mon mollet. Alice fait semblant de n'avoir rien remarqué. Elle ne se moque jamais de moi. Jamais. Je suis là pour Alice quand sa mère reste clouée au lit à cause de sa dépression. Je suis là quand elle n'arrive pas à faire ses exercices de français ou quand elle se dispute avec sa sœur. Et Alice est là pour moi quand je fais une crise, ou quand Melissa Davenport et compagnie se fichent de moi, se tortillant dans tous les sens en roulant des yeux derrière mon dos.

Mais alors que je me redresse tant bien que mal, j'aperçois l'esquisse d'un sourire sur les lèvres d'Alice. Un sourire étrange qui semble vouloir dire : « Je sais quelque chose que tu ne sais pas. » Ce n'est pas la première fois que je la surprends ainsi depuis que nous sommes parties ce matin. Elle ouvre la bouche comme si elle allait parler, avant de finalement se raviser en se mordillant la lèvre, l'air soudain préoccupé.

— Qu'est-ce qu'il y a ? Tu allais dire quelque chose ?

— Oh, rien d'important, finit-elle par répondre.

Puis, après une longue pause.

— C'est juste que quelqu'un m'a dit un truc.

Elle rougit, et je devine immédiatement à qui elle fait allusion. Dave Farley. Il lui a certainement demandé si elle voulait être sa petite copine. Je ne suis pas sûre d'avoir la force de l'entendre si c'est le cas.

— Allez, dis-moi.

Alice pince les lèvres.

Je ressens les battements de mon cœur jusque dans ma gorge.

— Pourquoi est-ce que tu fais ta méchante ? Pourquoi est-ce que tu ne me dis rien ?

— Parce que je ne peux pas. Je ne peux vraiment pas.

Quelque chose d'horrible me retourne l'estomac au moment où elle me répond ça. Des meilleures amies ne devraient pas avoir de secrets. En tout cas pas l'une pour l'autre. Des meilleures amies se disent tout. Exactement comme nous.

Tout à coup, je déteste Alice Dawson. Je la déteste parce qu'elle me cache quelque chose. Parce qu'elle est jolie et qu'elle n'a ni lunettes, ni cheveux roux frisés et qu'elle ne fait pas de crises d'épilepsie. Je la déteste si fort que j'ai du mal à respirer.

Je l'accuse de n'être qu'une hypocrite – l'insulte suprême – et nous commençons à nous crier dessus. Alice se dirige vers l'échalier suivant et j'essaie de la suivre. Nous ne cessons de nous disputer pendant tout ce temps : moi hurlant des insultes dans le dos d'Alice et elle se retournant quelques fois pour me jeter des regards mauvais avant de repartir de plus belle. Lorsque nous atteignons le passage à niveau, nous sommes à court d'injures à nous envoyer à la figure.

Ce n'est pas la première fois que nous nous disputons et que l'une d'entre nous – généralement moi, pour être honnête – s'en va furieuse. Mais nous avons toujours fini par nous rabibocher. Même après la très grosse dispute du mois dernier. Mais cette fois-ci, c'est différent. Plus définitif.

Et c'est à ce moment-là que tout se met à scintiller devant mes yeux. Que le bleu du ciel et le vert vif de l'herbe et des arbres se mélangent pour ne plus former qu'un amas flou. Que seule la vibration de la voie ferrée me parvient. Le crescendo de ce son métallique emplissant ma tête d'un bourdonnement insupportable.

Tout ce que je sais, c'est que l'instant d'après, je me retrouve à côté de la voie ferrée, assise dans une flaque de ma propre urine, et qu'un train s'est arrêté un peu plus loin. Pourtant les trains ne s'arrêtent jamais ici. C'est au milieu d'un champ.

Je me sens complètement groggy. Où est Alice ? Que s'est-il passé ?

Puis j'aperçois l'une des manches de sa veste en jean prisonnière d'un buisson. Seulement… il n'y a pas que la manche.

Une bile chaude s'échappe de ma bouche et tout devient noir autour de moi.

2

Aujourd'hui
Mercredi 13 mars 2019

L'atmosphère de la pièce a changé. Peut-être est-ce dû au ton employé par le présentateur du journal télévisé. Ce ton grave annonçant une terrible nouvelle. Ou bien ce sont les mots prononcés eux-mêmes qui franchissent le semblant de barrière mentale que je m'étais forgé.

Mes épaules se raidissent. Un accident mortel sur un passage à niveau. Une petite fille.

Son visage apparaît sur l'écran avant même que j'aie le temps de détourner le regard. Un petit sourire effronté. Des fossettes au creux des joues. Elle n'avait que 11 ans. Deux ans de moins qu'Alice. Elle s'appelle Élodie. *S'appelait.* Quel joli prénom.

J'attrape la télécommande et éteins la télé, mais les images ne disparaissent pas pour autant, ni les mots qui tournent en boucle dans ma tête. Sauf qu'il ne s'agit pas des images qui se sont affichées à l'instant, celles montrant le passage à niveau entouré d'un ruban de scène de crime, les voitures de police et le visage solennel de la journaliste sur les lieux commentant l'accident. Ce sont des images qui ne m'ont jamais quittée, tapies dans mon esprit, pouvant se matérialiser devant mes yeux à tout moment, prêtes à me faire de nouveau sombrer.

Ross relève la tête, surpris.

— C'est trop, je lui dis. Toutes ces mauvaises nouvelles.

Il racle le reste de son œuf dur à l'aide d'une petite cuillère.

— Elle n'a probablement pas eu conscience de ce qui lui arrivait. Ses parents auront au moins ça pour se consoler. Même à basse vitesse, les trains déplacent une masse et une énergie telles que les corps se désintègrent immédiatement lors de l'impact.

Je me lève pour aller rincer ma tasse dans l'évier de la cuisine. J'ai la poitrine serrée, comme si mes poumons étaient pris dans un étau. Je voudrais lui demander s'il croit vraiment ce qu'il vient de me dire, si le fait de savoir que le corps de sa petite fille a été anéanti sur le coup apporte une quelconque *consolation* aux parents. Finalement, je laisse passer, parce que je ne veux pas avoir de conversation à ce sujet. Ni maintenant. Ni jamais.

J'essaie de ne pas y penser, mais cela m'est impossible. Une vie de plus fauchée en une fraction de seconde. Une famille de plus en deuil.

Ross me rejoint et me sourit d'un air penaud.

— Désolé, j'ai l'habitude d'être pragmatique.

Je secoue la tête en le regardant.

— Tu m'en diras tant.

Ce que Ross ignore, c'est que je sais exactement ce qu'il se passe lorsqu'un train entre en collision avec un corps. Je me suis renseignée une fois, il y a bien longtemps. Je n'avais pas pu m'en empêcher. Tout dépend de la vitesse à laquelle est lancé le train et de la position du corps ; s'il est debout ou allongé au moment de l'impact. Mais globalement, tous les organes vitaux sont écrasés et la plupart des vaisseaux sanguins explosent. Parfois le corps est projeté dans les airs. Parfois il passe sous les roues du train et finit réduit en miettes. Un amas d'os brisés. De chair broyée. De membres sectionnés.

J'avais besoin de savoir. Vraiment besoin. Et puis j'ai mis ces informations de côté pour ne plus jamais y penser. Tout au fond de mon esprit. Mais elles aussi sont toujours là, prêtes à ressurgir chaque fois qu'il arrive une tragédie impliquant un train. Et surtout, impliquant un enfant. Plus particulièrement une petite fille. Comme Alice.

Je cligne des yeux pour chasser l'image qui s'est matérialisée dans mes pensées et j'observe Ross qui se tient debout à côté de la porte de la cuisine, le regard tourné vers le jardin et les jonquilles qui se sont récemment frayé un chemin hors de leurs bulbes. Il porte encore son bas de survêtement et un t-shirt. Le soleil fait briller sa peau diaphane. Il émane de lui une sorte de malléabilité ce matin, et il pourrait très bien passer pour un étudiant, un vendeur ou un serveur derrière son bar. Dans moins d'une demi-heure cependant, il sera redevenu médecin généraliste, et aura déjà l'esprit tourné vers la journée à venir. Il incarnera de nouveau ce « pilier de la communauté », comme j'aime à l'appeler pour me moquer gentiment.

J'ai toujours l'intention de lui parler d'Alice – il est mon fiancé après tout –, mais j'ai le sentiment que ce n'est jamais le bon moment. En outre, si je lui en parle, il me posera certainement tout un tas de questions auxquelles je serais bien incapable de répondre.

« Prenez votre temps et racontez-nous exactement ce qui est arrivé. » C'est ce que la police m'avait dit. Peu importe le nombre de fois où ils m'ont demandé de le faire, ma réponse restait invariablement la même.

« Je ne sais pas. Je ne me souviens de rien. »

Plusieurs neurologues se sont succédé au fil des ans, m'expliquant que la mémoire n'a pas toujours le temps d'imprimer entièrement les événements précédant une crise. Parfois, je me demande comment je réagirais si ces souvenirs me revenaient d'un coup. Comme les pièces d'un puzzle se remettant enfin en place. Me permettant de redevenir moi-même.

D'autres fois, je me demande s'il n'est finalement pas mieux que je reste dans le noir.

Ross se fait couler un café.

— Au fait, j'ai parlé à ma directrice du poste à temps partiel à pourvoir à la réception. Elle m'a dit que tu pouvais lui passer un coup de fil si tu étais intéressée.

Je termine de débarrasser les restes de notre petit-déjeuner, soulagée qu'il ait changé de sujet.

— J'y ai réfléchi, je lui réponds. Je ferais peut-être mieux de chercher un travail à temps plein. Quelque chose de plus intéressant.

Ross fronce les sourcils.

— Tu es certaine que c'est une bonne idée ? Tu devrais te ménager.

— Justement, j'en ai *assez* de me ménager. Si je passe une journée de plus ici à ne rien faire, je vais devenir folle.

Si seulement j'étais allée à la fac et que j'avais décroché un diplôme, je serais peut-être parvenue à faire carrière à l'heure qu'il est. Mais j'ai raté tellement de jours d'école à cause de mes crises d'épilepsie que j'ai fini par passer mon bac avec deux ans de retard. Après ça, la dernière chose dont j'avais envie était de me lancer dans les études. Avec le recul, je regrette sincèrement d'avoir pris cette décision. Les seuls postes auxquels j'ai pu prétendre après le lycée se sont limités à de l'administratif ou de l'accueil. Je ne pense pas être capable d'occuper encore ce genre de poste et pourtant je me languis de travailler. Je repense à cette publicité vue dans le journal local il y a quelque temps, invitant à se rendre à la journée portes ouvertes de l'université de Greenwich. Et si j'allais y faire un tour pour me renseigner ?

Ross passe ses bras autour de ma taille et dépose des baisers dans le creux de ma nuque tandis que je fais la vaisselle. Ses mains remontent lentement jusqu'à ma poitrine et je secoue la brosse à récurer par-dessus mon épaule pour l'asperger d'eau savonneuse.

— T'es pas marrante ! », s'écrie-t-il en se frottant les yeux. « Quoi qu'il en soit, tu ne passerais pas tes journées ici à ne rien faire si tu prenais ce boulot au cabinet. En plus, tu aurais l'immense privilège de pouvoir te rincer l'œil chaque fois que l'irrésistible Dr Ross Murray ferait une apparition dans la salle d'attente.

Je laisse échapper un petit rire ironique.

— C'est ce que tu appelles un des avantages du métier ?

— Et comment !

— Sérieusement, dis-je. Le salaire est misérable. Tu l'as dit toi-même.

— Peu importe le salaire, tu ne crois pas ? C'est ta santé qui est en jeu. On s'en sortira très bien avec ce que je gagne.

Je soupire. Oh non, pas encore ça.

— Je me porte très bien, Ross. Je ne me suis jamais sentie en aussi bonne forme. Cela fait presque deux ans que je n'ai pas fait de crise majeure.

J'en parle rarement à voix haute car je ne voudrais pas m'attirer la poisse, surtout maintenant que j'arrive enfin à me construire une existence. Non pas que je sois superstitieuse. Pas vraiment. Ce qui ne m'empêche pas de toucher le plan de travail en bois pour mettre toutes les chances de mon côté.

Il m'arrive encore de faire de petites crises de temps à autre. D'avoir de brèves absences. Des moments si fugaces qu'ils ne me dérangent pas, pour être tout à fait honnête. Ce sont les autres qui ont tendance à les remarquer, pas moi. Je me mets soudain à battre des cils et je déconnecte l'espace de quelques secondes. C'est ce qu'on m'a rapporté, tout du moins.

— Tu es en aussi bonne forme parce que tu es détendue et que tu fais attention à toi, fait remarquer Ross. Tu ne dois pas trop forcer.

Je frotte les assiettes à l'aide de la brosse. Mes gestes sont vifs et brusques. Il a raison. Bien sûr qu'il a raison. Mon dernier emploi était une erreur. À l'époque, j'habitais toujours chez mes parents et devais prendre les transports en commun tous les jours pour aller en ville. J'avais refusé de les écouter. C'était trop pour moi, et j'étais au bord de l'épuisement. Mais à présent que j'habite à Londres avec Ross, il n'y a aucune raison que je vive la même expérience. Et puis mon traitement est tout juste équilibré pour m'épargner les grosses crises – celles qui me font perdre l'équilibre et me tordre dans tous les sens – sans pour autant me plonger dans un état second à longueur de temps.

— J'en ai plus qu'assez qu'on rapporte tout à mon épilepsie. Je ne suis pas invalide !

Ross me fait me retourner pour me regarder droit dans les yeux.

— C'est vrai. Tu es une femme splendide, sexy, et par-dessus tout aussi têtue qu'une mule.

Nous échangeons un baiser si long qu'une fois terminé, nous avons déjà oublié la raison pour laquelle nous nous disputions.

Nous nous sommes rencontrés dans un café de la petite station balnéaire de Dovercourt, près de Harwich, où mes parents se sont installés après la mort d'Alice. Il m'a bousculée et a renversé son café sur mes bottines en daim. Après s'être excusé une demi-douzaine de fois, il m'a offert un Coca et une galette d'avoine que j'ai aussitôt regretté d'avoir acceptée après avoir croqué dedans parce que les miettes se sont répandues sur la table et l'ont fait rire. J'ai pensé qu'il devait avoir à peu près le même âge que moi, alors quand il m'a dit qu'il avait la trentaine passée et qu'il était sur le point de boucler ses études de médecine, je suis restée sans voix.

Dès cet instant, il m'a donné le sentiment d'être quelqu'un de spécial, comme si j'étais la seule personne au monde avec qui il avait envie d'être. Je n'aurais pu rêver meilleur partenaire. Le coup de foudre a beau n'être qu'une fable romantique – et connaissant Ross, il parlerait plutôt d'un mélange d'hormones sexuelles et de neurotransmetteurs –, c'est pourtant ce qui m'est arrivé. Au point que j'ai cru que nos deux destins avaient convergé vers un seul et unique moment, celui de notre rencontre. Avec lui, mon cœur s'est mis à battre plus fort. Et c'est toujours le cas aujourd'hui.

— À quelle heure tes parents arrivent ? demande-t-il.

Je regarde ma montre.

— Ils doivent être sur le départ. Ils ont dit qu'ils seraient ici pour onze heures.

Ross hoche la tête.

— Pourquoi tu ne les emmènerais pas déjeuner dans ce nouveau restaurant à Blackheath ? *Chez Mario*, il me semble. La nouvelle infirmière praticienne nous en a dit beaucoup de bien.

Je le dévisage. C'est la deuxième fois qu'il parle d'elle cette semaine. L'image d'une jolie infirmière en uniforme bleu marine se forme dans mon esprit. J'imagine une petite blonde aux cheveux remontés en queue-de-cheval haute, en train de flirter avec Ross entre deux rendez-vous. Sa dernière petite amie était infirmière et je ne me fais aucune illusion sur le fait qu'elle n'a pas dû être la seule, surtout lorsqu'il était à la fac de médecine. Sortir avec des infirmières est un des risques du métier, avait-il plaisanté une fois.

Mais plus maintenant. Nous avons prévu de nous marier l'année prochaine. Nous nous sommes mis d'accord sur le fait que nous souhaitions prendre le temps de réfléchir au type de mariage que nous voulions tous les deux avant de nous organiser en conséquence. Je sais que mes parents auraient préféré qu'on se marie *avant* de nous mettre en ménage, surtout maman, qui est restée assez traditionaliste à ce sujet. Mais quand j'ai rencontré Ross, il était déjà en train d'acheter la maison grâce à une petite somme d'argent héritée de sa tante décédée. À l'époque, il nous avait paru beaucoup plus sensé de concentrer notre énergie sur cette acquisition plutôt que de nous imposer une source de stress supplémentaire avec l'organisation d'un mariage.

C'est une petite maison avec deux chambres au rez-de-chaussée et deux autres à l'étage, située dans une rue calme juste à la sortir de l'A201 entre Woolwich et Charlton. Le cabinet de Plumtree Lodge où travaille Ross n'est qu'à cinq minutes en voiture et il me suffit pour ma part de marcher ou de prendre le bus pour aller là où bon me semble. Il y a aussi un petit jardin. Certes, il se limite à une étroite bande de gazon infesté de mauvaises herbes, bordée par une clôture qui mériterait un sacré coup de frais. Mais peu importe, cela reste mieux que rien. La plupart des gens de mon âge vivent dans des locations, ou bien habitent toujours chez leurs parents.

Je regarde Ross à travers la fenêtre du salon tandis qu'il s'engouffre dans sa voiture et démarre. Puis je reporte mon attention sur les cartons toujours empilés contre le mur. Je devrais avoir le temps d'en défaire un ou deux avant que maman et papa n'arrivent.

Je rallume la télé, mais ils parlent toujours de cet accident au passage à niveau. Ou plutôt, ils en parlent *encore*. C'est tout le problème du journal matinal : toutes les infos sont répétées en boucle, surtout s'il s'agit de tragédies. Je tente ma chance en changeant de chaîne, mais le visage de la petite Élodie refuse de quitter mes pensées. Je me sens très contrariée. Je déteste quand ça m'arrive.

3

Le téléphone sonne, mais lorsque je décroche et salue mon interlocuteur, il n'y a personne pour me répondre. Seul un bruit étouffé me parvient à l'autre bout du fil. Fin de la communication. Moins d'une minute après, la sonnerie du téléphone retentit de nouveau.

— Coucou Lizzie, nous venons de sortir du tunnel de Blackwall. Nous arrivons dans cinq minutes.

Maman.

— Est-ce toi qui as essayé de m'appeler juste avant ? je lui demande.

Mais la ligne se met à grésiller et nous sommes contraintes de raccrocher. Qui d'autre cela aurait-il pu être ?

Je déambule de pièce en pièce, essayant de me représenter la maison à travers le regard de mes parents. Ils vont l'adorer, j'en suis persuadée.

Après avoir passé les vingt dernières années à bâtir leur existence autour de mon épilepsie, à me faire rencontrer des spécialistes d'un hôpital à l'autre, à attendre indéfiniment les résultats des examens et à écouter les différentes opinions des neurologues et des épileptologues, il leur a été difficile de lâcher prise. Ça a été difficile pour moi aussi, même si je mourais d'envie de voler de mes propres ailes. Mais ils ont tout de suite apprécié Ross. Sa profession y a joué pour beaucoup, bien sûr. J'ai perdu le compte du nombre de fois où mes parents ou d'autres m'ont fait savoir à quel point ils étaient soulagés de me savoir entre de « bonnes mains ».

Cette expression nous a toujours fait beaucoup rire, Ross et moi. À chaque fois que nous l'entendons, Ross lève les mains, paumes tournées vers le ciel, et fait bouger ses doigts de manière lubrique comme s'il allait se mettre à me tripoter. « Oh oui », a-t-il l'habitude de dire. « Tu ne peux pas être entre de meilleures mains que les miennes. » Il y a aussi des jours où elle m'agace plus qu'elle ne m'amuse. Comme si je n'étais qu'une petite chose fragile à garder sous cloche, car incapable de s'occuper d'elle-même. C'est peut-être une des raisons pour lesquelles je ne veux pas non plus me marier tout de suite.

À peine ai-je entendu le moteur d'une voiture vrombir devant la maison que je me précipite dehors comme une petite fille. Je suis surprise qu'ils aient trouvé à se garer sans aucune difficulté. Ross doit parfois pousser jusqu'au bout de la rue avant de tomber sur un emplacement libre. Je les regarde sortir de la voiture. À les voir chargés ainsi, on pourrait croire qu'ils s'apprêtent à passer plusieurs jours ici. Maman ploie presque sous le poids des sacs en plastique qu'elle porte à bout de bras tandis que papa ouvre le coffre où attendent visiblement plus d'affaires encore.

Je descends la petite allée du jardin pour les accueillir, heureuse que leur visite coïncide avec cette belle journée de printemps, où tout paraît tellement plus lumineux et agréable.

— Comment diable se fait-il que vous soyez aussi chargés ?

Papa secoue la tête comme s'il n'y était pour rien et, pour être honnête, je n'ai aucun mal à le croire.

— Ta mère m'a demandé d'aller au loft vérifier s'il ne restait pas des affaires à toi. Et devine quoi ?

Il se penche au-dessus du coffre et en extirpe un énorme carton aux bords légèrement usés. Je réprime un soupir.

Comme si nous n'avions déjà pas assez de cartons à la maison.

— Je lui ai dit que tu ne voudrais probablement pas garder toutes ces bêtises, ajoute-t-il, mais tu sais comment elle est.

Ma mère se racle la gorge.

— Qui donc ? La mère Michel ?

Je dépose un baiser sur sa joue. Elle est aussi douce que le velours et je peux sentir l'odeur de sa poudre de maquillage sur sa peau. J'ai beau l'avoir quittée il y a à peine quelques semaines, elle me paraît déjà plus vieille et plus menue.

— Ce sont tes cahiers d'école, ma chérie, dit-elle.

Ses yeux s'assombrissent brièvement et mon cœur se serre. J'essaie de ne pas penser à mes études, dans la mesure du possible. Ces souvenirs finissent toujours par me déprimer et, pour la seconde fois ce matin, j'ai un mauvais pressentiment. La sensation d'une menace pesant au-dessus de moi, sur le point de s'abattre.

L'instant d'après, elle a repris son verbiage habituel et je m'en veux d'avoir été si mélodramatique.

— Ce sont principalement des rapports de projets et des bulletins scolaires. Ce genre de choses, reprend-elle. Ton père voulait s'en débarrasser, mais je lui ai dit que tu serais contrariée s'il le faisait sans t'en parler au préalable.

Je les invite à entrer dans la maison et ma mère se fige en poussant un cri d'émerveillement.

— Oh, Lizzie, cette entrée est superbe.

— Apparemment, on appelle cette couleur du « gris attentif ».

— Regarde-toi, une véritable experte en décoration d'intérieur ! s'exclame mon père après nous avoir rejointes, tout en s'empressant de déposer l'encombrant carton sur le sol.

Il se redresse en se massant le bas du dos. Au premier abord, on dirait qu'il n'a pas changé d'un cheveu – grand et élancé, vêtu de son pantalon chic et de sa chemise en flanelle à manches longues. La tenue habituelle. Mais en l'observant de plus près, je lui devine une fragilité nouvelle, à fleur de peau.

J'ai toujours pensé que c'était un avantage d'avoir des parents plus âgés. Ils semblent tellement plus gentils et calmes que les autres parents. Beaucoup plus disponibles aussi. Maman avait presque 44 ans lorsqu'elle m'a eue. Cela faisait des années qu'elle et mon père essayaient en vain d'avoir un enfant. Mais l'horrible vérité, c'est que je vais les perdre avant tous les autres.

— Eh bien, lance mon père en tapant dans ses mains.

Le bruit sec me sort brusquement de la sombre rêverie dans laquelle je m'étais égarée.

— Viens nous embrasser, ma puce. Et ensuite tu pourras nous faire le tour du propriétaire.

Sa barbe de plusieurs jours me chatouille la joue tandis qu'il se penche pour y déposer un baiser. Aussi loin que je me souvienne, il m'a toujours appelée « ma puce ». Cela ne me dérange plus autant qu'à l'époque où j'étais une adolescente rebelle. Plus rebelle que la moyenne, justement parce que toute forme de rébellion m'était interdite. Je n'avais pas le droit de sortir tard le soir, ni de boire de l'alcool parce que je risquais à tout moment de faire une crise et de me mettre en danger. Pourtant, certains des amis que j'avais rencontrés sur les groupes de soutien en ligne m'avaient dit qu'ils n'avaient pas hésité à faire les quatre cents coups au même âge que moi. Ils ont refusé d'écouter leurs parents et leurs médecins. Quant à moi, je n'ai jamais eu le courage d'aller aussi loin.

— Au fait, dit mon père, Ross a-t-il réglé ce problème de fuite ? J'ai emporté ma boîte à outils, au cas où.

Ce bon vieux papa. Toujours là pour rendre service. Ross est peut-être capable de diagnostiquer un cas de pleurésie ou de traiter une infection urinaire, il n'en est pas moins inefficace sur le plan des réparations domestiques. Avec lui, j'ai vite compris que de ce côté-là, je ferais aussi bien de lui demander d'envoyer une fusée sur Mars.

Papa nous conduit jusqu'à Blackheath Village, même si l'endroit n'a rien d'un village. Fut un temps, peut-être. Et je dois reconnaître qu'il émane de ce quartier une sensation de proximité, avec ses petits commerces, restaurants, ses marchés fermiers du dimanche matin et Hampstead Heath, son poumon vert. Avant de m'y installer, j'imaginais Londres comme une énorme cité tentaculaire, alors qu'elle est en réalité la conjugaison de centaines de petits quartiers, imbriqués les uns dans les autres et pourtant très différents. Blackheath est nettement plus gentrifié que Charlton ou Lewisham, par exemple. Et bien que je sois une nouvelle venue, je l'ai tout de suite remarqué, et pas seulement à cause des prix affichés sur les vitrines des agences immobilières.

Chez Mario associe parfaitement style et simplicité. Nappes blanches et serveurs aux tabliers immaculés, le tout dans une atmosphère néanmoins détendue, à la manière d'un petit café. Maman et moi commandons un petit verre de blanc tandis que papa s'en tient à l'eau pétillante. Je savoure chaque gorgée comme si c'était la dernière. L'alcool peut s'avérer l'élément déclencheur d'une crise, au même titre que la caféine ou les lumières clignotantes, sans parler du stress et de la fatigue. Autant dire que je profite toujours des rares occasions où je m'accorde un petit remontant. Je suis encore en train de me délecter de mon doux breuvage lorsque ma mère me dit :

— Ma chérie, ce carton que nous t'avons rapporté risque de faire remonter certains souvenirs...

Elle échange un bref regard avec mon père que je sens se raidir imperceptiblement. Nous savons tous à quoi elle fait référence, et c'est quelque chose dont nous ne parlons jamais. Tout du moins jusqu'à aujourd'hui.

Papa repose ses couverts sur la table et boit une longue gorgée d'eau avant de se lancer à son tour.

— Si cela n'avait tenu qu'à moi, je n'aurais pas apporté ce carton. Nous pouvons toujours le reprendre, tu sais. Ou même le jeter.

— Non.

J'ai répondu du tac au tac, peut-être un peu trop sèchement.

— Non, je répète plus doucement cette fois-ci. Vous avez bien fait. C'est drôle, mais je pensais justement à elle ces derniers temps. À cause de… cet accident.

Je revois le visage de la journaliste et le ruban de scène de crime flottant derrière elle. La photo de la petite Élodie en haut à droite de l'écran. Puis une autre image, monochrome et saisissante, vient se superposer à la première. Je porte le verre de vin à mes lèvres.

Ma mère hoche la tête.

— Nous nous demandions si…

— Quelqu'un veut un dessert ? interrompt tout à coup mon père en jetant un regard noir à ma mère qui s'empresse de nous faire part de son hésitation entre le tiramisu et l'affogato.

Je ne connaîtrai jamais la suite.

Plus tard dans l'après-midi, je les salue de la main alors qu'ils s'éloignent dans leur voiture, repensant à tous ces moments où les tentatives de conversation au sujet de ce qui s'était passé ce jour-là ont été avortées par un simple regard, un seul mot, ou encore un geste quasiment invisible à l'œil nu. À tous ces silences lourds de sous-entendus. Je rentre dans la maison et aperçois le carton que mon père a déposé dans le couloir de l'entrée. Aussitôt, une étrange sensation m'envahit. Comme un début de malaise.

Je rejoins le salon, incapable de ne pas penser au mythe de la boîte de Pandore. À ceci près que Pandore ignorait tout de ce que renfermait la boîte que Zeus lui avait donnée. Tandis que moi, je sais parfaitement ce que je vais trouver dans ce carton. Une sueur froide dégouline le long de mon échine à l'instant même où mes yeux se posent sur la pampille noire dépassant d'un livre. Il est grand temps que j'affronte mes démons.

4

Alors : après le drame
Vendredi 24 août 2007

Il fait bon dehors, mais à l'intérieur de l'église il fait froid et sombre. Je suis assise entre maman et papa, tout au fond, près de la porte. Nous ne voyons presque pas la famille d'Alice d'ici, seulement l'arrière de leurs têtes penchées. Par contre, nous les entendons parfaitement renifler et retenir leurs sanglots.

Je prends un livret de cérémonie dans le petit présentoir accroché au banc devant moi et l'ouvre sur mes genoux. Le papier couleur crème est rigide dans ma main. Un fin ruban noir court le long de la pliure du livret et se termine par une pampille noire. Un portrait d'Alice a été imprimé sur la couverture. Je garde les yeux rivés sur le nœud de sa cravate d'uniforme scolaire car il m'est trop difficile de regarder son visage. Non, pas difficile, impossible.

M. Davis, le principal, et plusieurs de nos professeurs sont présents également. Ainsi que de nombreuses filles de notre classe, y compris Melissa Davenport. Elle et ses parents ont pris place à côté de M. Davis. Pourquoi sont-ils là-bas alors que nous sommes tout au fond ? Melissa n'était même pas copine avec Alice. Elles faisaient peut-être partie de la même équipe de netball, mais elles ne se fréquentaient jamais en dehors des séances d'entraînement et des matchs. Le truc avec Alice, c'est que tout le monde semblait l'apprécier.

Lorsque les porteurs remontent l'allée avec le cercueil, la mère d'Alice laisse échapper un terrible gémissement qui résonne jusqu'à la voûte de l'église. Un son si étrange qu'il me retourne l'estomac. Ma mère serre tellement les poings que les articulations de ses doigts ont viré au blanc. Elle se balance doucement d'avant en arrière. Mon père glisse son bras gauche derrière son dos et le mien. Je fais reposer ma tête sur son épaule et ferme les yeux, mais les larmes parviennent quand même à se frayer un chemin sous mes paupières et à couler le long de mes joues.

Je n'arrive pas à croire qu'Alice soit morte. Je *sais* que c'est le cas, bien sûr. C'est d'ailleurs la raison pour laquelle nous sommes tous réunis à son enterrement aujourd'hui, et que son cercueil se trouve au centre de l'église. Équipé de poignées dorées, il est recouvert de peluches et de poupées, comme s'il renfermait une petite fille et non une adolescente, et je ne peux pas m'empêcher de penser qu'elle en serait embarrassée.

Le pasteur prend la parole. Je me redresse et ouvre le livret de cérémonie posé sur mes genoux. En parcourant du regard la liste des chants et prières, je tombe sur la chanson préférée d'Alice. C'est celle que je préfère aussi. « Morning Has Broken ». Nous avions l'habitude de la chanter aux répétitions de la chorale. Nous y mettions tout notre cœur.

Lorsque les premières notes de la chanson retentissent enfin, j'essaie de chanter mais ma voix tremble tellement que je finis par me contenter de réciter les paroles en silence. Habitués des messes du dimanche, maman et papa chantent de tout leur cœur, et leurs voix résonnent dans l'église. Une ou deux têtes se tournent dans notre direction, mais je n'ai pas l'impression que ces personnes soient impressionnées par la ferveur de mes parents. L'une de ces têtes appartient à la sœur d'Alice, Catherine, et pour la première fois, j'aimerais que mes parents fassent *semblant* de chanter, comme moi, plutôt que d'attirer l'attention sur eux.

Les chants et prières sont entrecoupés de morceaux de musique enregistrés, sélectionnés par la famille d'Alice. Catherine a choisi « Come Some Rainy Day » de Wynonna Judd, et presque tout le monde se met à pleurer au moment de sa diffusion. C'est le genre de chanson qui vous fait fondre en larmes alors même que vous n'êtes *pas* malheureux. Alors imaginez un peu lorsque vous l'êtes déjà. Elle vous brise le cœur. Même papa a failli craquer. Je l'ai vu à la façon dont ses épaules se sont mises à trembler.

À la fin du service, seule la famille proche d'Alice est autorisée à se lever pour assister à l'inhumation. Je suis soulagée de ne pas avoir à y aller. Je n'aurais pas supporté de regarder le cercueil descendre sous terre. La vision de son corps brisé, enfermé dans cet espace obscur et étroit ne cesse de me hanter. J'essaie de ne pas repenser à ce que j'ai vu ce jour-là, accroché dans le buisson.

Je reste avec papa et maman près de la porte de l'église tandis que les parents et la sœur d'Alice se dirigent vers le cimetière. Catherine et son père ont pris place de part et d'autre de sa mère et la soutiennent par les bras. Elle semble si petite et si fragile, comme si Catherine et son père étaient les parents et Mme Dawson leur fille. Elle porte une jupe et une veste noires, ainsi qu'un petit sac et un foulard en mousseline de soie, noirs également. Je l'avais rarement vue aussi bien habillée. D'habitude, elle se contente d'un vieux survêtement ou d'une robe de chambre passée par-dessus un pyjama.

Lorsque les grands-parents puis les oncles, les tantes et les cousins d'Alice s'approchent de la tombe, je regarde fixement mes pieds. D'une certaine façon, il ne me semble pas correct de les observer. Mais n'est-il pas tout aussi incorrect de garder les yeux baissés ? Irrespectueux, même ?

Au moment même où je relève la tête, Catherine pivote et nous dévisage à nouveau, mes parents et moi. Exactement de la même manière qu'à l'église. Il y a quelque chose de délibéré dans sa façon de nous regarder. Je tente de me convaincre qu'il ne s'agit que du fruit de mon imagination et que son regard traduit simplement ce qu'elle n'est pas capable de dire avec des mots. Mais je me rends compte que ses yeux sont en fait rivés sur une *seule* personne. *Moi.* Son regard me transperce au point de me tétaniser sur place. Elle pourrait aussi bien me pointer directement du doigt en s'écriant : « De quel droit es-tu encore en vie alors que ma petite sœur est morte ? De quel *droit* ? »

Je me détourne et compte jusqu'à dix, en espérant que cette sensation d'étau dans ma poitrine disparaisse. Cette sensation qui me fait me poser la même question. Peine perdue. Catherine n'a pas bougé d'un pouce et continue de me fixer avec insistance. J'en viens à me demander si maman et papa ne s'en sont pas rendu compte, eux aussi. Mais ils sont visiblement trop occupés à garder leurs yeux rivés sur leurs chaussures.

Plus tard, alors que tout le monde s'apprête à se rendre chez les parents d'Alice pour la veillée, nous décidons de rentrer à la maison. Au moment où papa démarre la voiture, j'aperçois Catherine en train de discuter avec Melissa Davenport et les autres filles de ma classe. Elles se tiennent toutes par les épaules et pleurent à chaudes larmes. Une boule se forme au fond de ma gorge. Je devrais être avec elles, pleurer avec elles, compter sur leur soutien. Alice était *ma* meilleure amie, pas celle de Melissa. Lorsque nous roulons à côté du parvis de l'église, Catherine lève les yeux et darde une dernière fois sur moi son regard inquisiteur.

C'est comme si… elle savait que c'était ma faute.

Après avoir enterré les cendres dans le jardin, nous avons investi l'épais coussin en tissu de la balancelle, nos jambes nues ballottant dans les airs.

« Regarde », a-t-elle dit en pointant du doigt quelque chose en face d'elle. « C'est beau, hein ? »

Le soleil, majestueuse sphère rougeoyante, disparaissait derrière la ligne d'horizon. J'ai essayé de me convaincre de sa beauté, mais je n'arrivais à me représenter rien d'autre qu'un amas de flammes et de gaz, et une chaleur étouffante, insoutenable. Les nuages n'étaient pas blancs et duveteux comme dans les films. Non, ils s'étiraient en des formes irrégulières et étaient tachetés de violet et de rose. Le ciel offrait un paysage fantastique, presque menaçant, comme une mise en garde de Dieu lui-même. J'ai commencé à trembler rien qu'à y penser, et j'ai dû détourner le regard. Car je savais ce qui allait arriver.

Nous avons reposé sur ce fauteuil pendant ce qui m'a semblé être des heures, nous balançant doucement d'avant en arrière tout en discutant et plaisantant comme si rien n'avait changé, jusqu'à ce que l'obscurité s'installe et que nous commencions à avoir la chair de poule, jusqu'à ce que sa mère se matérialise à nos côtés à la manière d'un fantôme.

Il était temps pour moi de partir.

5

Aujourd'hui

Après le dîner, je m'installe dans le salon avec Ross pour regarder la télé, sans pour autant parvenir à me concentrer. Je ne cesse de lancer des regards vers le carton que maman et papa m'ont apporté. Papa avait raison. Ils auraient mieux fait de s'en débarrasser directement.

Je me sens coupable de ne rien dire à Ross au sujet d'Alice. Nous ne devrions avoir aucun secret l'un pour l'autre. Je sais qu'il y a une partie de son passé sur laquelle il n'aime pas particulièrement s'épancher – notamment toute la période qui a suivi le décès de sa mère –, mais il a au moins pris la peine de l'évoquer. De m'en donner les contours. Alors oui, il y a bien longtemps que j'aurais dû lui parler de cet événement majeur de mon existence ; du fait que ma meilleure amie est morte percutée par un train et que j'ai été témoin de l'accident.

Lorsque le programme est interrompu par une annonce publicitaire, Ross baisse le volume de la télévision et pivote sur lui-même de façon à me faire face.

— Et si on organisait une pendaison de crémaillère ? me demande-t-il.

Sa question me prend au dépourvu, et je fixe un instant l'écran muet tout en réfléchissant à la réponse que je pourrais bien lui donner. Je n'ai jamais été très friande de soirées.

De me tenir debout au milieu d'une foule de personnes plus ou moins familières, à les regarder s'aviner alors que je dois me contenter de boissons sans alcool. Pour être honnête, je suis surprise qu'il ait pareille idée. Surtout en ce moment, alors qu'il doit composer avec l'arrêt maladie prolongé d'un de ses collègues de cabinet et des remplaçants plus ou moins fiables. Je n'aurais jamais imaginé qu'il puisse avoir du temps et de l'énergie à consacrer à l'organisation d'une pendaison de crémaillère.

— Je me suis dit que ça pourrait être sympa, ajoute-t-il.

Je peux lire l'excitation sur son visage et, l'espace d'un instant, je vois le petit garçon qu'il a été : celui qui a perdu sa maman.

— Je pourrais inviter mes collègues du cabinet. Et certains de mon ancienne bande aussi, bien sûr.

Son ancienne bande. Les types qu'il fréquentait à l'Imperial College de Londres et avec lesquels il jouait au rugby. J'essaie de me les représenter entassés dans notre petit salon, riant aux éclats et se remémorant des souvenirs gênants du temps où ils faisaient médecine. Ou pire encore, relatant leurs exploits sexuels de l'époque. Je m'en passerais volontiers, mais d'un autre côté je me dis qu'il est plus que temps que je rencontre ses collègues. Tout du moins qu'ils *me* rencontrent. Cela ne ferait pas de mal que toutes ces infirmières, secrétaires et autres réceptionnistes comprennent que le Dr Murray a une fiancée. Savent-elles au moins que j'existe ? Si ce n'est pas le cas, autant y remédier dès que possible.

— D'accord, je réponds avant de changer d'avis. Allons-y !

Mais plus tard, alors que nous allons nous coucher, je commence déjà à regretter ma décision.

— Et quand voudrais-tu que nous organisions cette petite sauterie ?

— Aucune idée. Samedi prochain ?

Je repense à tous les cartons encore empilés dans le salon, et plus particulièrement à l'un d'entre eux. Celui qui ne quitte plus mes pensées depuis qu'il s'est retrouvé chez nous.

— Mais c'est dans une semaine, et nous avons à peine vidé la moitié des cartons.

Ross rit.

— Lizzie, c'est une pendaison de crémaillère. Ce n'est pas comme si les gens allaient s'attendre à ce que tout soit parfaitement en ordre.

L'image de nos invités sous l'emprise de l'alcool et en train d'ouvrir nos cartons me traverse l'esprit. Tous nos biens se retrouvant éparpillés partout sur le sol, jusqu'à atterrir dans les endroits les plus incongrus de la maison. Parfois, j'aimerais ne pas prendre les choses autant à cœur. J'aimerais être une de ces filles cool qui adorent aller en soirée, et qui seraient capables d'enchaîner les shots de tequila et les Jägerbombs.

— Tu sais quoi, dit Ross en se penchant pour éteindre la lumière de sa lampe de chevet, repoussons à dans quinze jours. Que penses-tu du premier week-end d'avril ? Ça nous laissera suffisamment de temps pour aller chez Ikea et acheter des verres supplémentaires. Je peux lancer les invitations dès demain.

Je m'apprête à faire de même lorsque Ross se met à califourchon sur moi et prends mon visage dans ses mains.

Je laisse échapper un petit gloussement et lève les bras au-dessus de ma tête afin de lui permettre d'ôter mon haut de pyjama et de le jeter en bas du lit.

— Et maintenant, mademoiselle Molyneux, dit-il en imitant de son mieux Sean Connery en James Bond, quand celui-ci s'adresse à Miss Moneypenny. Merci de ne pas bouger pendant que je procède à l'examen de votre poitrine. Il s'agit d'une technique dernier cri relative à la nouvelle charte de l'Institut national de la santé, ajoute-t-il on ne peut plus sérieusement. Pour ce faire, j'utiliserai uniquement ma bouche.

Je reste allongée sur le dos, la peau recouverte d'un voile de sueur froide, le temps que le cauchemar s'estompe. Celui où un train roule à toute vitesse dans ma direction et je suis incapable de bouger mes pieds. Incapable de m'enfuir à temps. Cela fait plusieurs fois que je fais ce rêve, depuis quelque temps. Je me réveille toujours quelques millisecondes avant l'impact, le bruit assourdissant de la machine résonnant toujours dans mes oreilles. J'ai dû me rendormir profondément après le départ de Ross pour son travail plus tôt dans la matinée. Ça m'apprendra à m'attarder au lit plutôt que de me lever.

Je vais dans la salle de bains prendre une douche bien méritée. Je laisse couler l'eau longtemps, de sorte que le tintamarre dans ma tête finit par se calmer. La situation va bientôt revenir à la normale, c'est certain. Le récit de la mort d'Élodie cessera de faire la une des journaux, pour être aussitôt remplacé par un nouveau fait divers. Et alors mes démons pourront retourner se tapir dans les tréfonds de mon esprit. Jusqu'à ce qu'un autre malheureux gamin perde la vie au milieu d'une voie ferrée.

Après avoir pris le petit-déjeuner et mes médicaments, je m'affaire dans la maison, essayant de trouver un semblant de motivation pour vider quelques cartons. Je procrastine, j'en suis bien consciente. Dans l'unique but de repousser le moment fatidique où je vais ouvrir *ce* carton. Il y a encore tellement de choses à faire, à ranger, mais pour le moment je n'en ai tout simplement pas la force. Je me sens agitée, pas dans mon assiette. C'est à cause de ce cauchemar. Quoi d'autre, sinon ?

Lorsque la sonnerie du téléphone retentit, je vais dans la chambre pour répondre. Cela me fait penser que je dois toujours enregistrer un message d'absence sur le répondeur. Silence à l'autre bout du fil. Ou plutôt, ce même bruit étouffé. Exactement comme la dernière fois. Puis l'appel est interrompu. Hier, j'ai cru qu'il s'agissait de ma mère, mais cette fois-ci, je jurerais avoir entendu une voix, presque imperceptible. Une sorte de voix mécanique, comme si elle sortait d'un mégaphone ou d'un haut-parleur. Je vais pour rappeler, mais le numéro est masqué. Eh bien tant pis, si c'est important, mon interlocuteur mystère ne manquera pas de me rappeler.

Je m'apprête à retourner à mes cartons lorsqu'une bien meilleure idée me vient à l'esprit. Je vais chercher le journal local dans la pile de paperasse négligemment posée à côté de la porte d'entrée et cherche la publicité sur laquelle j'étais tombée la dernière fois. Celle invitant à se rendre à la journée portes ouvertes de l'université de Greenwich. Les portes ouvertes en question se déroulent cet après-midi. Je parcours à nouveau du regard l'annonce. C'est peut-être un signe. Un heureux hasard, comme on dit.

À présent que mon épilepsie est sous contrôle, il est grand temps que je fasse quelque chose de ma vie. Qui sait ? Je pourrais même obtenir un diplôme un jour. Il n'y aurait alors pas un, mais *deux* docteurs à la maison. Je souris à cette idée. Comme d'habitude, je m'emballe. Ce qui ne m'empêche pas de penser que je devrais aller à Greenwich, ne serait-ce que pour y jeter un œil. C'est si agréable de pouvoir se concentrer sur autre chose que les événements du passé. Si agréable d'avoir un objectif.

6

Je suis déjà passée devant l'université de Greenwich à de nombreuses reprises, appréciant à chaque fois les élégantes colonnades du Old Royal Naval College. Et voilà que je me retrouve à en traverser le campus, m'imaginant déjà étudier dans ce magnifique cadre. Certains lieux me font un effet particulier, comme en ce moment même. J'éprouve une sorte d'affinité avec l'endroit, et je sais alors sans l'ombre d'un doute que j'y reviendrai, où que j'y vivrai un jour une expérience unique. Cette architecture baroque, cette histoire. Je sens l'inspiration monter en moi rien qu'à *être* là.

— Pas étonnant que tant de films aient été tournés ici, fait remarquer la jeune femme qui marche à mes côtés.

Nous avons commencé à discuter dans le café situé sous la chapelle dans la cour de la reine Mary.

— Totalement d'accord ! Je m'attends à voir d'une seconde à l'autre Johnny Depp grimé en Jack Sparrow surgir de derrière l'un de ces piliers.

Je suis ravie de la facilité avec laquelle nous avons entamé la conversation et de notre entente immédiate. Je ne regrette pas une seule seconde d'avoir pris la décision de me rendre à cette journée portes ouvertes. J'ai déjà rassemblé un paquet d'informations et, d'après ce que le tuteur avec qui j'ai eu l'opportunité d'échanger m'a dit, il y a de fortes chances pour que j'obtienne une place dans cette université, du fait de mes excellentes notes obtenues à mes derniers examens et de ma maturité (*maturité*, j'ai l'impression d'être un vieux fromage en disant cela). En outre, si je décide d'étudier à temps partiel, je pourrai même postuler maintenant sans avoir à passer par le tant redouté service des admissions.

Cela ne sera pas sans coût, bien sûr, mais maman et papa ont toujours dit qu'ils seraient prêts à me soutenir financièrement si je reprenais les études. Rien ne m'empêche non plus de souscrire à un prêt étudiant. Même si cela signifie que je ne pourrai pas travailler à temps plein pendant un certain temps, j'en ressortirai forcément avantagée car davantage qualifiée qu'avant. Et puis il est peu probable que Ross s'y oppose, surtout après la discussion que nous avons eue l'autre jour.

Les rayons du soleil font étinceler la surface de la Tamise et le doux timbre du violon s'échappe des fenêtres ouvertes sur la cour du roi Charles où les étudiants du conservatoire de Trinity Laban se rassemblent pour répéter. Je reconnais vaguement les notes d'un célèbre morceau classique mais il m'est impossible d'en retrouver le titre. Quoi qu'il en soit, c'est le genre de musique qui se marie parfaitement avec le cadre. J'ai l'impression d'entendre la bande originale de ma vie, et je me vois déjà sortant de la bibliothèque entourée de mes camarades, les bras chargés de livres, échangeant des confidences entre deux cours et discutant de nos dernières lectures ainsi que des devoirs qui nous ont été assignés.

En passant devant le Painted Hall, un des violonistes joue une fausse note et la musique s'arrête brusquement. L'effet est si laid, si désagréable et si inattendu, que je bondis comme si je venais de me faire tirer dessus. Je tremble de tout mon corps sous le coup de la surprise, me sentant soudain aussi fragile qu'une coquille d'œuf. Ma nouvelle amie se tourne vers moi, un sourcil relevé et une légère expression d'amusement sur le visage. Gênée, je me sens bête d'avoir eu une réaction complètement disproportionnée.

— Ça doit être horrible de regarder un film d'horreur avec toi, lance-t-elle.

Je ne lui dis pas que je ne regarde jamais de films d'horreur et qu'il y a assez d'images horribles dans mon esprit pour m'occuper toute mon existence. Merci beaucoup. Non, je ne lui dis rien. Au lieu de ça, je ris et réponds :

— Effectivement.

Lorsque je descends du bus à l'arrêt de Little Ham et prends la direction de la rue menant à la maison, j'en profite pour appeler maman et lui annoncer mon intention de reprendre les études. Elle met son téléphone portable sur haut-parleur afin que papa puisse m'entendre aussi. Elle a l'air ravie. En fait, ils ont l'air ravis tous les deux.

— Ton père a toujours dit que tu ferais une merveilleuse étudiante. Nous avons toujours souhaité que tu ailles à l'université, mais tu étais si catégorique que nous n'avons jamais réussi à te convaincre.

Je souris en l'écoutant donner sa version des faits. En réalité, ce qui s'est passé c'est qu'ils ont tout fait pour me convaincre de m'inscrire à l'université locale pour que je puisse continuer à vivre sous le même toit qu'eux. Ils étaient terrifiés à l'idée que je puisse aller à Édimbourg ou Aberystwyth, ou à n'importe quel endroit trop éloigné pour qu'ils aient la possibilité de me protéger. Et pour finir, j'ai préféré ne pas aller à l'université du tout. Je ne me sentais pas prête.

Nous bavardons pendant quelques minutes à ce sujet, puis du projet de maman de transformer ma chambre en atelier, et enfin de la nouvelle remise construite par papa.

Je ris.

— De combien de remises un homme peut-il bien avoir besoin ?

— Trois, je l'entends répondre derrière maman. Ross a encore du pain sur la planche.

Nous nous disons au revoir et je range mon portable dans la poche supérieure de mon manteau. Avec l'arrivée du printemps et les premières chaleurs, les cerisiers ont fleuri plus tôt que prévu et recouvert le gris des trottoirs de milliers de pétales de fleurs roses. Aussi tout me semble plus joyeux et joli, tout à coup. C'est la période de l'année où plus rien ne semble impossible. Le temps du renouveau. De la renaissance.

Quand je prenais le train pour rendre visite à Ross dans son vieil appartement londonien, je n'aurais jamais imaginé vivre ici. Mais maintenant que c'est le cas, je vois les choses sous un angle différent et je commence à aimer cette incroyable sensation d'anonymité alors que je vaque à mes occupations. Rien à voir avec la vie que je menais dans la petite ville de mes parents.

En arrivant à hauteur de la maison, je m'aperçois que quelqu'un a oublié un petit camion – de ceux en métal qu'on trouve partout – sur le muret clôturant notre jardin. Pour une raison qui m'échappe encore, ce muret semble avoir été désigné comme le bureau des objets trouvés de la rue. Le jour où nous avons emménagé, c'est un gant d'homme en cuir qui y était posé.

Ross a même plaisanté une fois en disant que peu importent les objets que vous laissiez devant chez vous, ils finissaient toujours par trouver un nouveau propriétaire. C'était de toute façon plus économique que la déchetterie, comme peut en témoigner cette commode abandonnée sur le trottoir à l'autre bout de la rue.

Ce n'est qu'une fois plus près que je me rends compte qu'il ne s'agit pas d'un petit camion.

Mon cœur manque un battement. C'est un petit train.

7

Alors : après le drame
Lundi 27 août 2007

Trois jours se sont écoulés depuis l'enterrement d'Alice, et je ne suis pas sortie de la maison une seule fois. Je n'ai plus aucune *raison* de sortir. Plus maintenant qu'Alice est morte.

Papa a proposé de nous emmener au bord de la mer, afin que nous nous promenions le long de la côte en dégustant une bonne glace. Puis que nous descendions un peu sur la plage. Mais maman souffre d'une migraine terrible depuis hier et j'ai dit que je ne voulais pas manger de la glace et faire semblant que tout allait bien, parce que ce n'était pas le cas. Comment prétendre que tout allait bien alors que j'ai passé les dernières semaines à livrer témoignage sur témoignage à la police et à consulter un psychologue ? Comment, alors que maman et papa se mettent à échanger des messes basses à chaque fois que je quitte une pièce et s'interrompent brusquement lorsque je reviens ?

Comment imaginer que tout finira par aller mieux un jour ?

La nuit est tombée, et je suis allongée dans mon lit, essayant désespérément de trouver le sommeil. Maman m'a apporté un chocolat chaud il y a déjà plus d'une heure. Elle s'est allongée à côté de moi et m'a caressé le bras du bout du doigt, comme elle avait l'habitude de faire lorsque j'étais petite. Les gratouilles qui chatouillent, je les appelais alors.

— Tu es toujours mon petit bébé, a-t-elle dit. Je ne supporte pas de te voir si malheureuse.

Je ne supporte pas de *la* voir malheureuse non plus. Ni elle, ni papa. C'est comme s'ils n'avaient plus aucune étincelle de vie en eux. Ils ont l'air vieux et malades. Au supermarché, une horrible bonne femme a dit à maman que si j'étais sa fille, elle me donnerait des claques jusqu'à ce que je crache la vérité, et que Mick et Sheena Dawson étaient en droit de savoir ce qui était arrivé à Alice. Et pourquoi.

Maman ne sait pas que je suis au courant de cette histoire. Elle pensait que j'étais à l'étage quand elle en a parlé à papa. Il est sorti de ses gonds et a exigé de ma mère qu'elle lui dise qui était la femme qui s'était permis de s'adresser à elle ainsi, mais elle n'en avait pas la moindre idée.

— À quoi ressemble-t-elle ? a-t-il demandé.

À la façon dont elle l'a décrite, j'ai tout de suite pensé à la mère de Melissa Davenport.

— Pourquoi les gens sont-ils à ce point stupides ? a-t-il ajouté.

Je serre les poings si fort que mes ongles s'enfoncent dans la chair de mes paumes. Que se passera-t-il lorsque je devrai retourner à l'école ? Voilà ce qu'il va se passer : tout le monde me dévisagera et parlera derrière mon dos. Quelqu'un a glissé une enveloppe sous la porte hier. Une petite enveloppe imprimée de fleurs adressée à mon nom. Comme une idiote, j'ai cru qu'il s'agissait d'une lettre de condoléances. D'un mot gentil à mon égard, dû au fait que j'avais perdu ma meilleure amie. Au lieu de ça, j'ai découvert une page négligemment arrachée d'un carnet de notes, et sur cette page les mots suivants écrits en lettres rouge vif : « Tu as tué Alice, sale rouquine épileptique. »

J'aurais dû montrer cette lettre à maman et papa, mais j'avais trop honte. Je ne voulais pas voir le choc sur leur visage. Je ne voulais pas entendre maman me dire pour la énième fois des choses comme : « Tu devrais avoir pitié pour ces gens-là, Lizzie. Tu devrais prier pour eux. »

Hors de question que je prie pour les personnes qui m'ont écrit ce mot. Et hors de question que mes parents soient encore plus tristes à cause d'elles. Alors, j'ai glissé la lettre dans la déchiqueteuse de papa pour ne plus jamais l'avoir sous les yeux. Mais les mots sont restés gravés dans mon esprit, eux. Pour toujours et à jamais. Tout comme cette scène à laquelle je ne veux plus jamais avoir à penser.

Finalement, une sensation d'engourdissement s'empare de mon corps et je m'enfonce dans le matelas. Soudain, je me redresse d'un bond. Quelque chose vient de percuter la fenêtre de ma chambre. On aurait dit un caillou. Je descends de mon lit et jette un rapide coup d'œil à la rue en contrebas. Rien dans l'obscurité de la nuit. Et alors que je m'apprête à relâcher le rideau, un visage se matérialise derrière les buissons. Je laisse échapper le rideau, le cœur battant à tout rompre. Il y a bel et bien *quelqu'un* en bas.

Je vais me positionner à côté de la fenêtre et observe la rue de biais, dans l'interstice entre la vitre et le rideau tiré. La personne est toujours là, regardant fixement ma fenêtre, et pendant un bref instant j'ai l'impression qu'il s'agit d'Alice, revenue d'entre les morts. Mais qui que ce soit, elle est plus grande qu'Alice. Elle porte un jean et un chemisier. Elle a enroulé une longue écharpe autour de son cou, de sorte que la moitié inférieure de son visage est dissimulée.

Elle continue de fixer la fenêtre en déroulant lentement son écharpe. Le souffle vient à me manquer. Catherine Dawson. Ses cheveux virevoltent dans la brise nocturne et ses yeux me jettent un regard accusateur, le même regard qu'à l'enterrement. Est-elle aussi l'autrice de ce mot ? Quel genre d'adulte ferait subir ça à un enfant ?

Je voudrais ouvrir la fenêtre et lui crier de me ficher la paix, mais je reste figée à l'observer, clouée sur place par ce regard rempli de haine. Enfin, au bout de ce qui me semble être une éternité, elle fait volte-face et s'éloigne sans se retourner une seule fois. Je peux entendre le *clac clac* de ses talons hauts résonner sur le trottoir. Je ne bouge pas jusqu'à ce que je ne puisse plus l'entendre. Il est peu probable que je me rendorme cette nuit.

8

Aujourd'hui

Je saisis le petit train pour l'examiner, essayant d'ignorer la sensation d'inconfort qui s'est emparée de moi. Il devait être d'un bleu vif, mais des traces d'usure et de rayures laissent désormais la part belle au gris du métal d'origine. À en juger par son apparence, plus d'une génération d'enfants a dû s'amuser à faire rouler ce petit train sur le sol et le long des murs.

Je le repose à l'endroit exact où je l'ai trouvé et je regarde autour de moi dans l'espoir de repérer l'enfant qui l'a possiblement oublié là. La sensation d'inconfort monte d'un cran. Qu'est-ce qui ne va pas chez moi en ce moment ? J'extirpe mon trousseau de clés de mon sac à main et déverrouille la porte d'entrée de la maison. C'est décidé : je vais ouvrir le carton rapporté par mes parents et affronter les souvenirs qui s'y trouvent, quels qu'ils soient. Après quoi, je ne verrai peut-être plus ce petit train comme un mauvais présage. Et j'arriverai peut-être à me débarrasser une bonne fois pour toutes de cette peur qui m'étreint à longueur de temps.

Cinq minutes plus tard, je suis agenouillée sur le sol du salon, en train de feuilleter une copie en piteux état de *La Petite Princesse*. Je tourne délicatement les pages craquelées et jaunies en me rappelant à quel point je me sentais proche de la pauvre Sara Crewe qui subissait sans arrêt les humiliations de la vile Miss Minchin, les moqueries de Lavinia et des autres affreuses petites filles. Et pour cause, je vivais sensiblement la *même* chose.

Le livret de cérémonie de l'enterrement d'Alice est glissé dans un coin du carton, dans l'état dans lequel je l'avais laissé. D'un geste vif, je le sors et le déchire avant de me laisser le temps de gamberger. Les morceaux noir et blanc tombent dans la poubelle, pareils à des confettis. Puis j'empile les livres à côté du carton avant de m'attaquer aux cahiers d'école aux couvertures colorées qui se trouvaient en dessous. *Ne pense même pas une seule seconde à les ouvrir*, m'avertit une petite voix dans ma tête.

J'en sors quelques-uns, en détournant le regard pour ne pas voir ma minuscule et minutieuse écriture sur les étiquettes. Non pas que ça me soit utile. Je me souviens très bien à quel cours renvoie chacun de ces cahiers : jaune pour l'histoire, orange pour les mathématiques, rouge pour l'anglais et rose pour l'allemand. Il y en avait aussi un gris pour le français et un violet pour la géographie. Mais à quoi renvoyaient les verts ? Impossible de m'en souvenir en dépit de mes efforts. J'ouvre l'un d'entre eux à la première page afin d'y jeter un rapide coup d'œil.

Les SVT, bien sûr. Je parcours un instant le cahier et tombe sur un résumé que j'avais écrit après avoir disséqué un cœur. Mon écriture d'enfant m'est encore si familière, bien que complètement différente de l'actuelle. C'est drôle de se relire après tant d'années. Je revois M. Chatterjee nous demander de nous mettre en binômes et de rapporter un cœur de cochon au cours suivant pour une dissection. Le père d'Alice, qui était boucher, nous avait alors donné un cœur de bœuf, encore mieux que celui du cochon selon lui.

Je n'en avais pas cru mes yeux lorsque Alice avait extrait le cœur de son sac plastique pour me le montrer. J'avais dû m'agripper à ma chaise pour ne pas perdre connaissance, tandis qu'elle enfonçait ses doigts protégés par des gants en latex dans la masse de chair crue et suintante. Ce cœur devait bien faire deux ou trois fois la taille de ceux des autres élèves.

— Il y a encore un peu de sang séché dans les chambres, monsieur, avait alors remarqué Alice.

Elle adorait les exercices pratiques.

— Eh bien, qu'attends-tu pour le nettoyer ? avait coupé M. Chatterjee.

Puisque Alice s'était chargée de la partie dissection, c'est moi qui avais dû porter l'énorme organe jusqu'au lavabo pour le passer sous l'eau. En regardant l'eau teintée de rose s'écouler par l'évacuation, j'avais été prise d'un haut-le-cœur, au bord du malaise. Cela avait fait beaucoup rire Alice et M. Chatterjee avait dû se fâcher pour ramener le calme dans la classe.

Nous partagions souvent des fous rires, elle et moi. Si seulement je pouvais effacer de ma mémoire l'horrible accident qui est arrivé par la suite. La façon dont Alice est morte. La haine au fond des yeux de sa sœur. Les rumeurs et le harcèlement.

Mon cœur bat furieusement contre ma poitrine. Il aura suffi d'un moment de curiosité innocente, d'un regard jeté à l'intérieur d'un de mes vieux cahiers de cours, pour que le passé revienne au galop. Je jette le cahier à la poubelle avec tous les autres, réprimant tous ces souvenirs. À partir de maintenant, c'est fini.

Dehors, le soleil brille toujours haut dans le ciel. Je balance les sacs-poubelle dans la benne bleue postée à côté de la porte d'entrée comme s'il s'agissait de la guérite d'un soldat de la garde royale. Bientôt, tous ces résumés, diagrammes et calculs, toutes ces conjugaisons et cartes maladroitement esquissées, seront réduits en miettes et recyclés. Transformés en nouveaux cahiers prêts à recueillir les écrits de quelqu'un d'autre. Si seulement on pouvait faire la même chose avec les souvenirs.

Par-dessus le bruit du trafic automobile, j'entends le chant des oiseaux et un éclat de rire lointain. Dans le jardin d'une des maisons de l'autre côté de la rue, une de celles qui sont un peu plus grandes que la nôtre, un magnolia a commencé à fleurir, ses petits bourgeons et fleurs roses tournés vers le ciel. Je reste un instant devant la porte pour emplir mes poumons de l'air printanier. À présent que je me suis débarrassée de tout ça, je me sens infiniment plus légère. Libérée d'un poids. Je fais demi-tour pour rentrer, galvanisée par ma décision de m'inscrire à l'université. Et si je faisais une surprise à Ross en lui cuisinant un bon chili pour le dîner ? Cela changera des plats surgelés que nous engloutissons par dizaines en ce moment.

Je m'apprête à ignorer la sonnerie du téléphone, et me ravise finalement au cas où il s'agirait d'un appel important.

Merde. C'est reparti pour le même bruit étouffé. Mais cette fois-ci, il est beaucoup plus audible que les fois précédentes. En moi, c'est comme si tous les signaux passaient au rouge. Mon crâne se met à chauffer. Ce bruit, on dirait…

Je laisse tomber le téléphone à mes pieds. On dirait un train.

9

Mes mains sont moites lorsque je me penche pour ramasser le combiné. L'appel est terminé. D'un doigt tremblant, je compose le 1471 : « Le numéro que vous avez demandé n'est pas accessible, votre appel ne peut aboutir. »

Je débranche le téléphone d'un geste vif, encore abrutie par le bourdonnement sourd dans mes oreilles. Il doit y avoir une explication à ces appels. Une explication *logique.* Quoi qu'il en soit, il n'y a aucune chance qu'ils aient le moindre rapport avec ce petit train trouvé un peu plus tôt. *Impossible.* Tout bonnement impossible. Quelqu'un a essayé de m'appeler depuis une gare et un train est passé au même moment, c'est tout. Probablement la personne qui a déjà tenté de me joindre par deux fois. Elle s'est peut-être rendu compte qu'elle composait le mauvais numéro et n'a pas osé me le dire de vive voix, d'où le silence à l'autre bout de la ligne ? Je sais de quoi je parle, puisque je me suis déjà retrouvée dans ce genre de situation.

Et puis, peut-être qu'il ne s'agissait pas d'un *train.* Ça aurait pu être un tout autre type de véhicule. Après tout, le bruit n'était pas suffisamment audible pour que je puisse affirmer avec certitude qu'il provenait d'un train en marche. Et puis j'ai lâché le téléphone. Pourquoi faut-il toujours que j'en vienne à la pire des conclusions ?

Au bout de plusieurs minutes, j'ai enfin rassemblé suffisamment de courage pour rebrancher le téléphone. Ross préfère m'appeler sur mon portable, mais s'il arrivait malheur à mes parents, je m'en voudrais de ne pas être joignable. Je vais chercher le manuel d'utilisation du téléphone là où Ross l'a rangé et je consulte l'index à la recherche du numéro à composer pour enregistrer un message d'absence sur le répondeur. Et si on m'appelle de nouveau, je ne répondrai pas, à moins qu'il s'agisse d'un numéro que je connais.

Aussitôt le message enregistré, je porte mon attention sur le chili pour me calmer. Ross m'a appris à le cuisiner au tout début de notre relation, en plus des spaghettis bolognaise et du hachis parmentier. Un de ces jours, il faudra que j'apprenne des recettes qui n'impliquent pas de hacher de la viande…

La tension retombe tandis que je coupe les oignons en petits dés avant de les faire frire à la poêle. Quand j'ai terminé de mettre la table et d'allumer une bougie, ma décision est prise. Je vais parler d'Alice à Ross. Quelle idiote j'ai été de garder ce secret pendant si longtemps. C'est l'homme de ma vie. Nous allons nous marier.

Je devrais parler à mes parents aussi. Nous n'allons pas pouvoir continuer à tourner autour du pot toute notre vie durant, comme si rien ne s'était jamais passé. Ce moment de malaise hier au restaurant était inutile et stupide. Ma meilleure amie est morte. J'étais là quand c'est arrivé. Enfin, pas vraiment, si ? Si mon corps était présent, mon esprit était complètement ailleurs, lui. C'était un accident. C'est bien la conclusion à laquelle est arrivé le médecin légiste, non ?

À dix-neuf heures trente passées, j'éteins le feu sous le chili voyant que Ross n'est toujours pas rentré. Il est probablement en train de remplir de la paperasse qu'il avait en retard. Quand bien même, il aurait pu m'appeler pour me prévenir. Je me dirige vers le salon avec un paquet de gâteaux apéritifs. Maintenant que j'ai pris la décision de lui parler d'Alice, j'ai envie de le faire au plus vite. Je ne veux plus garder le secret une minute de plus.

À vingt heures, mon estomac se met à gargouiller. Où est-il, bon sang ? Je l'appelle et tombe directement sur sa messagerie. Je n'ose pas lui laisser de message vocal, par crainte de passer pour la fiancée parano incapable de faire confiance à sa moitié. Il me rappellera dès qu'il aura remarqué mon appel manqué. J'en suis sûre.

À vingt heures trente, j'ai déjà mangé la moitié du paquet de gâteaux apéritifs. À vingt et une heure, je l'ai appelé cinq fois. Si je ne mange pas bientôt, je vais avoir une faim de loup, et ce n'est pas bon pour mon épilepsie. Les médicaments ne sont pas la seule raison pour laquelle je n'ai pas fait de crise depuis deux ans. Je dois aussi cette rémission à la discipline et à la surveillance constante de ma santé. De fait, je ne prends jamais aucun risque et j'évite au maximum les éléments déclencheurs comme l'anxiété et la faim. Hum. On dirait bien qu'aujourd'hui sera une exception à la règle.

Quand j'entends le bruit de sa clé dans la serrure, je suis en train de me servir du riz et de me faire réchauffer une part de chili dans une petite casserole. Chose que j'aurais dû faire il y a au moins deux heures. En remarquant son air désinvolte lorsqu'il entre dans la cuisine, j'ai bien du mal à garder mon sang-froid et à dissimuler la déception sur mon visage.

Dès qu'il aperçoit les casseroles sur la gazinière, il écarquille les yeux sous le coup de la surprise.

— Oh, tu as préparé un chili.

Il se lave les mains dans l'évier.

— Je t'avais pourtant dit que je devais faire des consultations à domicile ce soir, non ?

Je le dévisage.

— Non, tu ne m'avais rien dit. Autrement, je n'aurais pas cuisiné.

— Merde, j'ai eu tellement de boulot ces derniers temps. J'étais pourtant *sûr* de t'avoir prévenue, dit-il en s'essuyant les mains avec le torchon de cuisine. Peu importe, le chili peut bien passer une nuit au frigo. On le mangera demain, si tu veux bien ?

— Et pourquoi pas ce soir ? Tu n'as pas faim ?

Il baisse les yeux, l'air penaud.

— Je suis désolé, mais... j'ai déjà dîné un peu plus tôt.

Il ouvre le frigo pour attraper une bière.

— Notre nouvelle infirmière a dû m'accompagner à une de mes visites. Nous avons acheté du poulet et des frites sur la route.

Mes doigts se resserrent autour de la cuillère en bois.

— Tu ne m'as rien dit ce matin au sujet de ces consultations à domicile.

— J'aurais dû t'appeler, excuse-moi. Et puis ce que j'ai mangé était infect. J'aurais mille fois préféré ton chili, répond-il.

Il sourit.

— Il a l'air presque aussi appétissant que le mien.

Il pose sa bière sur le plan de travail et m'attire à lui.

— Tu ne m'en veux pas, dis ?

— Bien sûr que non, ce n'est pas grave.

En réalité, je suis furieuse. Furieuse à l'idée qu'il ait dîné avec cette infirmière pendant que je me faisais un sang d'encre à regarder l'écran de mon portable toutes les cinq minutes. Mais à quoi bon lui dire tout ça ? Il a raison. Ce n'est qu'un simple malentendu et j'ai réagi de manière excessive.

Il reprend sa bière.

— Allez, je vais rester avec toi pendant que tu dînes. Tu dois mourir de faim si tu as attendu jusque-là.

Nous prenons place sur le canapé du salon, un carton encore plein improvisé en table de fortune. La soirée peut encore être sauvée. Même si je ne me sens plus la force de lui parler d'Alice. J'ai eu ma dose d'émotions pour la journée.

— Je suis allée à l'université de Greenwich, cet après-midi, je lui dis à la place. Ils avaient organisé une journée portes ouvertes.

Ross tourne la tête vers moi, visiblement surpris par ma déclaration.

— Tu ne m'avais rien dit, s'étonne-t-il.

Je suis à deux doigts de lui rétorquer « Tout comme toi ». Pourtant, ce n'est pas comme s'il ne m'avait jamais mise en garde contre les contraintes de son métier au début de notre relation. Cela arrive à n'importe qui d'oublier et je sais à quel point il doit être difficile d'enchaîner une journée de travail bien remplie avec des consultations à domicile. En outre, il doit être encore plus sous pression en ce moment, avec cette promotion au rang d'associé qui se profile au cabinet.

— J'avais vu passer une annonce dans le journal et je ne m'y suis intéressée que ce matin.

— Et alors ?

— Alors j'aime beaucoup l'idée de me lancer dans une licence d'anglais.

Ross boit une gorgée de sa bière.

— Du moment que tu ne t'acoquines pas avec un beau et jeune homme qui te récitera des poèmes pour te mettre dans son lit. Surtout que tu en as déjà un à la maison.

— Parce que tu m'as déjà récité des poèmes, toi ?

— Touché. Mais au moins je suis beau.

Il me regarde dans les yeux, tout à coup l'air inquiet.

— Tu voudrais que je te récite des poèmes ?

J'éclate de rire.

— Sans façon, je te remercie. Mais c'est gentil d'avoir proposé.

Plus tard, une fois au lit, je m'imagine au milieu du campus maritime de Greenwich, allongée sur l'herbe près de la Tamise, le nez plongé dans un roman du XIXe siècle. Et alors que je sombre doucement dans le sommeil, le bruit de talons hauts déambulant dans la maison me sort subitement de ma torpeur. J'ouvre les yeux et j'ai l'impression d'avoir à nouveau 13 ans, la tête cachée sous l'oreiller, attendant que Catherine Dawson veuille bien cesser de me tourmenter et s'en aller.

Je me recroqueville contre Ross et me sens aussitôt réconfortée au contact de son corps musclé et chaud. Je referme les yeux. C'est du passé, tout ça. Catherine ne peut plus me faire de mal.

10

Alors : après le drame
Mardi 4 septembre 2007

On nous a demandé de nous rassembler dans le réfectoire afin de rencontrer nos professeurs et de récupérer nos emplois du temps. D'habitude, j'aime bien le jour de la rentrée des classes après les vacances d'été. À présent, je le redoute plus que tout, terrifiée à l'idée de devoir passer les portes de l'établissement seule. De revoir Melissa Davenport et les autres pour la première fois depuis l'enterrement d'Alice. Tous les regards sont rivés sur moi. Et le pire, c'est que j'ai perdu mon amie et alliée. La seule personne qui rendait tout cela supportable. Qui me donnait l'impression d'être normale. Je n'arrive pas à croire qu'elle est morte et que les derniers mots que je lui ai adressés aient été si méchants.

Au même moment il y a deux ans, nous cachions nos visages derrière nos mains pour nous moquer discrètement des goûts vestimentaires hasardeux d'un professeur. Nous nous perdions dans les couloirs sans fin à la recherche de la salle d'arts plastiques ou du laboratoire de physique-chimie. Nous bavardions en déjeunant. Pendant toute la période où la mère d'Alice était malade, son père fourrait tout un tas de choses étranges dans son panier-repas : un paquet de cacahuètes à moitié entamé, une carotte mal épluchée, un gâteau au chocolat ou encore un sandwich à la sauce Marmite entre deux croûtes de pain. Certains jours où il n'y avait vraiment rien à sauver, nous partagions alors mon déjeuner.

Je déglutis avec difficulté à cause du nœud qui serre ma gorge. Et dire que nous n'allons plus jamais nous asseoir ensemble sur les bancs de pique-nique de la cour de récréation, à essayer de couper une tartelette Mr Kipling Bakewell à l'aide d'une petite cuillère en plastique. Je n'arrive toujours pas à me convaincre qu'elle est morte.

Je repère les filles de ma classe bien avant qu'elles ne s'aperçoivent de ma présence. Elles sont au milieu de la cour, non loin du bâtiment principal. Elles se sont rassemblées en groupe devant un des préfabriqués.

« Ne prête pas attention à elles si elles disent quelque chose de stupide ou de blessant », m'avait conseillé maman ce matin, avant que je parte pour l'école. « Élève-toi au-dessus de tout ça. »

Je me rapproche de plus en plus d'elles mais elles ne semblent toujours pas me voir, trop occupées à bavarder et se pavaner devant un groupe de garçons plus âgés. Au bout d'un moment, l'une d'entre elles finit par me remarquer et dit quelque chose que je n'entends pas. Elles ne me lâchent pas une seule seconde des yeux lorsque je les dépasse. Je repense au conseil de maman et je m'imagine flotter au-dessus d'elles, si haut dans les airs qu'on pourrait croire à un ange aux ailes délicates voletant dans la brise. Mais cela ne marche pas. J'étais sûre que ça ne marcherait pas. Mes joues s'enflamment.

— La voilà, la fille qui a poussé Alice Dawson sous un train.

Je me fige tout à coup et fais volte-face. Melissa Davenport. Hors de question de la laisser balancer de telles bêtises. Je *dois* dire quelque chose.

— C'est pas vrai ! Alice était ma meilleure amie. J'ai fait une crise d'épilepsie, tu le sais très bien !

— C'est toi qui le dis, rétorque-t-elle, moqueuse. C'est ta parole contre celle des autres.

— À quoi bon mentir ?

— Parce que tu ne veux pas aller en prison, répond-elle.

Des larmes de rage naissent au coin de mes yeux.

— C'est des conneries ! je crie.

Elles font toutes semblant d'être choquées par ma grossièreté, alors qu'elles emploient tout le temps des mots bien pires.

Melissa fait un pas dans ma direction, une horrible expression sur le visage, mais je ne bouge pas d'un pouce. Je ne la laisserai pas gagner.

— Tu devrais te laver la bouche avec du savon, sale rouquine ! me balance-t-elle.

Une des filles du groupe laisse échapper un ricanement mauvais tandis qu'un des garçons plus âgés imite le miaulement d'un chat.

— La sœur d'Alice sait qui tu es vraiment, poursuit Melissa. Elle dit que tu es une mauvaise personne. Elle l'a senti la première fois qu'elle a posé les yeux sur toi. Tu étais jalouse d'Alice parce qu'elle était plus jolie que toi. Et quand elle en a eu marre d'être ta copine, tu l'as tuée. Tu crois peut-être que tu vas t'en tirer sans payer pour ce que tu as fait, mais on connaît la vérité. Et Lui aussi, conclut-elle en pointant un index vers le ciel.

Je me jette sur elle et saisis son doigt pour le tordre aussi sec. Elle pousse un hurlement à glacer le sang et bat en retraite.

— Elle m'a cassé le doigt. Cette salope m'a cassé le doigt !

— Même pas vrai, putain !

— Si c'est vrai ! Regardez !

Le bureau du principal a toujours eu une drôle d'odeur. Alice avait l'habitude de plaisanter à ce propos en disant qu'il sentait un mélange de pet et d'after-shave. Le souvenir m'arrache un sourire.

— Puis-je savoir ce qu'il y a de si drôle, Lizzie ?

— Rien, monsieur. Je repensais juste à quelque chose qu'Alice avait dit.

Il pousse un long soupir et croise les doigts au-dessus de son bureau.

— Ces deux derniers mois ont dû être très difficiles pour vous, commence-t-il.

J'ai à peine le temps de m'en rendre compte que les larmes coulent le long de mes joues.

M. Davis pose une boîte de mouchoirs devant moi et attend que je m'essuie les yeux et me mouche le nez.

— Heureusement, le doigt de Melissa n'est pas cassé, mais je veux que vous me promettiez de ne plus jamais faire une chose pareille.

— Mais elle a dit que j'avais tué Alice ! C'est pas juste. Pourquoi est-ce que vous ne lui dites pas de ne plus jamais me dire une chose pareille ?

— Je vais avoir une conversation avec Melissa, ne vous en faites pas pour cela. Mais ce qu'elle a dit ne justifie pas son agression. La violence n'est jamais la solution.

— Je ne l'ai pas agressée, j'ai...

Je baisse les yeux sur mes chaussures. Je l'ai pourtant *bien* agressée, rien ne sert de mentir. C'est un miracle que je n'aie pas cassé son doigt. Et je n'ai fait qu'empirer la situation. Tout le monde va penser que j'ai des *pulsions violentes*. Melissa va cafter à ses parents qui vont parler aux Dawson, et ensuite la police voudra m'interroger de nouveau. Peut-être même que le médecin légiste changera d'avis et que je serai traînée en justice. Je ferai la une des journaux, tout ça à cause de Catherine Dawson. C'est Catherine Dawson la mauvaise personne, pas moi. Pas moi.

11

Aujourd'hui

Samedi matin, je suis debout depuis longtemps déjà lorsque Ross descend, vêtu de son pantalon de survêtement et d'un t-shirt. Il jette un regard curieux par-dessus mon épaule tandis que je parcours le site Internet de l'université de Greenwich.

— Si tu reprends les études, il va te falloir un endroit pour réviser, dit-il. On pourrait t'installer un bureau dans la chambre d'amis, qu'en penses-tu ?

Il a raison. Mais qu'on fasse de cette pièce mon bureau ou non, nous savons très bien tous les deux qu'elle sera toujours la sienne. Tout comme le reste de la maison. La première fois que Ross m'avait proposé de vivre avec lui, je lui avais répondu que j'étais mal à l'aise à l'idée de ne pas pouvoir contribuer au paiement des factures, du moins jusqu'à ce que je trouve un boulot. « Mais nous sommes en couple, non ? », avait-il alors rétorqué. « Et les couples se soutiennent dans les moments difficiles. De toute façon, dès que nous serons mariés, cette maison nous appartiendra à tous les deux. Je tiens à ce que ton nom figure sur l'acte de propriété. »

Il se penche au-dessus de moi pour attraper son agenda. Ce faisant, son regard s'attarde sur une photo de sa mère qu'il a glissée dans le cadre du tableau d'affichage pour ne pas avoir besoin de la punaiser. Elle porte un long imperméable noir et adresse un timide sourire à l'objectif. C'est une des rares photos qu'il ait d'elle.

— Tu devrais la faire encadrer.

— Je sais, répond-il. J'y pense à chaque fois que je la vois.

— J'aurais aimé la rencontrer, je poursuis tout en me promettant d'acheter un cadre à la première occasion pour lui faire la surprise.

— Tu l'aurais adorée, souffle-t-il, la voix teintée d'émotion.

Il se penche davantage pour la regarder de plus près.

— Je me souviens parfaitement du jour où j'ai pris cette photo. Nous avions fêté mon anniversaire la semaine précédente et j'avais reçu cet appareil photo en cadeau. Un appareil jetable bon marché. Ce jour-là, elle avait insisté pour m'accompagner à l'école.

Il se racle la gorge.

— On n'avait aucun secret l'un pour l'autre, à cette époque. Toutes les occasions étaient bonnes pour s'éloigner de la maison. De mon père aussi.

C'est la première fois qu'il parle de son père depuis des lustres et je me demande si je ne devrais pas en profiter pour lui proposer d'aller lui rendre visite. Il serait grand temps que son père et lui enterrent la hache de guerre. Peu importe qu'il ait un passé de brute irascible selon les dires de Ross. Il est et sera toujours son père. Et il est en train de passer ses derniers jours seul dans une maison de retraite.

— En parlant de ton père..., je commence.

Mais à peine ai-je prononcé ce mot que Ross secoue la tête et s'empare de sa mallette de travail.

— Je sais ce que tu vas dire, Lizzie. Mais tu ne sais pas comment il est. Ma mère a vécu l'enfer à cause de lui. Et moi aussi.

Il extrait un classeur débordant de papiers de sa mallette et le laisse tomber sur le bureau dans un bruit sourd.

— J'ai essayé de le convaincre de déménager près de Londres mais il a refusé, prétextant vouloir rester à Aberdeen. Alors il n'est pas question que je me coltine la route jusque là-bas pour l'écouter s'apitoyer sur son sort pendant des plombes.

Il se redresse et se lance dans une imitation de son père : « Moi, mourir sur le sol anglais ? Jamais ! »

Je ne peux retenir un sourire. La plupart du temps, j'oublie que Ross est d'origine écossaise. Il vit en Angleterre depuis si longtemps qu'il a pratiquement perdu son accent. Les seuls moments où je l'entends distinctement sont ceux où il regarde un match de foot opposant Aberdeen aux Rangers.

— Il doit se sentir bien seul, tu ne crois pas ?

Ross laisse échapper un de ses rires narquois.

— Les vieux lascars comme lui ne seront jamais seuls. Il y aura toujours des types pour leur tenir compagnie et leur raconter des conneries.

Il prend une profonde inspiration.

— Mais en ce qui concerne la famille et les amis, le lien est rompu.

Il ouvre son agenda et devient tout à coup livide.

— Merde !

— Qu'est-ce qu'il y a ?

— J'avais demandé à Gloria de m'accorder un entretien au sujet de la promotion au rang d'associé hier et je l'ai complètement oublié.

Gloria Williams est l'associée principale du cabinet de Plumtree Lodge. Si Ross veut avoir une chance d'obtenir cette promotion, il n'a d'autre choix que de rester dans ses petits papiers.

— Tu ne peux pas lui parler lundi ?

— Je ne vais pas avoir le choix, même si ce n'est pas très professionnel de demander un rendez-vous et de ne pas y aller.

Ça ne ressemble pas à Ross d'oublier quelque chose d'aussi important. Il doit subir plus de pression et de stress au travail que je ne l'avais imaginé.

— Ce ne serait pas la fin du monde si tu n'obtenais pas cette promotion, si ? Je veux dire, tu es encore jeune. Tu auras d'autres opportunités. Et qu'y a-t-il de mal à rester salarié ?

— Rien, tu as raison. Au moins, en étant salarié, j'ai le luxe d'avoir des horaires normaux et de ne pas devoir me fader tout un tas de paperasses.

Il éclate de rire en voyant ma mine décomposée.

— Je vois bien ce que tu penses. Mais je voudrais m'investir davantage au cabinet, tu vois. Et puis j'ai toujours voulu faire évoluer ma carrière en ce sens.

Je me lève et viens me placer face à lui pour passer mes bras autour de sa taille et reposer ma tête sur son épaule. Son ambition sans bornes est une des choses que j'aime le plus chez lui. Quand bien même, une toute petite partie de moi redoute déjà ses absences à répétition s'il obtenait la promotion. L'argent et les responsabilités ont évidemment un prix, et le sien se traduira en de multiples heures supplémentaires, pour ma plus grande tristesse.

— Est-ce que tu as invité Gloria à notre pendaison de crémaillère ?

— Bien sûr. J'ai invité tous mes collègues et leurs plus un. Même Smethers, mon rival de toujours.

Il émet un petit gloussement, bien qu'il ne plaisante qu'à moitié. Andrew Smethers est son concurrent principal dans la course à la promotion.

— Attends un peu de rencontrer sa femme. Elle a fait tellement de chirurgie esthétique que son visage a autant d'expression qu'un poisson sous anesthésie.

Nous rions de bon cœur. Ce qui n'enlève rien au fait que je n'ai toujours aucune envie d'organiser cette fête. Que vont penser les collègues de Ross lorsqu'ils me verront ?

Moi, la fiancée même pas fichue d'avoir un travail. Je regrette tellement d'avoir accepté.

— Et combien d'anciens de l'université as-tu invités ?

— Tout le monde.

Je recule d'un pas.

— Tout le monde ? Oh mon Dieu, Ross. Et combien ça fait ?

— Ne t'inquiète pas, ils ne répondront pas tous à l'appel. Mais je ne pouvais décemment pas en inviter certains et pas les autres. Les nouvelles circulent plus vite qu'un norovirus entre eux, tu sais.

Il effleure ma nuque du bout des doigts.

— C'est dommage que tes amis habitent si loin de chez nous.

J'acquiesce. Il parle de mes amis comme si j'en avais des dizaines, mais après que mes parents ont déménagé à Dovercourt pour qu'on prenne un nouveau départ, la plupart des filles de mon nouveau collège avaient déjà formé des groupes d'amies. J'ai réussi à devenir copine avec quelques-unes d'entre elles au bout d'un moment. Je les vois toujours de temps à autre d'ailleurs. Et nous échangeons régulièrement des coups de fil. Mais Callie est partie en Espagne enseigner l'anglais et ne revient qu'une ou deux fois par an. Et Becca vit à Carlisle. Aussi je me vois mal lui demander de faire la route jusqu'à Londres pour une pendaison de crémaillère. Pas le choix, je vais devoir me faire de nouveaux amis. Rencontrer des gens qui habitent dans le coin. Comme cette fille avec qui j'ai discuté lors de la journée portes ouvertes. J'aurais dû lui demander son numéro. Lui proposer de garder contact.

— Tout va bien Lizzie ?

Je le regarde d'un air confus. Pourquoi me dévisage-t-il ainsi ?

— Chérie, je crois que tu as fait une partielle. Tu avais le regard perdu, tout à coup.

J'essaie de ne pas laisser transparaître ma déception. Je n'avais pas fait de crise partielle depuis plusieurs mois – du moins, je le *pense* – et bien que ce type de crise soit sans danger, je finis toujours dans tous mes états après en avoir fait une.

Ross me serre dans ses bras.

— Ne sois pas si inquiète, ma chérie. C'était une toute petite absence de rien du tout.

— Et si ce n'était que le début ? Et si les vraies crises reprenaient ?

Ross recule d'un pas et prend son air voulant dire : « C'est moi le docteur ici, alors fais-moi confiance. »

— À quoi bon s'inquiéter de quelque chose qui pourrait arriver ? Et puis, ce n'est pas comme si tu n'avais pas appris à maîtriser tes crises. Alors *arrête* de te faire du souci, s'il te plaît.

Je lève les yeux au ciel. Cette tendance qu'il a d'être logique en toutes circonstances... Et même si ce qu'il dit est vrai, ce n'est pas ce que j'ai envie d'entendre maintenant. Non, je veux qu'il me prenne dans ses bras et qu'il me dise que les crises ne reviendront pas. Qu'elles ne reviendront jamais. Mais je peux toujours rêver, bien sûr. Un médecin digne de ce nom ne fera jamais une promesse qu'il ne pourra tenir. Même à sa fiancée. Pour être honnête, je ne le croirais de toute façon pas, s'il me faisait une telle promesse.

— Si je puis me permettre, cette réponse est typique du genre masculin.

Il prend un air faussement outré.

— Serais-tu en train de sous-entendre que je ne suis qu'un simple spécimen typique du genre masculin ? Et moi qui croyais être spécial.

Je lui donne une petite tape moqueuse. Plus tard, quand Ross est occupé à faire le tri dans ses papiers étalés sur la table de la salle à manger et que je me retrouve seule dans le bureau, l'anxiété m'envahit de plus belle. Si ça se trouve, Ross m'avait bien prévenue de ses rendez-vous tardifs de l'autre soir, mais j'ai oublié à cause d'une partielle. J'ai l'impression d'avoir sous-estimé l'intensité du choc émotionnel provoqué par la mort de la petite Élodie Stevens. Sans parler du carton apporté par mes parents et de tous les souvenirs qu'il a fait ressurgir.

Les crises ne sont pas ma seule source d'inquiétude. Mais je ne peux pas en parler à Ross parce que je n'arrive pas encore à mettre de mots dessus, bien que ces peurs gagnent en puissance de jour en jour. Dénuées de nom, dénuées de forme, elles refont surface une fois de plus.

« Un jour, nous aurons des bébés », a-t-elle dit. « J'ai fait une liste de prénoms potentiels. »

D'un revers de la main, elle a repoussé une fourmi qui remontait le long de sa jambe, l'envoyant balader à travers le patio.

« Tu savais que les fourmis pouvaient soulever jusqu'à vingt fois leur propre poids ? », lui ai-je demandé.

Elle a levé les yeux au ciel et j'ai senti mes joues s'enflammer. Pourquoi a-t-il fallu que je parle de ces satanées fourmis ? Si je ne faisais pas attention, elle allait finir par trouver quelqu'un de mieux avec qui passer du temps. J'ai cru que cette bêtise que nous avions faite nous lierait pour toujours, mais ces derniers temps, toutes mes certitudes se sont envolées.

Je ne pourrais pas supporter de la perdre.

12

Le jour de la pendaison de crémaillère est arrivé et les invités ne devraient plus tarder à s'annoncer. Les deux dernières semaines sont passées en coup de vent. Les températures ont battu des records, hissant ce mois de mars parmi les dix plus chauds de tous les temps. Heureusement, je n'ai pas reçu d'autres appels énigmatiques et les médias ont enfin fini par se lasser de la mort de la petite Élodie. En outre, j'ai terminé de vider tous les cartons *et* envoyé ma candidature à l'université de Greenwich. Seule ombre au tableau : mes règles ne se sont toujours pas déclenchées.

Je repense à mon achat impulsif de la veille. Prise de panique, je suis allée à la pharmacie acheter un test de grossesse. Depuis, il n'a pas bougé de mon sac à main. Il y a quelques semaines, nous avons fait l'amour sans protection et je n'arrête pas d'y penser. D'imaginer les conséquences. Ross s'est retiré à temps, bien sûr, mais alors pourquoi n'ai-je pas mes règles, moi qui n'ai jamais eu à déplorer des cycles irréguliers ?

Je ne veux pas d'enfant. Enfin, *si*. Je serais *ravie* d'être mère, un jour. Mais pas tout de suite. Pas alors que j'ai enfin l'opportunité d'avancer dans ma vie. Ces deux dernières années ont été géniales. Je n'ai pas fait une seule crise majeure. J'ai rencontré Ross. Bref, je mène une vie normale, ce qui me semblait totalement impossible il n'y a encore pas si longtemps.

Je ne suis pas enceinte. C'est impossible. Mes règles ont juste quelques jours de retard, voilà tout. Ross pointe la télécommande en direction de la chaîne hi-fi et les premières notes de « All of Me » retentissent, emplissant le salon de la voix suave de John Legend. Nous dansons un slow et je repose ma tête contre son torse.

— La maison est magnifique, dit-il. Je suis désolé de ne pas avoir pu t'aider à vider tous ces cartons. Ça t'a donné tellement de boulot.

— Je sais. Tu fais bien d'être désolé. J'ai effectivement sué sang et eau à tout faire toute seule, je lui réponds en profitant de cet instant d'intimité.

Je regarde par-dessus son épaule en direction du miroir posé sur la cheminée, que j'ai décoré d'une guirlande lumineuse. J'ai bien cru que je n'allais pas m'en sortir ce matin, quand Ross a dû s'absenter à deux reprises pour des urgences. Par chance, j'ai réussi à remplir toutes les tâches que je m'étais fixées et la plupart des siennes. J'ai mis un temps fou à accrocher cette satanée guirlande. Avec les bougies disséminées un peu partout dans le salon, on se croirait dans un antre magique, à l'ambiance tamisée et chaleureuse. Parfaite pour une soirée.

Quand la sonnette retentit, nous nous empressons de prendre nos postes respectifs : Ross à la porte pour accueillir les invités et moi dans la cuisine pour préparer l'apéritif. J'ai tout à coup le sentiment de ne plus être naturelle, aussi bien dans mon attitude que dans mes mouvements. Au point que même me déplacer d'une pièce à l'autre me semble une tâche trop compliquée à réaliser. Lorsque Ross revient accompagné d'un couple de trentenaires élégamment habillés, chargés d'une bouteille de vin et d'un bouquet de fleurs, je fais tomber une baguette de pain dans l'évier. Je m'empresse de la récupérer en espérant qu'ils n'ont rien remarqué.

— Chérie, je te présente Andrew Smethers et sa femme Trina.

Eh ben. Ross avait raison au sujet de la chirurgie esthétique. Mais il faut avouer que le rendu est très bon. Elle est magnifique et ne ressemble en rien à un « poisson sous anesthésie ». Je prends note mentalement de le disputer pour avoir été si médisant.

— Ravie de vous rencontrer, je réponds.

Trina Smethers se penche pour m'embrasser sur les deux joues. La bise n'est pas quelque chose de très répandu en province. C'est la raison pour laquelle je n'y suis pas encore totalement habituée. À côté de Trina, je me sens énorme et maladroite, même si nous portons probablement la même taille de vêtements. Je me prépare à lui faire la conversation, redoutant déjà l'inévitable question du travail. Que pourrais-je bien lui répondre qui ne me fera pas passer pour une triste relique des années cinquante ?

Pour finir, je n'ai pas besoin de dire quoi que ce soit car elle m'adresse son plus beau sourire, me remercie pour l'invitation et laisse aussitôt place à son mari pour qu'il me salue. Je sais que Ross se méfie d'Andrew Smethers car ils briguent tous deux la même promotion, mais il n'empêche que lui et sa femme m'ont tout l'air d'être des personnes adorables.

On sonne de nouveau à la porte. C'est parti. Les voix, les rires, la musique. Les capsules de bières qui sautent et les verres qui s'entrechoquent. Mais on est loin du cauchemar que je me figurais. Bien au contraire. À mesure que le temps passe, je me surprends à être de plus en plus à l'aise. Je pensais que je me sentirais comme une étrangère à ma propre pendaison de crémaillère, que ça me rappellerait ces horribles soirées disco auxquelles j'allais, reléguée dans un coin pendant que les autres s'amusaient comme des fous. Et surtout, priant pour ne pas me ridiculiser devant tout le monde en faisant une crise.

Ross en est déjà à sa troisième bière et je mettrais ma main à couper qu'il est allé fumer une cigarette dans le jardin un peu plus tôt. Pourtant, il est censé avoir arrêté pour de bon. Il a beau avoir investi peu de temps dans les préparatifs de cette fête, je vois à quel point il est important pour lui qu'elle se déroule bien. Il me fait signe de le rejoindre alors qu'il se trouve en compagnie d'une femme plus âgée au style surprenant. Je distingue une mèche teinte en violet dans le gris de ses cheveux.

— Lizzie, voici June, notre redoutable directrice de cabinet. Et bientôt à la retraite, pour notre plus grand regret à tous.

Je serre la main que June me tend. Il y a donc *encore* quelques individus à Londres qui n'ont pas succombé à la mode de la bise. Dieu merci.

— Ross m'a dit que vous aviez soumis votre candidature à l'université de Greenwich, me dit-elle. J'y ai étudié au début des années quatre-vingt-dix quand c'était encore Thames Poly. C'est là-bas que j'ai rencontré certains de mes meilleurs amis.

Elle m'adresse un sourire complice.

— Ah, les années étudiantes.

June me présente Lucy et Becky, les deux réceptionnistes, et l'espace d'un instant je suis tentée d'accepter le poste dont Ross m'a parlé. Si j'étudie à temps partiel, je pourrai certainement travailler une ou deux matinées au cabinet. Tout dépendra de mon emploi du temps, bien sûr.

— Tu es sublime dans cette robe, me souffle Ross à l'oreille.

Enfin, il commence à se détendre. Je ne regrette plus du tout d'avoir accepté d'organiser cette pendaison de crémaillère. Je peux enfin rencontrer ses collègues et avoir réellement l'impression d'appartenir à son monde. Je ne relève même pas quand ses anciens camarades d'université débarquent avec suffisamment d'alcool pour que la fête s'étende à tout le week-end. Leurs éclats de voix bruyants, leur exubérance et leur familiarité renforcée par la consommation excessive de bière contribuent à mettre tout le monde à l'aise et d'humeur festive.

À vingt-deux heures trente, même la très sérieuse Gloria Williams et son mari aux airs pourtant si sérieux dansent au rythme de « Brown-eyed Girl » de Van Morrison, comme deux hippies enamourés.

Je suis surprise d'entendre une nouvelle fois la sonnette retentir car je pensais que tous les invités étaient arrivés, compte tenu de l'heure. Bien que je passe un bon moment et que je m'amuse, je dois avouer que je commence un peu à fatiguer de devoir sans arrêt accueillir les nouveaux arrivants et divertir les invités déjà présents. Je préférerais qu'ils commencent à prévoir leur départ d'ici une demi-heure ou une heure. Quitte à ce qu'il ne reste que Ross et ses amis d'université, car j'aurais au moins une excuse pour les laisser entre eux et aller me coucher.

— Ne t'inquiète pas, chérie. C'est probablement juste la police, plaisante Ross en m'effleurant les hanches tandis qu'il se dirige vers la porte d'entrée.

— Quelqu'un veut boire quelque chose pendant que j'y suis ? lance-t-il à l'attention des convives.

— Je reprendrais bien un peu de vin rouge, répond Gloria. Pauvre Lizzie, tu viens à peine de t'asseoir. Tu permets que j'aille me servir moi-même ?

Je bondis sur mes pieds.

— Ne bouge pas, je m'en charge.

Tandis que je me dirige vers la cuisine, j'aperçois Ross en train d'aider quelqu'un à retirer son manteau. Si les gens continuent d'arriver à cette heure-là, alors la soirée n'est pas près de toucher à sa fin. Heureusement, tout se passe à merveille et c'est le principal. Et tant pis si nous passons toute la journée de demain à ranger et nettoyer.

La porte de derrière a été laissée ouverte et une odeur de cigarette a envahi la cuisine. Je la referme doucement avant de sortir un plateau et d'y poser une bouteille de vin rouge ainsi que des verres propres, au cas où d'autres que Gloria voudraient se servir. Comme *moi*, par exemple. Je devrais peut-être me laisser tenter. C'est ma soirée, après tout. Ce n'est sûrement pas un petit verre de rouge qui va me faire du mal.

Je soulève le plateau en faisant attention de bien garder l'équilibre et je repars pour le salon. Mais à peine ai-je fait quelques pas que je me fige soudain, le souffle court. Le plateau tombe comme au ralenti, puis percute le sol dans un fracas assourdissant. Des morceaux de verre brisé et du liquide rouge se répandent partout, éclaboussant les murs gris pâle au passage. Des exclamations me parviennent du salon avant que le silence ne s'installe.

Ross me dévisage, l'air à la fois choqué et déstabilisé. Il fait un pas dans ma direction, faisant crisser les éclats de verre sous les semelles de ses chaussures. Je devine l'inquiétude des invités présents dans le couloir de l'entrée. Mes sens parviennent à percevoir ce qui se passe autour, bien que mon attention soit totalement focalisée sur la femme se tenant devant moi. La femme occupée à faire glisser son écharpe de son cou.

Je suis incapable d'effectuer le moindre mouvement. Incapable de prononcer le moindre mot. Comment est-ce possible ? Comment la sœur d'Alice peut-elle se trouver ici ?

13

Alors : avant le drame
Jeudi 19 juillet 2007

Maman entre dans la cuisine avec un panier rempli de linge sale.

— Quelle chance qu'il fasse si beau le premier jour des grandes vacances, me dit-elle, le visage éclairé d'un sourire radieux. C'est un signe, tu ne crois pas ? Le signe que nous allons avoir le meilleur des étés.

Elle pose le panier devant la machine à laver.

— Avec qui parlais-tu au téléphone ?

— Alice. On va faire notre promenade.

Un certain temps s'écoule avant que maman ne réponde.

— Pourquoi ne proposes-tu jamais à Elizabeth Staunton de venir jouer avec toi ? finit-elle par me demander.

Je pousse un long soupir d'agacement. Elle pense sérieusement que j'ai encore l'âge de *jouer* ?

— Parce que la seule chose qui l'intéresse, c'est de parler de Justin Timberlake et, de toute façon, je préfère être avec Alice. C'est pas parce que tu es amie avec la mère d'Elizabeth que je dois être amie avec sa fille aussi.

Maman ouvre la porte de la machine à laver et commence à la remplir de linge.

— Non, bien sûr. Mais Elizabeth est une gentille fille et je mettrais ma main à couper que tu as plus de points communs avec elle qu'avec Alice Dawson.

Je n'aime pas la façon dont elle prononce le nom d'Alice. Surtout son nom de famille. Elle le crache presque, comme s'il laissait un goût désagréable sur la langue.

— Comme le fait d'être forcées à jouer du piano par nos mères, par exemple ?

Elle se redresse et me foudroie du regard.

— N'exagère pas, Lizzie. Je ne te *force* pas à jouer du piano. Je croyais que tu aimais ça.

— C'était le cas. Avant que je sois obligée de passer tous ces examens théoriques.

— Elizabeth a une grande connaissance de la théorie musicale. Elle pourrait t'aider.

— Maman ! Je n'ai pas besoin qu'Elizabeth Staunton *m'aide* en théorie musicale, merci. Et de toute façon, qu'est-ce qui ne te plaît pas chez Alice ? Elle n'est pas assez bourge pour toi, c'est ça ? Ou c'est parce que son père et sa mère ne vont jamais à la messe ?

Papa choisit ce moment précis pour passer du jardin à la cuisine.

— Lizzie ! Ne parle pas à ta mère sur ce ton ! C'est très malpoli.

— Mais j'en ai assez qu'on me dise avec qui j'ai le droit d'être amie ou non.

Maman pousse un soupir d'exaspération.

— Je ne t'interdis *pas* d'être amie avec elle. Je dis simplement que tu devrais songer à élargir ton cercle de connaissances, tu ne crois pas ?

Une demi-heure plus tard, je suis toujours en train de ressasser cette conversation quand je vois Alice apparaître au bout de l'allée devant notre maison. Elle porte la veste en jean de sa sœur. Celle avec des fleurs brodées sur les manches. Ses cheveux sont différents, aujourd'hui. Elle les a relevés avec une pince. Comme j'aimerais pouvoir faire la même chose. Malheureusement, mes cheveux ne sont pas assez longs. Maman préfère que je les garde courts car ils sont « plus faciles à dompter ». Ce qui est totalement faux. J'ai toujours deux ou trois mèches qui partent dans tous les sens et qui me donnent l'air stupide et moche.

J'attrape la bouteille de jus d'orange coupé à l'eau préparée un peu plus tôt et les gâteaux d'avoine subtilement dérobés dans le placard à sucreries puis emballés dans du papier d'aluminium.

— À tout à l'heure, maman.

— À tout à l'heure, ma chérie, crie-t-elle depuis la cuisine. Soyez prudentes, d'accord ? N'adressez pas la parole à des inconnus.

Elle se ferait un véritable sang d'encre si elle savait ce qu'était La Promenade et à quel point elle était isolée du reste du monde. Elle est persuadée que nous allons nous balader dans le parc.

Il nous faut environ un quart d'heure pour rejoindre l'embranchement menant à Tippet Lane et au sentier public. Nos poneys préférés sont en train de paître dans le champ adjacent et nous nous arrêtons pour leur caresser le museau et leur donner quelques brins d'herbe haute à manger au creux de nos mains. Alice est plus calme que d'habitude. Elle semble préoccupée. Je n'ose rien lui demander au cas où cela aurait un rapport avec la dépression de sa mère. C'est presque toujours le cas. Pourtant, elle n'a pas vraiment l'air triste. Juste… énigmatique.

Je lui tends un gâteau d'avoine et lui raconte ma dispute avec maman à cause d'Elizabeth Staunton.

Alice fait la grimace.

— Son père est pasteur, non ?

— Non, c'est un prédicateur laïc.

Elle laisse échapper un petit ricanement.

— Quoi que ça veuille dire.

— Un prédicateur laïc est quelqu'un qui peut assurer les cultes mais qui n'est pas officiellement considéré comme un ecclésiastique parce qu'il n'est pas ordonné.

À présent, Alice glousse franchement.

— Punaise, Lizzie. On croirait entendre Mme Bentham.

Je lui donne un petit coup de coude dans les côtes en signe de protestation.

— C'est pas vrai, arrête.

Mme Bentham est notre sinistre professeure d'études théologiques. Elle porte d'horribles sandales ouvertes – les mêmes que mon père met pour aller à la plage – et son haleine sent toujours l'ail. Il n'en faut pas plus pour que je commence à glousser moi aussi, et pendant les minutes qui suivent, je m'applique à livrer ma plus belle imitation de Mme Bentham, pour la plus grande joie d'Alice. Je vais même jusqu'à souffler sur son visage et elle prétend être prise d'un haut-le-cœur à cause de l'odeur d'ail imaginaire. Je la sermonne alors et la traite d'élément perturbateur.

— Je parie que c'est la raison pour laquelle ta mère préférerait que tu traînes avec Elizabeth la bigote. Elle est persuadée que je suis un *élément perturbateur*, elle aussi.

Elle joue avec la pince qui retient ses cheveux. Quelques mèches rebelles se sont échappées et retombent le long de sa nuque, mais c'est joli. Sexy, même. Je prie pour qu'elle n'adopte pas cette nouvelle coupe de cheveux tous les jours.

— Catherine m'a dit que ça me donnait un air plus mature, mais c'est trop serré. Elle m'a donné cette veste aussi. Elle a dit que c'était un cadeau.

J'essaie tant bien que mal de ne pas laisser transparaître ma jalousie. Je donnerais n'importe quoi pour avoir une belle veste en jean, moi aussi. Comment se fait-il qu'Alice ait toujours tout et moi rien ? C'est pas juste.

14

Aujourd'hui

Gloria me demande de me déplacer un instant pour ramasser les éclats de verre à mes pieds à l'aide d'une balayette et d'une pelle. Deux autres personnes passent un coup d'éponge sur les murs pour faire disparaître les traces de vin rouge. Les visages se détournent peu à peu de moi et les conversations reprennent là où elles s'étaient arrêtées. Tout revient à la normale, sauf que plus rien n'est normal. Bien au contraire. Tout est parti de travers.

Ross pose sa main sur mon épaule et m'entraîne doucement vers le bureau, loin de la scène de crime et à l'abri des regards indiscrets. À l'abri du fantôme dans le couloir de l'entrée.

Mais le fantôme nous suit.

D'instinct, je m'écarte d'elle autant que faire se peut, ce qui n'est pas beaucoup compte tenu de la petite taille de la pièce dans laquelle nous nous trouvons. Mon dos cogne contre le meuble dans lequel Ross a rangé sa collection de vinyles et je reste là, presque encastrée dans les étagères. Je peux sentir l'odeur de son parfum. Noix de coco. S'il ne s'agissait pas de Catherine Dawson, je l'aurais certainement complimentée et lui aurais demandé la marque de son parfum. À cet instant précis, néanmoins, cette odeur constitue un affront à mes narines. Elle me répugne.

Ross avance d'un pas hésitant pour venir se placer entre nous. Il commence par me demander si je vais bien, à la limite de l'exagération, puis il se tourne en direction de Catherine, se confondant en excuses. Pourquoi lui présente-t-il ses *excuses* ? Que se passe-t-il, bon sang ? D'où connaît-elle Ross ?

— Lizzie ? Lizzie Molyneux, c'est bien toi ?

Sa voix me hérisse le poil.

— Tu es la fiancée de Ross ?

Les yeux de Ross passent de moi à Catherine, avant de revenir sur moi.

— L'une d'entre vous va-t-elle finir par m'expliquer ce qu'il se passe à la fin ? Vous vous connaissez ?

Je déglutis avec difficulté.

— Quelque chose comme ça.

Je n'en reviens pas d'avoir trouvé la force de répondre.

Ross me dévisage, attendant davantage de précisions. Mais que pourrais-je bien lui dire ?

— Lizzie était la meilleure amie de ma petite sœur, ajoute Catherine avant de s'installer dans le fauteuil Ikea relégué dans un coin de la pièce. Celui que j'utilise quand Ross et moi avons tous les deux besoin de travailler dans le bureau.

Ross lève un sourcil, l'air de dire « C'est *tout* ? ».

— Alice est morte, dis-je pour enchaîner.

Ça y est. Je l'ai dit. Mais ma langue est comme coincée au fond de ma gorge et mes genoux se mettent à trembler de manière incontrôlable.

Ross me fait signe de m'asseoir dans le fauteuil en cuir, mais je ne bouge pas d'un pouce, le dos pressé contre le meuble, évitant à tout prix de croiser le regard de Catherine.

— Lizzie était avec elle quand c'est arrivé, finit-elle par dire.

Je retiens mon souffle lorsqu'elle baisse les yeux et se met à triturer l'anneau à son annulaire.

— Alice a été percutée par un train. C'était un accident, ajoute-t-elle. Un tragique accident.

Ma poitrine se soulève d'un coup et l'air envahit mes poumons avec une puissance telle que je manque de m'étouffer. J'essaie de maîtriser les muscles de mon visage ; de garder une expression aussi neutre que possible, sans pour autant y parvenir. Ma mâchoire se contracte si fort que c'est un miracle que mes dents ne se brisent pas.

Ross me regarde fixement, bouche bée et le front plissé d'inquiétude. J'observe son visage pendant qu'il digère la nouvelle. Encaisse le coup. Il jette un rapide coup d'œil en direction de la porte et je comprends qu'il hésite. Il hésite entre rester pour essayer de comprendre ce qui se passe et retourner voir ses invités – *nos* invités – afin de s'assurer que la soirée se passe toujours bien.

Je devine le moment précis où il prend sa décision.

— Je vais vous laisser discuter toutes les deux, dit-il.

Il l'a dit sans grande conviction mais se dirige tout de même vers la porte. Mes yeux le supplient de rester. Je ne peux pas être seule avec elle. Pourquoi ne le voit-il pas ? Qu'est-ce qui ne va pas chez lui ? Trop tard, il est parti.

Tous les muscles de mon corps se raidissent et j'attends que l'apparition devant moi laisse enfin place à la véritable Catherine Dawson. La Catherine Dawson qui a campé sous mes fenêtres au beau milieu de la nuit. Et plus d'une fois. Même si elle n'a plus jamais jeté de pierre contre ma fenêtre après la première nuit, j'ai toujours senti sa présence derrière les rideaux. Son aura toxique. J'ai fini par le dire à mes parents et elle a arrêté de venir après ça. Mais le mal était fait. Quoi qu'elle ait soufflé à l'oreille de Melissa et des autres filles à l'enterrement d'Alice, cela a suffi à lancer les pires rumeurs sur moi quand je suis revenue à l'école.

Elle penche légèrement la tête.

— Il nous a fallu du temps pour accepter la mort d'Alice.

Elle parle d'une voix morne et plate. Je regarde sa gorge se soulever lorsqu'elle déglutit, puis mon regard glisse sur ses clavicules saillantes et le collier de perles rouge sang contrastant avec le noir de sa robe.

— Je suis partie de chez moi un an après que tes parents et toi avez déménagé. J'ai fait des études pour devenir infirmière. J'ai rejoint le cabinet il y a peu. J'ignorais complètement que tu étais...

Les pièces du puzzle s'assemblent enfin. La nouvelle infirmière praticienne dont Ross n'arrête pas de parler. Celle avec qui il est allé rendre visite à un patient l'autre soir. Avec qui il a mangé un poulet frites pendant que je l'attendais à la maison, morte d'inquiétude. Il s'agit de Catherine Dawson. Quel genre de coïncidence cela peut-il être ? Quelle putain de coïncidence ?

Lentement, je me dirige vers le fauteuil en cuir où je me laisse glisser, les mains agrippées aux accoudoirs. Et, pour la première fois depuis que je l'ai aperçue dans le couloir d'entrée de ma maison un peu plus tôt, je m'autorise à la regarder. À l'exception de quelques petites rides d'expression au coin des lèvres, elle est exactement comme dans mes souvenirs. Alice est là, elle aussi. Dans ses yeux, le contour de sa mâchoire, la teinte de ses cheveux. Aurait-elle ressemblé à sa sœur si elle avait eu la possibilité de grandir ?

— Je me suis mal comportée avec toi, dit-elle. Je te présente mes excuses, Lizzie. Mais tu dois comprendre que j'essayais de faire mon deuil. Ma petite sœur était morte et...

Elle fait une pause pour reprendre son souffle.

— Je voulais juste savoir ce qui lui était arrivé. *Pourquoi* ça lui était arrivé. Je refusais de croire que nous ne pourrions peut-être jamais avoir la réponse à ces questions.

Je déglutis nerveusement. Je suis en train de rêver. La Catherine Dawson que je connais n'est pas arrivée à cette soirée. Elle ne travaille pas avec Ross et dîne encore moins avec lui entre deux rendez-vous professionnels. C'est tout bonnement impossible.

— Lizzie, est-ce que ça va ? me demande-t-elle d'une voix douce et empreinte d'inquiétude.

Le ton même qu'un psy emploierait. Évidemment, c'est une infirmière désormais. Un membre du corps médical. Douze années se sont écoulées depuis la mort d'Alice.

Le silence entre nous s'éternise.

— Je n'essaie pas de me trouver des excuses, finit-elle par ajouter. Je souhaite juste t'expliquer ce que je ressentais à ce moment-là.

Elle plonge son regard dans le mien. Un regard implorant le pardon.

Je détourne la tête. Hors de question d'avoir pitié d'elle. Pourtant, au fond de moi, je suis déjà en train de recalibrer ma réponse émotionnelle. Car en dépit de tout, j'ai envie de comprendre moi aussi.

Elle se lève.

— Je vais partir. Je ne voudrais pas gâcher votre soirée.

— Non. Reste boire un verre avec tes collègues.

Je n'arrive pas à croire que ces mots viennent de sortir de ma bouche. Mais après tout, les gens sont capables de changer, non ? De tirer des leçons de leurs erreurs et d'éprouver de la culpabilité. Et puis je ne sais rien de la douleur que provoque la perte d'une sœur. Je sais ce que cela fait de perdre sa meilleure amie, alors je n'ose même pas imaginer ce que Catherine Dawson et ses parents ont dû ressentir. L'état dans lequel ils ont dû se trouver dans les semaines et les mois qui ont suivi la mort d'Alice. De toute façon, si je la chasse de la maison, que vont penser les collègues de Ross ? En tout cas, lui détesterait que je fasse une scène, surtout devant Gloria Williams.

Je me lève à mon tour. L'espace d'un court instant, j'ai l'horrible impression qu'elle va me serrer dans ses bras, mais si l'idée lui a traversé l'esprit, elle n'en fait pour autant rien et se dirige vers la porte à la place. Au moment de l'ouvrir, elle s'arrête et se retourne vers moi.

— Merci, murmure-t-elle.

Je la suis du regard tandis qu'elle quitte la pièce, incapable de lui emboîter le pas. Mon passé m'a rattrapée. Je savais que cela finirait par arriver un jour. Tout ce temps, je ne faisais que vivre en sursis. Enfin, quelque chose en moi se brise pour laisser place à une toute nouvelle sensation.

15

Il est bientôt une heure du matin et les derniers invités sont partis il y a une trentaine de minutes. Si les circonstances avaient été différentes, les amis d'université de Ross seraient probablement restés bien plus longtemps et je serais allée me coucher. Mais à l'instar des collègues de Ross, ils ont dû sentir qu'il était préférable pour eux de s'en aller et de nous laisser seuls.

La maison, encore si propre et joliment décorée il y a tout juste cinq heures, si chaleureuse et accueillante, ressemble désormais à un champ de bataille jonché de verres vides et d'assiettes en carton. Mon cœur se fend chaque fois que mon regard se pose sur les taches de vin souillant la belle couleur grise des murs de l'entrée. Désormais, on pourrait croire que quelqu'un y a été assassiné.

Installé dans un des fauteuils du salon, Ross se mord l'intérieur de la lèvre. Il inspire longuement par le nez et se penche en avant, entourant ses genoux de ses bras. Il a l'air complètement abattu.

— Pourquoi ne m'as-tu jamais parlé de cette histoire, Lizzie ?

Je me suis recroquevillée à un bout du canapé, une tasse de camomille brûlante sur les genoux pour me réchauffer. Une douleur me vrille la tempe gauche.

— J'avais l'intention de le faire, mais je n'arrivais jamais à trouver le bon moment.

— Quelle horreur de voir sa meilleure amie mourir de cette façon.

— Je n'ai *rien* vu. Le temps que je revienne à moi, c'était déjà terminé. La seule chose que j'ai vue, c'est...

Je ferme les yeux pour chasser l'image de mes pensées.

Ross secoue la tête.

— Je n'arrive pas à croire que pendant tout ce temps, tu as dû gérer ce traumatisme seule et que je n'avais pas la moindre idée de ce que tu traversais.

Je bois une gorgée de mon infusion.

— Je te laisse imaginer le choc que ça a été de me retrouver nez à nez avec sa sœur dans notre propre maison. De te voir discuter avec elle au milieu du couloir d'entrée.

C'est tout juste si mes paroles expriment la réalité de ce que j'ai ressenti et ressens toujours. Catherine a été tellement affreuse avec moi après la mort d'Alice. Elle me tenait pour responsable de la disparition de sa petite sœur.

Ross se lève pour venir s'installer à côté de moi et me caresse la joue du dos de la main.

— Oh, ma chérie.

Je voudrais lui raconter l'enfer que j'ai vécu à l'époque, mais par quoi pourrais-je bien commencer ? Et comment lui dire que la réapparition soudaine de Catherine Dawson n'est pas la seule chose qui me chagrine, même si Dieu sait que cet événement a été suffisamment bouleversant. Il y a aussi tout ce qu'elle représente. Le passé et ces choses que je voudrais pouvoir oublier. Ces choses auxquelles je pense le *moins* possible, essayant de les repousser dans le coin le plus reculé de mon esprit.

— Ne le prends pas mal, me dit-il, parce que je ne cherche pas à minimiser ce qu'elle t'a fait subir. En aucun cas je ne me le permettrais. Faire peur à une gamine de 13 ans en pleine nuit est un acte tout à fait répréhensible, mais...

Il secoue à nouveau la tête.

— Le chagrin n'affecte pas les gens de la même manière. Elle venait de perdre sa petite sœur.

— Et moi je venais de perdre ma meilleure amie et je devais composer avec les rumeurs disant que c'était moi qui l'avais tuée !

Il respire à travers ses dents serrées.

— J'imagine que tu as consulté un psy pour t'aider à surmonter cette épreuve ?

— Bien entendu.

Angela Harris. Son visage se matérialise devant moi comme si j'étais revenue douze ans en arrière, dans cette pièce aux murs beiges décorés de posters de montagnes enneigées, avec une boîte de mouchoirs posée sur la table nous séparant. Je revois ses lèvres bouger alors qu'elle se prépare à dire quelque chose de sa voix calme et froide. Pour la énième fois, elle me demande si je ressens le besoin de lui parler, de me libérer d'un quelconque fardeau qui pèserait sur ma conscience.

Ross pousse un soupir.

— Tu ferais mieux d'aller te coucher. Nous aurons l'occasion de reparler de tout ça demain. Il est tard et nous sommes tous les deux épuisés. Je ne voudrais pas risquer que tu fasses une crise.

Je sais très bien à quoi il fait référence. La fatigue et le stress : un combo dangereux lorsqu'on est épileptique. Ross ne m'a jamais vue faire une crise majeure et, avec un peu de chance, cela n'arrivera jamais. Il pense m'avoir vue au plus bas, comme ce jour où j'ai vomi dans les toilettes, couverte de sueur, parce que je ne me sentais pas dans mon assiette. Il est loin de m'avoir vue au plus bas. Bien loin. Moi non plus, cela dit. C'est le pire lorsqu'on est épileptique. Les seuls témoins de nos crises ; les seuls à voir nos corps se tordre dans tous les sens, ce sont les autres.

J'ai regardé une vidéo sur YouTube une fois, et elle a confirmé mes pires craintes. Je frémis à l'idée de me tortiller tel un poisson hors de l'eau, la bave aux lèvres, souillée par ma propre urine. Je ferme les yeux, en vain. Impossible de chasser ces images qui se succèdent les unes aux autres, pareilles aux diapositives d'une dérangeante étude de cas en psychologie.

— Allez, dit Ross en m'aidant à me lever. Je vais te servir un grand verre d'eau.

Je monte les escaliers d'un pas lourd sans un dernier regard pour le chaos dans le salon et l'entrée. J'aperçois cependant des marques sur les murs là où Ross a frotté avec une éponge pour nettoyer les taches de vin. Nous n'arriverons jamais à les faire disparaître. Nous n'aurons d'autre choix que de tout repeindre.

Il ne doit pas être loin de trois heures quand il monte se coucher à son tour. Je n'ai pas réussi à trouver le sommeil, me tournant et retournant sans cesse dans le lit, encore nerveuse à cause des événements de la soirée. J'avais pressenti qu'il allait m'arriver malheur. Comme je suis capable de pressentir quand je vais faire une crise. Le monde semble soudain en décalage avec moi, même si je n'arrive pas vraiment à mettre le doigt sur ce qui cloche.

J'ai d'abord cru que c'était lié à la mort de la petite Élodie Stevens. Ça arrive chaque fois que j'entends parler d'un enfant mort percuté par un train. Ensuite, il y a eu ce carton rempli de souvenirs d'enfance que maman et papa m'ont apporté il y a quelques semaines. Pourquoi diable ne l'ont-ils pas laissé moisir dans le grenier ? Sans oublier le petit train trouvé sur le muret devant la maison, ainsi que les étranges appels téléphoniques. Et pour couronner le tout, Catherine Dawson qui réapparaît dans ma vie. Il y a forcément une explication à tout ça. Une explication *sensée*.

J'entends Ross se brosser les dents et utiliser les toilettes. Puis il se met au lit et vient immédiatement se coller à moi, m'enserrant la taille de son bras droit et entremêlant ses jambes aux miennes. Si je lui confiais mes préoccupations, si je partageais mes peurs avec lui, nul doute qu'il tenterait de me rassurer à coups de statistiques et de probabilités. Doucement, patiemment, il m'expliquerait que ces événements n'ont aucun lien logique et que l'univers ne tourne pas autour de ma petite personne. Et il aurait parfaitement raison. Quand bien même…

D'instinct, je pose une main sur mon ventre. Toujours aucune trace de mes règles. Cela m'était complètement sorti de l'esprit à cause de toute cette affaire avec Catherine Dawson.

J'attends jusqu'à ce que Ross se mette à ronfler avant de repousser délicatement sa main et de glisser hors du lit.

16

J e descends les escaliers sur la pointe des pieds et farfouille au fond de mon sac à main. Il faut que je fasse ce test de grossesse pour être fixée sur mon sort une bonne fois pour toutes.

La lumière du bureau est restée allumée. J'entre à l'intérieur pour prendre place dans le fauteuil en cuir et lire la notice d'utilisation du test, essayant de passer outre les relents de noix de coco qui flottent toujours dans la pièce. L'écran du Mac de Ross s'allume tout à coup. J'ai dû accidentellement appuyer sur une des touches du clavier en sortant la notice de sa boîte.

Mon regard reste rivé à l'écran sur lequel s'affiche le gros titre d'un journal que je ne connais que trop bien. *Voilà* pourquoi il a tant tardé à aller se coucher. Il a fait des recherches sur l'accident.

DES MESURES DE SÛRETÉ RENFORCÉES
SUR LES PASSAGES À NIVEAU
TROP TARD POUR NOTRE ALICE

Nous avons rencontré les parents d'Alice Dawson, âgée de 13 ans lorsqu'elle est morte percutée par le train traversant le sentier public de Garleywood dans la commune de Garleywood Tippet. Désemparés, ils ont raconté le terrible accident ayant coûté la vie à leur fille et l'impossibilité de faire leur deuil.

« La disparition d'Alice a dévasté notre famille », confie Mick Dawson, le père d'Alice, propriétaire de la boucherie du même nom à Garleywood. « C'était une jeune fille magnifique et adorable, très populaire dans son école et appréciée de tous. J'ignore si nous nous relèverons un jour de cette tragédie. »

Les circonstances exactes de la mort d'Alice sont encore inconnues à ce jour. Elle était sortie se promener avec une amie, Lizzie Molyneux, âgée du même âge. Les deux filles avaient l'habitude d'emprunter le sentier public de Garleywood et avaient déjà traversé le passage à niveau à de multiples occasions sans jamais rencontrer de problème. Mais le matin du 19 juillet 2007 à 11 h 25, Alice a été percutée par un train à quatre wagons. L'autopsie post-mortem a révélé qu'elle était morte sur le coup. Lizzie Molyneux a été retrouvée inconsciente près de la voie ferrée par le conducteur du train lui-même. Souffrant d'épilepsie, Lizzie est une habituée des crises tonico-cloniques sévères. Elle dit ne pas se souvenir d'avoir vu son amie traverser le passage à niveau. Le jury rattaché à l'enquête a conclu qu'il s'agissait d'un décès accidentel. Le passage à niveau du sentier public de Garleywood fait désormais partie d'un vaste plan d'amélioration des mesures de sûreté selon le porte-parole de Network Rail, Bill Redditch. « C'est trop tard pour notre Alice », déplore la petite communauté de Garleywood Tippet, encore sous le choc. Nombreux sont les habitants qui réclament la fermeture immédiate du sentier.

Après m'être promis de ne plus jamais reposer les yeux dessus, je parcours l'article que j'ai lu pour la dernière fois il y a douze ans. Je suis frappée par la disparité entre la description d'Alice et la mienne. L'idée que Ross ait pu lire ces lignes seul aux premières heures du jour me remplit de chagrin. De honte aussi. Je sais que le journaliste n'a fait que répéter les mots du père d'Alice et qu'il était *évident* que Mick Dawson dirait ce genre de choses. Comme quoi Alice était la plus belle et la plus populaire à l'école. Qu'elle était aimée de tous ceux qui la connaissaient. Elle était parfaite et il venait de la perdre de la façon la plus horrible qui soit.

Mais la voir décrite sous un jour si positif et angélique rendait ma description d'autant plus austère et froide : « souffrant d'épilepsie », « habituée des crises tonico-cloniques sévères ». Peut-être que si nous avions été toutes les deux percutées par le train et que je m'en étais sortie avec des blessures, le ton employé aurait été différent. Alors, j'aurais été une victime moi aussi, et pas seulement l'amie « épileptique » incapable de se souvenir de l'accident.

Il est possible que je me raconte des histoires en tirant de fausses conclusions de ce bout de torchon, et que la phrase « Elle dit ne pas se souvenir d'avoir vu son amie traverser le passage à niveau » ne remet pas en cause la légitimité de mon témoignage. Je suis bien consciente que je ne devrais *pas* me mettre dans tous mes états pour une poignée de mots. Après tout, j'ai survécu, et pas elle. Alors pourquoi devrais-je m'inquiéter de la façon dont j'ai été décrite par un stupide journaliste ?

Je me fais du mal en essayant d'imaginer l'instant qui a précédé le drame. Alice a-t-elle vu le train arriver droit sur elle ? Le temps s'est-il arrêté, comme les gens qui ont fait l'expérience d'un grand danger le disent souvent ? A-t-elle vu sa vie défiler devant ses yeux, remplie de couleurs et d'émotions ?

Les poils de ma nuque se dressent comme si Alice se tenait juste derrière moi pour lire l'article relatant sa propre mort. C'est idiot, mais je ne peux m'empêcher de jeter un coup d'œil par-dessus mon épaule. J'espère de tout mon cœur qu'elle n'a rien vu venir et n'a pas eu le temps de souffrir, et pourtant une partie de moi est persuadée que si. Autrement, comment expliquer ces fragments de souvenirs qui ne cessent de me hanter ? Cette peur terrible dans son regard. Son beau visage déformé par un cri d'horreur.

Quelle chose monstrueuse mon esprit tente-t-il de me révéler ? Et pourquoi maintenant, après tout ce temps ?

Je me lève avec l'impression d'être restée assise pendant des heures. Le bas de mon dos est tendu et douloureux. Mes jambes n'ont plus aucune force. Je saisis la notice d'utilisation du test de grossesse et me détourne de l'écran de l'ordinateur, essayant de chasser toutes les pensées parasites de ma tête pour me concentrer uniquement sur les instructions.

La ventilation installée dans les toilettes fait un bruit assourdissant, à tel point que je me dis que Ross va se réveiller et descendre. Mais il n'en fait rien. Évidemment. Je n'ai jamais connu qui que ce soit d'autre avec un sommeil aussi lourd que celui de Ross, surtout quand il a bu.

Je commence à uriner en tenant le test de grossesse du bout des doigts. Puis je le place délicatement sur le dessus d'un rouleau de papier toilette posé sur le sol, avant de laisser retomber ma tête sur mes genoux. Je commence à compter, les yeux fermés. Soixante secondes. Cent vingt. Cent quatre-vingts.

J'ouvre les yeux et, avant même de ramasser le test, les deux traits m'apparaissent de manière distincte. La faiblesse dans mes jambes s'empare tout à coup du reste de mon corps, et même de mon esprit. Je n'arrive plus à voir clair dans mes pensées, comme si tout était recouvert d'un voile brumeux. Je sors des toilettes, le test à la main, le tenant comme s'il s'agissait d'un objet aussi précieux et délicat à manipuler qu'un vase Ming. Je me dirige vers la cuisine et allume la lumière. Cette même lumière que je trouve trop vive et trop froide, trop clinique. Mais c'est exactement ce dont j'ai besoin.

Je pose le test sur le plan de travail et le fixe pendant bien trop longtemps. L'un des traits est moins distinct que le second, mais il n'empêche qu'il est là, et d'après la notice, c'est le signe d'un résultat positif.

Un résultat positif. Je prends plusieurs inspirations profondes. J'ai peut-être enfin trouvé la raison de mon état ces derniers temps. Une raison qui n'a rien à voir avec Alice. Et si les hormones avaient joué un rôle ? Maintenant que j'y pense, c'est une explication bien plus plausible que l'univers qui se ligue contre moi.

Je reprends le test et vais m'asseoir sur le petit canapé près de la fenêtre, m'accordant quelques minutes supplémentaires pour digérer l'information et toutes les conséquences qu'elle implique. Le moins que l'on puisse dire, c'est qu'il s'agit d'un événement imprévu et effrayant. Un véritable bouleversement. Mais d'un autre côté, je sens déjà venir une pointe d'excitation. Un sentiment devenant de plus en plus fort à mesure que les minutes passent. C'est certainement mieux ainsi. Nous aurions été capables d'attendre encore des années avant de décider d'avoir un enfant, et il aurait peut-être été trop tard pour moi. Ou bien nous nous serions fait des nœuds au cerveau à force de penser à tous les risques qu'implique une grossesse chez une personne épileptique, au point que nous aurions fini par abandonner l'idée.

J'ai de nouveau la chair de poule, comme un peu plus tôt dans le bureau. Cette fois-ci, en revanche, Alice ne se tient pas derrière moi pour lire l'article sur sa mort, mais juste à côté de moi, les yeux rivés sur moi tandis que je regarde les deux petits traits affichés sur le test de grossesse. Tandis que je regarde mon avenir. Celui dont nous parlions sans cesse, elle et moi. Celui dont Alice a été privée.

17

Alors : après le drame
Mercredi 1er août 2007

— Raconte-moi ce cauchemar, Lizzie. Celui que tu n'arrêtes pas de faire.

Angela Harris me parle sur un ton calme et réconfortant, mais quelque chose chez elle me dérange. J'ai le sentiment qu'elle sait déjà parfaitement ce qui m'arrive lorsque je m'endors, et qu'elle aussi peut voir les images qui se succèdent dans mon esprit. Comme si son seul objectif était de me pousser à en parler, d'une façon ou d'une autre. Alors elle cessera de croire qu'il s'agit d'un cauchemar. Elle dira que ces choses-là sont réellement arrivées. Et peut-être qu'elle aura raison. Peut-être que ces choses-là *sont* arrivées.

Moins de deux semaines se sont écoulées depuis la mort d'Alice et je ne veux pas voir de psychologue, mais maman et papa ont insisté. Selon eux, ça fait partie du « processus de guérison ». J'ai déjà parlé à un psychologue de la police. J'en ai assez de répondre à toutes ces questions.

— Peux-tu me décrire la façon dont ton cauchemar débute ?

Elle ne lâchera jamais l'affaire. J'en ai bien conscience.

— On vient de dépasser la porte des baisers et on se dirige vers le passage secret à travers la haie.

Elle hoche la tête, m'encourageant à poursuivre. Pourtant, il m'est impossible de lui expliquer l'étrangeté de mon rêve. En réalité, il nous fallait beaucoup plus de temps pour atteindre le passage secret. Et même si nous l'avions emprunté de nombreuses fois, il nous était toujours difficile de le trouver, en partie parce que le champ était énorme et la haie qui le bordait, gigantesque. Par ailleurs, selon la vitesse à laquelle nous progressions et le temps qu'il faisait, ou encore les changements apportés au champ par l'agriculteur, il nous arrivait parfois de nous tromper.

— De quoi d'autre te souviens-tu ?

Mon cœur s'emballe. Fait-elle toujours allusion au cauchemar ? Comment puis-je avoir la certitude que tout son blabla sur la confidentialité et le fait que je pouvais me confier à elle sans crainte est vrai ? Autant que je sache, elle pourrait rapporter chacun de mes mots à la police sitôt nos séances terminées. Et cette histoire de cauchemar ne serait alors qu'une façon détournée de m'amener à parler de ce qui est arrivé ce jour-là. Un piège. Parce que personne ne veut croire que je ne garde aucun souvenir de l'accident. Même maman et papa n'arrêtent pas de me poser des questions, alors qu'ils *savent* pertinemment que je ne me souviens plus de rien quand je fais une grosse crise.

— L'épouvantail est beaucoup plus près, je finis par dire.

Elle lève un sourcil inquisiteur.

— Beaucoup plus près… ?

Je me penche pour prendre un mouchoir dans la boîte posée entre nous et me mouche le nez.

— Plus près qu'il ne l'est en réalité, j'ajoute pour lui faire comprendre que je parle du cauchemar et de rien d'autre.

— Les rêves sont étranges, n'est-ce pas ? remarque-t-elle. Ils sont à la fois familiers et en même temps tellement déroutants.

— Oui.

— Et que ressens-tu à l'évocation de cet épouvantail, Lizzie ?

— De la peur. Il ressemble à...

Je détourne les yeux du visage d'Angela Harris pour les poser sur le poster derrière elle. Celui avec les montagnes enneigées.

— Alice disait qu'il ressemblait à un cadavre attaché à un poteau.

Je continue de regarder fixement le poster. Je n'aime pas parler d'Alice au passé. Dans mon rêve, au moins, elle est toujours vivante.

— Dans mon cauchemar, c'est *vraiment* un cadavre. Mais Alice ne me croit pas.

Si je lui dis la vérité, que l'épouvantail ressemble en fait au cadavre d'Alice dont tous les membres sectionnés ont été recousus, elle me prendra pour une psychopathe.

— Et que se passe-t-il ensuite ?

— Ensuite nous arrivons tout à coup au passage à niveau, puis je me réveille et je vois...

Je ferme les yeux un court instant.

— Je me réveille et je crie jusqu'à ce que maman et papa arrivent dans ma chambre.

Angela Harris jette un œil à l'horloge accrochée au mur. Elle change de position sur sa chaise et referme son carnet de notes d'un geste bref. Je prie pour qu'il s'agisse du signal de fin de séance.

Dans la voiture qui me ramène à la maison, je repense à la fin de mon cauchemar. La vraie. Celle où nous nous battons. Cette fois-ci, c'est moi qui la frappe et qui la pousse. Et puis le train fonce sur nous tellement vite que nous n'avons pas le temps de nous écarter. Sauf que je ne ressens pas l'impact. Je me réveille toujours à temps.

18

Aujourd'hui

Lundi matin, le bus est bondé. D'un revers de manche, j'essuie la buée sur la vitre pour avoir un petit aperçu de l'extérieur. En l'espace d'une seule nuit, le magnifique temps printanier de ces dernières semaines a laissé place à une pluie battante et un ciel couleur ardoise.

Le genou gauche de la femme assise à côté de moi s'enfonce douloureusement dans ma cuisse. Entassée avec tous ces corps, je me sens oppressée. Comme prise au piège.

J'ai bien fait de prendre rendez-vous dans un autre cabinet médical. Je n'aurais pas su comment réagir si je m'étais retrouvée nez à nez avec Ross et qu'il m'avait lancé un de ses regards interrogateurs. Je ne suis pas prête à lui annoncer. J'ai encore besoin de temps pour digérer la nouvelle moi-même. Et puis je sais qui d'autre travaille avec lui…

J'imagine Ross et Catherine Dawson devenir de plus en plus proches et ma gorge se noue à cette pensée. La voir chez moi m'a fait le même effet que si j'avais vu un mort se relever de sa tombe. Une image perturbante me traverse l'esprit. Celle de doigts squelettiques grattant la terre pour faire émerger un crâne maléfique. Je ferme les yeux en essayant de penser à autre chose.

Une demi-heure plus tard, le Dr Ahmed, une femme douce et réservée âgée d'une quarantaine d'années, entre dans la salle d'attente et appelle mon nom. Elle hésite un instant sur la prononciation et s'en sort finalement sans trop de heurts. J'ai déjà entendu bien pire que Lizzie Molynoux. Heureusement, je troquerai bientôt ce nom pour Murray une fois mariée. Lizzie Murray. Simple et efficace. J'aurai même le luxe de conserver les initiales L. M.

Je suis le Dr Ahmed dans son bureau et m'assieds. Pour une raison qui m'échappe, je choisis de ne rien lui dire au sujet de ma grossesse. Au lieu de ça, je lui confie mon souhait de fonder une famille et lui demande des conseils par rapport à mon épilepsie.

— Si vous n'avez pas fait une seule crise en deux ans, c'est que votre traitement semble adapté, commente-t-elle. Et puisqu'il n'existe aucune contre-indication concernant d'éventuelles anomalies congénitales, vous ne courez aucun risque de ce côté-là. J'aimerais tout de même vous faire passer un électroencéphalogramme ainsi qu'une IRM. Êtes-vous d'accord pour que je procède à certains tests ?

— Oui.

Elle tape quelque chose sur son ordinateur.

— Le traitement que vous prenez actuellement présente des résultats satisfaisants. Cependant, la grossesse est une énorme source de stress pour tout le corps : nausées, fatigue, etc. Il vous faudra surveiller votre état de santé de très près si vous voulez éviter toute crise.

Je lutte pour déglutir tant j'ai la gorge sèche. Au bout de quelques secondes, je parviens enfin à poser ma question.

— Est-il possible que mon traitement affecte le bon développement du fœtus ?

— Pas particulièrement, même s'il existe toujours un risque.

J'acquiesce. Je m'attendais à cette réponse. Un médecin qui se respecte ne s'engage jamais à cent pour cent.

— Ne vous pressez pas pour prendre votre décision. Je vous conseille de rentrer chez vous et d'en discuter avec votre partenaire, puis de revenir me voir une fois que vous serez prête, d'accord ?

— Et que se passerait-il s'il s'avérait que j'étais déjà enceinte ? je lui demande, aussi penaude qu'une adolescente prise en flagrant délit.

Les prunelles noires du Dr Ahmed cillent de façon presque imperceptible. Elle pose ses mains sur ses cuisses et me demande si cette possibilité est envisageable.

Je réponds d'une voix à peine audible.

— Oui.

— À combien de temps remonte votre retard de règles ?

Je regarde par-dessus son épaule.

— Environ une semaine, je dirais.

— Avez-vous fait un test de grossesse ?

Maintenant, j'ai vraiment l'impression de passer pour une idiote.

— Oui, mais l'un des traits était moins visible que l'autre.

Le Dr Ahmed sourit.

— Les tests achetés en pharmacie et en grande surface sont très fiables, de nos jours. Il est rare d'obtenir un faux positif. Permettez-moi de vous organiser un rendez-vous avec une sage-femme dès que possible.

Elle se tourne vers l'écran de son ordinateur et se remet à pianoter.

— Ne vous inquiétez pas, ajoute-t-elle, la plupart des femmes souffrant d'épilepsie ont des grossesses tout à fait normales et des bébés en pleine santé.

Tout à fait. Je souffre d'épilepsie. Je ne suis pas une épileptique.

Dans le bus du retour, mon sac déborde de brochures et dans ma tête résonnent encore les mots rassurants du Dr Ahmed. La peur et l'excitation grandissent à cadence égale à mesure que le temps passe. Le timing craint, en revanche. Je devrais reporter mon inscription à l'université d'une année au moins, et Dieu sait comment Ross et mes parents vont réagir à la nouvelle.

Mais la décision nous a été ôtée, et le Dr Ahmed a promis que je serai surveillée de très près et qu'on prendra soin de moi.

Je regarde les rues défiler à travers la vitre embuée. Ce sont les mêmes qu'à l'aller, et pourtant elles me semblent complètement différentes. Plus vivantes et colorées à mes yeux. Comme si mon regard avait changé.

19

Ross me regarde d'un air atterré.

— Comment ça, enceinte ? Tu en es sûre ?

— *Évidemment* que j'en suis sûre. J'ai fait un test de grossesse.

Son front se plisse d'inquiétude.

— Mais... Comment ça a pu arriver ?

Je lève un sourcil.

— Et dire que tu es médecin, je rétorque d'une voix douce et taquine, le cœur battant la chamade.

On pourrait penser qu'il est facile d'avoir cette conversation avec l'homme de sa vie, mais il n'en est rien. Pour une raison absurde, j'ai l'impression de l'avoir entraîné dans une situation dont il ne veut pas, bien que ce soit lui qui n'ait pas mis de préservatif, me promettant de faire attention.

Il passe ses mains dans ses cheveux.

— Bordel de merde.

Ma gorge se noue. En descendant du bus pour rentrer à la maison, j'étais morte de peur, mais heureuse malgré tout. J'avais réussi à me convaincre que cette grossesse était une bonne chose. Une bonne chose pour *nous deux*. Mais Ross ne veut pas de ce bébé. Il vient de me le faire clairement comprendre.

Après un court instant, il remarque l'expression sur mon visage.

— Oh, chérie, je ne voulais pas...

Il se rapproche de moi, s'asseyant sur le bord du lit, et prend mes mains dans les siennes.

— Je réfléchissais juste à tout ce que ça impliquait. À ton traitement et tout le reste.

— Pas d'inquiétude, j'en ai déjà parlé avec le Dr Ahmed.

Il a l'air surpris. Blessé même.

— Tu es déjà allée chez le médecin ?

— Oui. Je voulais être sûre avant de t'annoncer la nouvelle.

Ce n'est que maintenant que je réalise que c'était une erreur. J'aurais dû lui annoncer tout de suite. Après tout, nous sommes dans le même bateau, lui et moi. Du moins, je croyais que nous l'étions.

— Je pensais que tu serais content.

— *Bien sûr* que je le suis. Oh, Lizzie, mon cœur, je suis désolé. C'est juste que... j'étais persuadé de m'être retiré à temps.

Il rit. Un rire bref, honnête, qui me redonne aussitôt espoir.

— Je ne m'attendais pas à ce que ça arrive si vite.

— Tu n'es pas le seul à être surpris. C'est un choc pour moi aussi.

Il me prend dans ses bras et me serre fort contre lui. Lorsqu'il dépose un baiser sur le sommet de mon crâne, l'horrible sensation d'étau dans ma poitrine et la déception dévastatrice de ces dernières minutes disparaissent instantanément.

— Bon sang, Lizzie, murmure-t-il dans mes cheveux. L'accouchement est prévu pour quand ?

— Le 10 décembre, d'après le Dr Ahmed.

— Un bébé, dit-il enfin, la voix chargée d'émotion. On va avoir un bébé.

Je ris à travers mes larmes.

— Je sais ! C'est ce que j'essaie de te dire depuis tout à l'heure.

La première chose que je vois quand j'ouvre la porte d'entrée le lendemain matin, c'est un énorme bouquet de fleurs en dessous duquel dépasse une paire de jambes. Le bouquet se déplace sur le côté pour révéler le visage aux joues roses et rebondies du livreur.

— Quelqu'un a de la chance, dit-il. Êtes-vous bien Lizzie Molynoux ?

— Oui, je réponds. Comme c'est charmant. Merci.

Je referme la porte et emporte le bouquet dans la cuisine, souriant comme une idiote. Se peut-il que Ross soit l'auteur de cette délicate attention ?

Je décroche la petite enveloppe blanche de la cellophane et l'ouvre. À la découverte des mots inscrits sur la carte, je me fige.

Chère Lizzie,

Je suis désolée de t'avoir causé tant d'émotions lors de ta soirée. Merci infiniment de m'avoir permis de rester. Je t'en prie, pardonne-moi. Pour tout.

Bien à toi,

Catherine

Je relis la carte, le temps de digérer la déception liée au fait que le bouquet ne vienne pas de Ross. Maudite Catherine Dawson et sa nouvelle personnalité. Comment ose-t-elle m'envoyer des fleurs en guise de remerciements ?! Comment ose-t-elle me demander pardon ?! N'est-ce pas suffisant que j'apprenne qu'elle travaille avec mon fiancé ? N'est-ce pas suffisant qu'elle ait ruiné notre pendaison de crémaillère ?

Ross découvre les fleurs fourrées dans la poubelle de la cuisine lorsqu'il rentre du travail. Je ne les ai finalement pas jetées dans notre conteneur, contrairement à ce que j'avais prévu.

Plus tard, alors que nous sommes tous les deux installés dans le salon pour regarder la télévision, il finit par aborder le sujet, comme je savais qu'il le ferait.

— Tu vas probablement m'arracher la tête pour oser te dire ça, mais...

Il me jette un regard fuyant.

— Tu ne crois pas que tu exagères un peu ?

Je ne réponds pas.

— Je veux dire, douze ans se sont écoulés depuis l'accident. Tu ne peux pas simplement lui pardonner et passer à autre chose ?

— Non. Et je veux encore moins qu'elle m'envoie de foutues fleurs.

Ross pousse un soupir.

— Toute cette négativité n'est pas bonne pour toi, surtout maintenant que tu es enceinte. Et je travaille avec elle, tu te rappelles ?

Je serre les poings.

— Je ne peux pas me résoudre à faire ami-ami avec elle.

— Tu n'as pas à faire *ami-ami* avec elle. Juste à être courtoise. Ce n'est pas du tout la même chose.

Il passe ses bras autour de ma taille et m'attire à lui.

— As-tu la moindre idée de l'enfer que j'ai vécu, à l'époque ? je lui demande. De ce que ça a été d'entendre les gens chuchoter sans cesse derrière mon dos ? De découvrir chaque jour de nouvelles rumeurs à mon sujet ? Tout ça à cause d'elle ?

Ross soupire à nouveau.

— Les enfants peuvent être cruels à cet âge, dit-il. Certains sont même des petits enfoirés vicieux.

Il pose sa main sur mon ventre.

— Le nôtre sera parfait, évidemment.

Je me prends la tête entre les mains.

— Si seulement je n'avais pas commencé cette stupide dispute...

Merde. Merde ! Mes paroles se répandent dans la pièce, investissant chaque espace disponible. Je ne peux pas croire que j'ai dit ça à voix haute. Personne d'autre que moi n'est au courant de la dispute. Personne.

— Allez, dit-il en m'attrapant par les épaules et en plongeant ses yeux dans les miens. Ne me dis quand même pas que tu te sens coupable de la mort d'Alice ? Tu ne dois pas penser ça, Lizzie. Ce n'était pas ta faute.

Je déglutis avec peine. Il n'a pas l'air d'avoir relevé la dispute, Dieu merci.

— Bien sûr que non, je réponds. Mais si je n'avais pas fait de crise, j'aurais pu l'empêcher de franchir le passage à niveau. J'aurais pu lui sauver la vie.

Il me serre dans ses bras.

— As-tu envisagé d'en parler à quelqu'un ?

— Tu veux dire un psy ?

Il acquiesce.

— Je te l'ai déjà dit, j'en ai consulté un après la mort d'Alice. Je ne peux pas continuer à ressasser le passé, Ross. C'est trop difficile.

— Je ne suis pas en train de faire allusion au passé, mais au présent. Tu devrais parler à quelqu'un de ce que tu as ressenti quand tu as revu Catherine après toutes ces années.

Il fixe sur moi un regard intense.

— Consulter un psy pourrait t'aider à gérer tes émotions, ajoute-t-il. Et si tu avais besoin d'affronter tes sentiments actuels pour aller de l'avant ?

— Tu t'exprimes comme si tu étais de la profession.

— Eh bien, je suis médecin.

— Hmm.

— Tu me promets d'y réfléchir ?

— Promis.

Mais je ne le ferai pas. Je ne peux pas. Parce qu'il ne s'agit pas seulement de Catherine Dawson. Il s'agit de moi. Et de cette chose dans ma tête qui ne veut pas s'en aller. La chose à laquelle je ne peux pas m'autoriser à penser.

Je repose ma tête contre la poitrine de Ross et respire son odeur fraîche et masculine. Je ne veux pas revoir ces images, mais elles défilent quand même, comme un film d'horreur que je serais obligée de regarder. Ces images ne sont pas réelles. Ce n'est pas possible. Ce que j'ai dit à la police, mes parents et Angela Harris, tout cela est vrai. J'ignore tout de ce qui s'est passé. Je ne me souviens de rien.

20

Alors : après le drame
Mercredi 8 août 2007

C'est ma deuxième séance avec Angela Harris. Aujourd'hui, elle porte un pantalon en velours marron et un chemisier vert. Ses cheveux sont attachés en une queue-de-cheval lâche et elle est occupée à écrire dans son carnet de notes. Occupée à écrire sur moi.

Je n'aime pas ça. Je n'aime pas le fait qu'elle écrive des choses – des choses que j'ai dites, ou des choses auxquelles elle pense quand elle m'écoute parler – et que je ne puisse pas les voir. Je n'aime pas le fait qu'elle garde ses secrets, alors qu'elle attend de moi que je lui dise tous les miens. Ce n'est pas juste.

Alice aussi gardait un secret.

Angela Harris décroise les jambes, puis les recroise de l'autre côté. Elle porte le genre de chaussures que je portais quand j'avais environ 7 ans. Plates avec une sangle et un petit motif en forme de fleur au-dessus des orteils.

— Que s'est-il passé d'autre depuis notre dernière conversation ? demande-t-elle.

J'ai découvert la semaine dernière qu'elle ne me posait jamais de questions auxquelles je pouvais me contenter de répondre par oui ou par non, ce qui ne m'arrange pas vraiment. Je suis sûre qu'elle le fait exprès pour me faire parler plus que je ne le voudrais. Mais elle n'a pas été maligne sur cette dernière question, car même s'il m'est impossible d'y répondre par oui ou par non, je peux toujours répondre « rien de spécial » et elle sera alors obligée de tourner sa question différemment.

— Rien de spécial, dis-je en essayant de ne pas paraître impolie.

Dit d'une certaine manière, « rien de spécial » peut sembler un peu impoli.

— Et de « pas spécial » ? insiste-t-elle.

Mon cœur se serre. Elle est trop forte. Il m'en faudra bien plus pour la battre à ce jeu-là.

— Papa voulait qu'on aille à la plage, mais on n'y est pas allés.

— Pourquoi ça, Lizzie ?

Pourquoi. Pourquoi. Pourquoi. Pourquoi. Pourquoi. Elle n'a que ce mot à la bouche.

— Parce que maman avait une migraine et moi je ne voulais pas manger de glace.

— Pourquoi ne voulais-tu pas manger de glace ?

— Parce que… parce que c'est quelque chose qu'on mange quand on est en vacances et je n'ai plus l'impression d'être en vacances.

Angela Harris m'adresse un petit sourire triste. J'essaie de ne pas regarder son visage car je ne sais pas si elle s'attend à ce que je la regarde dans les yeux, et c'est difficile de regarder le visage de quelqu'un sans croiser son regard. Alors, je décide de fixer son cou à la place. Des lignes strient sa peau, exactement comme maman.

Elle décroise à nouveau les jambes et se redresse un peu plus droit. Elle baisse légèrement la tête pour capter mon regard. J'accepte de la regarder en face, mais seulement quelques instants.

— À ton avis, que ressentirais-tu si tu étais allée à la plage et que tu avais mangé une glace ? me demande-t-elle.

Je me mordille la lèvre inférieure en réfléchissant à ce que je devrais répondre. Si je lui réponds que je me sentirais coupable, elle me demandera pourquoi. Et surtout, elle pourra penser que je me sens coupable pour une très mauvaise raison. Comme le fait d'avoir poussé Alice devant le train. C'est ce qu'elle essaie de découvrir depuis le début, donc je dois faire très attention à ce que je dis. Parce que je ne l'ai pas poussée. Ça ne peut pas être ma faute, si ? Ma tête me fait mal à force de tourner à cent à l'heure.

— Je ne sais pas, je finis par répondre.

Angela Harris sourit à nouveau, mais son sourire n'a rien de bienveillant, cette fois. C'est même plutôt un sourire forcé. Je ne pense pas qu'Angela Harris m'aime beaucoup. Je ne pense pas que *je* m'aime beaucoup non plus.

21

Aujourd'hui

Ces trois dernières semaines ont été marquées par des nausées quotidiennes, mais j'ai tout de même réussi à passer la batterie de tests que le Dr Ahmed avait prévue pour moi. Résultat des courses : on m'a dit que tout allait bien et que les nausées étaient le signe que la grossesse se déroulait normalement. Le soir est le seul moment où je reprends un semblant de vie et ce soir en particulier, j'ai décidé de me laisser tenter par un indien à emporter. Rien de trop épicé, attention. Un poulet korma et un naan nature. Comme à son habitude, Ross a opté pour un curry d'agneau Madras.

Je me blottis contre lui sur le canapé, bien décidée à ne pas gâcher la soirée en abordant à nouveau le sujet de Catherine Dawson. Depuis la pendaison de crémaillère, nous avons eu plusieurs autres conversations au cours desquelles j'ai dû prendre sur moi pour ne pas le supplier de démissionner et de chercher un autre cabinet où travailler.

Le téléphone se met à sonner juste au moment où « Bake Off: The Professionals[1] » commence. À voir la tension dans les épaules de Ross ainsi que ses lèvres pincées, je devine qu'il ne s'agit pas d'une bonne nouvelle.

---

1. Émission de télévision britannique où des chefs pâtissiers s'affrontent dans une série d'épreuves. (N.D.L.T.)

— Merci de m'avoir prévenu, dit-il. Je viendrai dès que possible.

— Qu'est-ce qu'il y a ? Que s'est-il passé ?

— C'était le directeur des Deux Chênes.

Les Deux Chênes est la maison de retraite où vit son père.

— Il n'est pas... ?

— Non. Mais son état se dégrade. Je vais réserver un vol pour demain.

Il soupire.

— Je peux faire l'aller-retour dans la journée.

Je me lève et commence à empiler les boîtes en aluminium les unes dans les autres, nettoyant le désordre sur la table basse.

— Je viens avec toi. Voyons si nous pouvons réserver les billets maintenant.

Ross m'enlève doucement les boîtes des mains.

— Prendre deux fois l'avion dans la même journée est bien la dernière chose que tu devrais faire en ce moment.

— Mais j'ai *envie* de t'accompagner. Et puis ce serait l'occasion de lui dire pour le bébé. Je sais que nous avons convenu de garder le secret pendant un certain temps, mais qu'arriverait-il si ton père...

Ross part d'un rire amer.

— Je doute qu'il comprenne quoi que ce soit, de toute façon. Honnêtement, Lizzie, tu ferais mieux de rester à la maison. Tu te représentes mon père comme une figure tragique, mais la réalité ne pourrait pas être plus différente. C'est la raison pour laquelle je ne t'ai jamais proposé d'aller le voir. Mon père est à l'opposé du tien.

Il secoue la tête tristement.

— La vérité, ça me fait mal de l'admettre, c'est que j'ai honte de lui.

Je pose ma main sur son bras.

— Je sais que tu lui en veux pour la mort de ta mère.

Il ne l'a jamais vraiment admis, mais je m'en suis doutée dès lors qu'il s'est confié sur le climat de stress et d'anxiété que le comportement de son père instaurait dans son foyer.

— Je ne lui en veux pas pour sa mort. Mais j'ai passé la majeure partie de ma vie à souhaiter qu'il soit mort à sa place.

Il me regarde droit dans les yeux.

— C'est horrible, n'est-ce pas ?

— Non. Je comprends. Du moins, j'essaie.

— Alors tu comprendras pourquoi j'ai besoin d'y aller seul. Je dois faire la paix avec lui avant sa mort. Je vais voir si je peux réserver un vol tôt dans la matinée.

Le lendemain matin, Ross est parti avant que je me réveille. J'ouvre les yeux et me hisse sur mon coude gauche. Je mets mes lunettes et regarde le réveil. Neuf heures quarante-trois ! Je ne dors *jamais* aussi tard.

Je me glisse hors du lit, m'efforçant de garder la bouche fermée, et je me précipite aux toilettes où je m'affale, molle comme une poupée de chiffon, la peau couverte d'un voile de sueur. Au bout de quelques secondes, le poulet korma de la veille refait son apparition.

Vers midi, je me ressaisis un peu et je vais dans la cuisine préparer des toasts. Ross appelle pendant que j'attends que les tartines soient éjectées du grille-pain.

— Tu avais l'air si paisible ce matin que je n'ai pas pu me résoudre à te réveiller, dit-il.

— J'aurais aimé que tu le fasses. Je suis en retard pour prendre mes médicaments.

Aussitôt après avoir prononcé ces mots, je suis prise de regrets. Je ne veux pas qu'il me considère comme un fardeau, à qui il faut rappeler de prendre ses médicaments. Je suis sa fiancée, pas sa patiente.

— Merde ! Je n'ai pas réfléchi.

— Ce n'est pas ta faute. Même si je les avais pris à l'heure, je les aurais sans doute déjà régurgités.

— Pourquoi ne vas-tu pas te promener dans le parc ? Tu te sentiras mieux.

C'est vrai. Un peu d'air frais me fera du bien. Il a eu raison de ne pas me laisser l'accompagner à Aberdeen. Je n'aurais jamais supporté de prendre l'avion aujourd'hui.

— Où es-tu maintenant ? Tu es déjà arrivé aux Deux Chênes ?

— Non, je suis dans un taxi à la sortie de Dyce. L'avion a été retardé. Je t'envoie un message plus tard.

Après lui avoir dit au revoir, je mange mes toasts avec une banane. Chaque bouchée que j'avale sans avoir la nausée est une petite victoire.

Il y a beau avoir du soleil dehors, le fond de l'air est toujours aussi frais. Je remonte la fermeture de ma veste imperméable et me dirige à grands pas vers le bout de la rue et l'entrée du parc Maryon Wilson. Je suis parfois surprise par la quantité d'espaces verts qu'on trouve dans cette partie de Londres. Au moins, je n'aurai pas à aller bien loin pour promener mon bébé.

Des mèches de cheveux virevoltent autour de mon visage lorsque je franchis l'entrée. Les mamans et leurs poussettes semblent être de sortie aujourd'hui, ou bien suis-je simplement plus sensible à leur présence maintenant que je m'apprête à devenir mère moi aussi ?

Le Dr Ahmed s'est montrée très rassurante, et même Ross m'a dit que je serai mieux prise en charge que la plupart des femmes enceintes. Cela ne m'empêche pas d'être angoissée. La grossesse et la perspective de l'accouchement sont déjà assez effrayantes, alors que se passera-t-il après la naissance du bébé ? Je ne voudrais pas que quelque chose de grave se produise en cas d'une nouvelle crise.

J'ai déjà fait deux fois le tour du parc. L'air et l'exercice ont fait leur effet et les nausées s'estompent enfin. Mais je dois continuer à marcher jusqu'à ce que toutes ces pensées parasites soient chassées de mon esprit. Rien de tel qu'une bonne marche rapide pour se sentir mieux dans ses baskets, c'est ce que papa a toujours dit. Je me dirige vers la sortie de l'autre côté du parc et traverse la route pour rejoindre le trottoir d'en face.

Finies, les demeures victoriennes et édouardiennes qui constituent la plupart des habitations du quartier où Ross et moi habitons. Ici, il s'agit principalement de logements des années trente avec des murs enduits ou crépis et de grands jardins donnant sur la rue. Elles me rappellent la maison dans laquelle j'ai grandi, avant que nous déménagions à Dovercourt. J'étais l'un des rares enfants de mon collège à vivre au-delà des limites du vaste lotissement de Garleywood Tippet.

J'ai presque atteint le cabinet médical de Plumtree Lodge à présent. C'est un bâtiment moderne de deux étages avec une façade blanche et un toit à la courbe élaborée. Les gens du coin l'appellent le gâteau de mariage. Je me demande combien de temps il faut vivre dans un endroit avant de se sentir vraiment chez soi.

Je dois absolument aller aux toilettes. Il va me falloir au moins vingt minutes pour rentrer chez moi à pied, et je doute de pouvoir me retenir jusque-là. Je pourrais peut-être faire un saut au cabinet ? J'aurais préféré m'en passer, mais si je me dépêche, je pourrai entrer et sortir sans même me faire remarquer. Risqué, étant donné le spectacle que j'ai donné à la soirée. Une chose est sûre, je ne postulerai jamais à ce poste de réceptionniste à temps partiel, aussi pratique soit-il. Pas alors que Catherine travaille là-bas.

22

Je me dirige vers l'entrée principale quand j'entends quelqu'un appeler mon nom. C'est Gloria Williams, l'associée principale. Elle est sortie de son cabinet de consultation et se dirige vers moi.

— Comment va le père de Ross ? s'enquiert-elle.

— Je ne sais pas encore. Son avion a été retardé.

— Oh, mon Dieu, répond-elle. Eh bien, transmets-lui ma sympathie lorsque tu auras de ses nouvelles. Ce doit être si difficile d'avoir un père malade à une telle distance.

— Oui, ça l'est.

Je viens de voir Catherine en train de parler à une des réceptionnistes. Il faut que je m'éclipse avant qu'elle ne s'aperçoive de ma présence, mais il serait impoli de ma part de couper court à la conversation avec Gloria. De toute façon, c'est trop tard. Catherine nous fait signe et s'approche, telle la petite infirmière parfaite avec son uniforme bleu marine et ses cheveux noirs brillants relevés en chignon. Une fois encore, je reconnais Alice dans les traits de son visage.

— Bonjour, Lizzie. Nous sommes tous tellement désolés pour le père de Ross, me dit-elle. On dirait qu'il est dans une mauvaise passe.

Gloria pose délicatement la main sur mon bras.

— Je ferais mieux d'y aller, dit-elle. Merci encore pour cette merveilleuse fête.

— J'ai bien reçu ton message, reprend Catherine une fois que Gloria est partie.

Je reste sans voix. De quoi parle-t-elle ? Quel message ? Elle fronce les sourcils, l'air perplexe.

— À propos des fleurs ? Je suis ravie qu'elles t'aient plu.

Bien sûr. Les fleurs. Celles que je me suis empressée de jeter dans la poubelle de la cuisine. Ross a dû prendre sur lui de la remercier en mon nom. Je lui dois une fière chandelle.

— Oh, c'est vrai, oui.

— Tout va bien Lizzie ? Tu es un peu pâle.

— Tout va bien.

— Lizzie, je sais à quel point cela doit te paraître étrange...

Oh non, elle va dire quelque chose de gentil. Quelque chose de sensé. Quelque chose que je ne peux ignorer.

— Mais y a-t-il une chance de faire la paix ? Pour le bien de Ross. Cela ne doit pas être facile pour lui, d'être pris entre deux feux, pour ainsi dire.

Je m'autorise à regarder son visage pendant un bref instant. Juste assez longtemps pour voir les rides d'inquiétude creusées sur son front et au coin de ses lèvres. Il est peut-être injuste de ma part de continuer à rejeter ses excuses. Je veux dire, quel mal y a-t-il à être courtois ? Je vaux mieux que ça et il ne s'agirait pas de laisser Catherine Dawson se faire passer pour quelqu'un de meilleur que moi.

— Eh bien, de l'eau a coulé sous les ponts...

À contrecœur, je lui tends une main qu'elle saisit aussitôt, l'étreignant avec plus de force que nécessaire. J'ai encore du mal à croire que cette personne à la voix douce qui me supplie de la pardonner en m'envoyant des bouquets de fleurs est la même jeune femme au cœur empli de haine qui m'a fait vivre l'enfer quand j'étais enfant. Je devrais lui glisser quelques mots de réconfort, mais je veux qu'elle comprenne que nous ne serons jamais amies.

— Je voulais m'excuser depuis si longtemps, dit-elle en me tenant toujours la main, les larmes aux yeux.

Elle semble si sincère que les larmes me viennent à leur tour, pour mon plus grand désespoir.

— Alice était ma meilleure amie, j'articule dans un murmure à peine audible. Elle me manque toujours.

— *Bien sûr* qu'elle te manque. Vous étiez si proches l'une de l'autre.

Elle plonge son regard dans le mien, un regard qui n'a plus rien d'effrayant à présent. Bien au contraire. Il est plein de tristesse et de compassion.

— Si proches.

Elle finit par cligner des yeux et tourne la tête.

— Elle me manque aussi. Chaque jour.

Elle fouille dans la poche de sa tunique et en sort une carte de visite. Elle a l'air mal à l'aise en me la donnant. Embarrassée.

— Au cas où tu aurais envie d'un café ou autre chose, souffle-t-elle.

Je ne veux pas de cette fichue carte, mais la refuser serait infiniment puéril, alors je l'accepte.

Tout à coup, j'ai comme l'impression qu'elle s'apprête à faire quelque chose, comme la dernière fois lors de la pendaison de crémaillère. Hésite-t-elle à me prendre dans ses bras ? Je fais un pas vers la sortie avant d'obtenir la réponse à ma question.

— Ça m'a fait plaisir de te voir, Lizzie, lance-t-elle après moi.

Je marmonne une réponse et sors, prenant une grande bouffée d'air frais avant de partir sans me retourner.

Elle voulait s'entraîner à embrasser, disait-elle. Pour que le moment venu, quand elle aurait un petit ami, elle sache exactement quoi faire.

Le temps avait passé et nous avions grandi. Treize ans est un âge étrange. Certains jours, on se sent presque adulte. D'autres, on est encore enfant. À construire des cabanes dans les bois. À pêcher des poissons minuscules à l'aide de filets et de petits pots de confiture. À se gaver de fraises au point d'en être malade.

« Un vrai French kiss », a-t-elle dit. « Avec la langue. »

Mes joues sont devenues toutes rouges. Elle n'avait quand même pas l'intention de s'entraîner avec moi ?

Et pourtant, à présent qu'elle avait prononcé ces mots, je savais que ça arriverait. Parce que c'était toujours comme ça. C'est elle qui lançait les idées et moi, je les suivais. Comment faire autrement ? Elle était ma seule amie.

D'abord, nous avons calé une chaise contre la porte de sa chambre. Puis nous avons pris place sur le bord de son lit. Mes aisselles étaient trempées de sueur à cause de ma nervosité. Ma bouche était sèche. Je voulais que ça se termine le plus vite possible parce que nous avions encore une heure de devoirs à faire et ça me pesait sur la conscience. Mais dès que nos lèvres se sont touchées et que le bout de sa langue a trouvé la mienne, toutes mes réticences se sont envolées.

J'ai souhaité que ce moment ne s'arrête jamais.

23

Alors : avant le drame
Vendredi 25 mai 2007

C'est enfin vendredi soir et Alice et moi nous préparons à aller dans la boîte de nuit pour ados. La semaine prochaine, nous serons en vacances, Dieu merci.

Alice saisit un gloss à la fraise et se penche vers le miroir moucheté de sa chambre. D'un geste assuré, elle le fait glisser d'un côté à l'autre de ses lèvres. Je suppose que c'est normal qu'elle l'utilise en premier, vu que c'est le sien.

Puis elle presse son majeur contre la palette d'ombres à paupières et étale du bleu sur ses paupières, prenant soin de l'estomper dans les coins extérieurs et n'hésitant pas à en remettre plusieurs couches.

— Tu vois comment je l'estompe ? me lance-t-elle, comme si elle était une sorte de gourou du maquillage et que j'étais sa disciple.

Alice est ma meilleure amie, mais parfois elle est vraiment, vraiment énervante.

Je prends le gloss à mon tour et me badigeonne les lèvres. Je n'aime pas l'odeur sucrée et entêtante qui me chatouille les narines, ni la sensation collante. Mais si Alice juge utile d'en mettre, alors j'en mets aussi.

Alice est superbe. Elle porte un pantacourt blanc, un t-shirt rose et la veste en jean de sa sœur avec des fleurs brodées sur les manches. Je n'arrive pas à croire que Catherine la laisse porter ça. Je porte aussi un pantacourt, mais le mien n'est pas aussi beau que celui d'Alice. Il est noir et plus large au niveau des cuisses, et mes mollets pâles ont l'air trop gros. J'étais tellement enthousiaste quand je l'ai essayé chez Topshop, mais dès que je l'ai rapporté à la maison, j'ai su que c'était une erreur. J'aurais dû mettre mon jean. Trop tard.

Catherine nous attend dans le couloir quand nous descendons. Elle arrange rapidement la coiffure d'Alice en lui faisant remarquer à quel point elle est jolie. Puis elle lui fait promettre d'être de retour à la maison à vingt et une heure trente au plus tard, et de ne surtout pas prendre de raccourcis. Même si j'aurais aimé avoir une grande sœur, je n'en voudrais pas d'une aussi autoritaire que Catherine. Je ne sais pas comment Alice la supporte, mais celle-ci se contente simplement de lever les yeux au ciel et ouvre la porte d'entrée.

Catherine me tape sur l'épaule alors que je m'apprête à suivre Alice dehors.

— C'est un nouveau pantacourt, Lizzie ? me demande-t-elle.

Je la regarde, surprise. Elle ne m'adresse presque jamais la parole. D'habitude, elle me regarde de haut, comme si j'étais une bestiole que le chat avait ramenée.

— Oui, je l'ai acheté chez Topshop.

Catherine sourit et je me demande si elle a finalement décidé d'arrêter de se comporter comme une garce.

— Eh bien, tant que tu as gardé le ticket de caisse, je suis sûre que tu pourras l'échanger contre un autre qui t'ira vraiment.

Raté.

Quand nous arrivons, la soirée bat déjà son plein. Dave Farley et d'autres garçons se sont regroupés dans un coin de la salle pour boire des canettes de Coca-Cola et pianoter sur leurs téléphones portables. L'un des animateurs de la boîte de nuit est en train de baisser les stores pour occulter les derniers rayons de soleil de la journée et des filles attendent en file indienne pour faire leurs demandes au DJ. Je repère immédiatement Melissa, Bethany et leur groupe de filles, toutes vêtues de crop tops et de mini-jupes en jean, ou de leggings noirs si fins qu'ils ressemblent à des collants. Melissa et Bethany dansent et se tortillent langoureusement au rythme de « Umbrella » de Rihanna. Elles ont lissé leurs franges et bouclé les extrémités de leurs cheveux.

Bethany nous fait signe et je lui réponds. Puis je comprends mon erreur. Elle ne me faisait pas signe à *moi*, mais uniquement à Alice. Évidemment. Le rouge me monte aux joues, et je prie pour que personne ne le remarque puis... Oh, non. Quelqu'un a allumé la boule à facettes géante suspendue au plafond. Tout le monde applaudit lorsque les motifs multicolores commencent à se projeter sur les murs de la boîte. Je fixe le sol, luttant pour retrouver mon souffle. Impossible pour moi de rester ici. Les lumières clignotantes ou stroboscopiques, quelles qu'elles soient, sont des facteurs déclencheurs de crises d'épilepsie.

Alice pose une main sur mon épaule et, avant que j'aie le temps de l'arrêter, elle s'en va parler au jeune homme occupé à ajuster la position des projecteurs. Je me dirige vers la sortie, les yeux baissés, soudain prise de nausées. Mais au moment où j'atteins les doubles portes qui mènent au couloir, les projecteurs s'éteignent et tout le monde pousse une exclamation de frustration. À contrecœur, je fais demi-tour et me dirige à nouveau vers la piste de danse. Ce n'est plus qu'une question de temps avant que l'on apprenne que les projecteurs ont été éteints à cause de moi. Quelqu'un allume quelques lumières fixes disposées dans la salle, mais le rendu est loin d'être aussi festif que la boule à facettes. Bien loin. Je sais qu'Alice l'a fait pour moi, parce qu'elle ne veut pas que je fasse une crise. Ceci étant dit, j'aurais préféré qu'elle s'abstienne. J'aurais préféré rentrer à la maison. Mais alors elle aurait dû partir aussi. Parce qu'elle est loyale. Et alors je me serais sentie encore plus coupable que d'avoir gâché la soirée de tous les autres.

Lorsque je fais la queue pour acheter des boissons – un SevenUp pour Alice et un jus de pomme pour moi –, la fille devant moi se plaint à son amie à propos de la boule à facettes. Je ne sais pas si elle le dit parce qu'elle sait que je me tiens juste derrière elle et que je peux entendre chacun de ses mots, mais j'en ai la quasi-certitude. J'ai envie d'attraper sa stupide queue-de-cheval et de lui tirer la tête en arrière pour la punir de son égoïsme, mais je reste là, à attendre mon tour, faisant semblant de ne rien entendre. À la place, je me balance au rythme de Nelly Furtado.

Sally Peters et Heather Langton sont en train de discuter avec Alice quand je reviens avec les boissons.

— Salut, Lizzie. J'adore ton nouveau pantacourt, dit Sally.

Je sais qu'elle essaie seulement de se montrer gentille parce qu'il est affreux – Catherine me l'a clairement fait comprendre –, mais au moins elle ne se moque pas de moi. Soit tout l'inverse de Melissa ou Bethany. À coup sûr, elles ne manqueront pas de me balancer une ou deux vannes bien senties à un moment ou un autre de la soirée.

Plusieurs fois, je remarque que Dave Farley regarde dans notre direction. Je pense qu'il a repéré Alice. Je veux dire, c'est difficile de dire exactement qui il regarde dans la pénombre, mais il n'y a aucune chance que ce soit moi ou Heather. Plus tard, cependant, quand Snow Patrol passe – je ne me souviens jamais du nom de leur morceau, mais c'est ce joli slow –, il traverse la piste de danse et se dirige droit vers moi. Droit sur *moi.*

Oh. Mon. Dieu. Il va m'inviter à danser. Il me sourit. Pas à Alice ou Sally. Ni même à Melissa ou Bethany, mais à moi. Il n'y a aucun doute, cette fois. J'ai la bouche complètement sèche, tout à coup. C'est vraiment en train d'arriver. Devant tout le monde. J'essaie d'avoir l'air stoïque et indifférent, mais je suis tellement abasourdie et heureuse que je ne peux m'empêcher de sourire. Ça y est. Il est presque là et tout le monde nous regarde. La bouche d'Alice est légèrement entrouverte. Elle aussi doit halluciner. Tout le monde va voir Dave Farley *m'inviter* à danser.

Mais au tout dernier moment, il s'écarte de moi et tend la main à Alice. Oh non. Mon corps se fige sous le coup de l'embarras et mon sourire stupide reste accroché à mes lèvres comme si quelqu'un l'avait dessiné. C'est horrible. C'est la pire chose qui aurait pu m'arriver.

Par miracle, j'arrive à garder la tête haute, à faire croire que je ne suis pas du tout gênée et que je ne m'attendais pas du tout à ce qu'il m'invite à danser. Je regarde Alice du coin de l'œil. Elle refusera de danser avec lui. J'en suis certaine. Elle sera tentée de dire oui, mais elle ne le fera pas. Pas après ce qu'il vient de me faire. Nous sommes meilleures amies. On se soutient l'une l'autre. Elle le repoussera et alors ce sera lui qui sera humilié. Il devra traverser la piste de danse dans l'autre sens, seul, sous les rires moqueurs de ses camarades. Pas de slow pour toi, pauvre idiot de Dave Farley.

Sauf qu'Alice ne secoue pas la tête et ne le repousse pas. Elle tend sa petite pochette à Heather Langton et suit Dave sur la piste de danse. Je me rapproche de Sally et Heather, les joues brûlantes, faisant semblant de m'intéresser à leur conversation et de me désintéresser de la scène.

Je n'arrive pas à croire qu'Alice danse avec lui. Comment ose-t-elle ?

Plus tard, sur le chemin du retour, quand nous ne sommes que toutes les deux, je dis à Alice ce que je pense.

— Comment as-tu pu me faire ça ? je hurle. Comment as-tu pu danser avec lui après ce qu'il m'a fait ? À croire que tu te fiches bien de ce que je ressens !

— Bien sûr que non. Mais... bon sang, Lizzie ! Tu sais à quel point Dave me plaît. Et de toute façon, je ne pense pas qu'il l'a fait exprès. Je pense vraiment qu'il allait t'inviter à danser et qu'il a changé d'avis à la dernière seconde. Il avait peut-être peur que tu dises non et que tu lui colles la honte.

— Que je lui colle la honte ? Tu te moques de moi, j'espère ? Tu sais pertinemment ce qu'il a fait et tu as quand même accepté de danser avec lui, sachant ce que j'allais ressentir. Tu es tellement égoïste, Alice Dawson. Je te déteste !

Je tourne les talons et pars en trombe dans la direction opposée.

— En fait, je crie à nouveau dans sa direction, je voudrais que tu sois *morte* !

24

Aujourd'hui

Ross m'envoie un texto au moment où je suis en train de réchauffer un bol de soupe. Je n'ai pas vraiment faim, mais je ne peux pas rester le ventre vide. Depuis ce matin, je n'ai rien avalé d'autre qu'un petit toast de pain grillé et une banane.

« Je suis avec papa. Il a tellement maigri que je le reconnais à peine. Mais il faut bien l'avouer : c'est un battant. Bisous. »

Il a aussi envoyé une photo. Un selfie les montrant tous les deux. Il a raison. Son père a l'air affreusement malade.

Avant que j'aie le temps de répondre, un autre message arrive.

« Tu avais raison. Peut-être que tu aurais dû venir aussi. La prochaine fois, d'accord ? Je t'aime plus que tout. Bisous. »

La prochaine fois. Si son père est encore en vie, bien sûr.

Je lui réponds dans la foulée : « J'ai toujours raison. Tu devrais le savoir depuis le temps ! Je t'aime aussi. Bisous. »

Je trempe un quignon de pain dans ma soupe et je me force à le manger, soulagée de ne pas être pensionnaire d'une maison de retraite à Aberdeen, n'ayant rien d'autre à faire que de regarder le temps passer et combattre les nausées. D'après les articles sur la grossesse que j'ai pu lire sur Internet, les nausées peuvent durer entre douze et quinze semaines. Pour les plus malchanceuses, elles se manifestent pendant toute la grossesse.

J'aimerais appeler maman et lui demander comment sa grossesse s'était passée lorsqu'elle m'attendait, mais alors je devrais lui avouer que je suis enceinte et Ross et moi avons décidé d'attendre au moins trois mois avant d'annoncer la nouvelle. Je ne veux pas qu'ils s'inquiètent. Et ils le feront. Bien sûr qu'ils le feront. L'inquiétude fait partie de leur mode de vie. Ils se sont toujours inquiétés pour moi.

Finalement, j'abandonne l'idée d'avaler quelque chose et je jette la soupe dans l'évier. Je me dirige vers le salon et allume la télé, mais il n'y a rien d'intéressant à regarder. Je l'éteins et pénètre à nouveau dans le couloir de l'entrée. La lumière du soleil filtre à travers la porte vitrée de l'entrée, projetant des motifs colorés sur les murs. Tout ce que je vois, moi, c'est cette maudite tache de vin rouge. Ross en est presque venu à bout grâce à un mélange d'eau de javel et d'eau, ce qui fait qu'elle est presque invisible à l'œil nu maintenant. Mais il va tout de même falloir repeindre tout le mur. Si je ne me sentais pas si mal, j'irais acheter de la peinture tout de suite. Et je le ferais le plus vite possible. Au moins, je n'aurais pas à regarder cette tache tous les jours. Je n'aurais pas à me souvenir de cet affreux moment où j'ai vu Catherine Dawson chez moi, où j'ai vu Ross l'aider à ôter son manteau, où j'ai été contrainte de lui parler.

Je flâne dans le bureau et m'installe devant le Mac de Ross. Je me demande s'il a cherché d'autres informations sur la mort d'Alice. Il a forcément eu la curiosité d'en apprendre plus sur le sujet. Cela aurait été mon cas, si les rôles avaient été inversés.

Je clique sur l'icône Safari et vérifie les derniers éléments de son historique de navigation. Oh. Il a consulté des rapports sur le site de la Recherche sur l'épilepsie, en particulier ceux qui portent sur la grossesse et l'accouchement. Une boule se forme au fond de ma gorge et toute la rancune que j'ai pu éprouver envers lui après avoir appris qu'il avait remercié Catherine pour les fleurs s'évapore instantanément. Il a beau être médecin, il n'a encore jamais été un père en devenir pour autant. Tout comme moi, lui aussi a besoin d'être rassuré.

Soudain, l'envie de parler à maman est irrépressible. Je me fiche de ce que Ross et moi avons bien pu décider. C'est ma mère et j'ai besoin de lui parler.

— Lizzie, pourquoi ne nous as-tu rien dit ?

— J'en mourais d'envie, crois-moi. Mais nous avons pensé qu'il valait mieux attendre que...

— Tu décides si tu allais le garder ou non.

— Qu'est-ce que tu veux dire ? Maman, tu ne crois quand même pas que...

Ils m'ont encore mise sur haut-parleur. Papa parle en arrière-plan, mais je n'arrive pas à comprendre un traître mot.

— Excuse-moi, chérie, je ne devrais pas finir tes phrases. Une mauvaise habitude de ma part.

J'inspire profondément et expire lentement. Comment peut-elle *penser* une telle chose ? Elle plus que quiconque ?

— Maman, je n'ai jamais envisagé...

— *Bien sûr* que non, chérie, j'aurais mieux fait de me taire. Je ne sais même pas pourquoi j'ai dit ça. C'est une merveilleuse nouvelle. Tiens, ton père veut te parler.

— Félicitations, ma puce. Tu dois être ravie.

Je sens poindre l'anxiété à travers sa voix enjouée. Ou peut-être suis-je en train de projeter ma propre anxiété sur lui.

— Nous sommes tous les deux ravis. C'est une surprise à laquelle nous ne nous attendions pas.

— Ces choses-là arrivent souvent...

Maman prend à nouveau le combiné du téléphone.

— Que dit ton médecin ? Tu vas devoir arrêter ton traitement ?

— Tout va bien, maman. Tu ne dois pas t'inquiéter.

— C'est juste que les médicaments te font tellement de bien.

Pourquoi doit-elle toujours tout ramener à mon épilepsie ? Papa parle encore dans le fond, mais cette fois-ci, je parviens à le comprendre.

« Sue, ne commence pas à l'embêter. Je suis sûr que Ross garde un œil sur elle. Il est médecin, après tout. »

Le rire de maman me prend de court. Mais je ne suis pas dupe. Elle a peur pour moi. La joie et l'excitation que je voulais partager avec elle s'évanouissent aussitôt. Je n'aurais jamais dû l'appeler. C'était une mauvaise idée. La pire des idées, même. Qu'est-ce qui m'a pris ?

Parce qu'il n'y a pas que mon épilepsie qui l'inquiète. Il y a aussi tout le passif qui entoure sa propre grossesse. En effet, elle a failli faire une fausse couche. Elle a trébuché sur un enfant qui s'est jeté devant elle dans la rue et a été contrainte de rester au lit pendant des semaines. C'est un miracle que je sois née. Pas étonnant qu'elle se fasse un sang d'encre.

Je soupire. J'allais prendre le taureau par les cornes et leur parler de Catherine Dawson, mais on dirait bien que l'annonce de ma grossesse suffit à leur faire perdre tous leurs moyens. Mieux vaut les laisser reprendre pied avant de leur balancer une autre bombe.

— Tu es quand même heureuse pour moi, hein, maman ?

— *Évidemment* que je suis heureuse. Je suis aux anges. Ton père aussi. N'est-ce pas, Nigel ? Quand est-ce que tu viens nous rendre visite pour le week-end ? On a hâte de te voir.

— Bientôt. Je vous le promets. Ross est souvent sur les rotules en fin de semaine. Il travaille d'arrache-pied.

— Je suppose que vous allez avancer le mariage compte tenu de la situation ?

— Euh, je ne pense pas.

Silence à l'autre bout du fil.

— Mais si vous attendez un bébé...

Je pince fort les lèvres. J'aurais dû m'attendre à ce qu'elle aborde le sujet. Depuis que Ross et moi sommes fiancés, elle n'arrête pas de nous questionner sur le mariage. Mais maintenant que je suis enceinte, il est probable qu'on repousse encore la date. Je ne veux pas remonter l'allée de l'église avec un ventre énorme déformant ma robe de mariée. De quoi aurais-je l'air sur les photos ?

Papa dit quelque chose derrière et maman répond : « D'accord, d'accord. »

— On me signale d'arrêter de me mêler de ce qui ne me regarde pas, me dit-elle.

Papa sait toujours quand intervenir pour calmer le jeu.

Après que nous nous sommes dit au revoir, je me rejoue sans cesse le début de notre conversation. J'imagine mes parents dans leur salon, analysant tous les risques liés à ma grossesse. Ou plutôt, maman analysant les risques et papa lui disant de ne pas se faire trop de souci, en restant quand même pour l'écouter.

Ross s'inquiète-t-il aussi ? Il a fait tout son possible pour me rassurer jusqu'à présent, mais s'agit-il seulement d'un stratagème pour que je reste calme ? Je repense à la fois où je lui ai annoncé la nouvelle, à cette fugace expression de panique sur son visage. La possibilité d'avorter lui a-t-elle traversé l'esprit ? Aurais-je dû l'envisager, moi aussi ?

J'aurais aimé pouvoir me confier à mes amies maintenant plus que jamais. Mais la vérité, c'est que depuis que j'ai rencontré Ross, je me suis éloignée d'elles, et je n'ai fait aucun effort pour les voir. Je n'aurais pas dû, mais c'est exactement ce que j'ai fait.

Tout à coup, je repense à la carte de visite de Catherine. Je me souviens des rides d'inquiétude sur son front lorsqu'elle m'a proposé de faire la paix, mais aussi de la façon dont elle m'a serré la main et mis un temps infini à la lâcher. Elle avait les larmes aux yeux. Moi aussi. C'est une infirmière. Elle a sûrement beaucoup d'expérience avec les femmes enceintes. Elle doit aussi s'y connaître en matière d'épilepsie. Mais non, impossible de m'y résoudre. Accepter le passé et le laisser derrière soi est une chose. Devenir amie avec Catherine Dawson en est une autre.

Une sensation étrange m'envahit. L'impression que quelque chose vient de se débloquer dans mon esprit, comme si je revivais un vieux souvenir. Mes jambes se mettent à vaciller. Oh mon Dieu, je sais ce que c'est…

25

Un rai de lumière caresse ma joue droite. Je plisse les yeux et essaie de tourner la tête, mais l'effort à fournir est trop grand. Le côté gauche de mon visage, lui, est tout engourdi. Je tente de lever la tête, mais ne parviens à la soulever que de quelques centimètres. Je suis allongée sur le sol entre le canapé et la table basse. Enfin, je parviens à me hisser sur les genoux et pose la main sur ma joue gauche. Elle est douloureuse à force d'être restée si longtemps pressée contre le tapis.

Des larmes silencieuses se mettent alors à couler le long de mes joues.

Ça a recommencé. Après tout ce temps.

Je me hisse sur le canapé et m'affale sur les coussins. Quelque part dans la maison, j'entends la lointaine sonnerie d'un téléphone. Pourquoi personne ne répond ? Je me force à ouvrir les yeux. Le rai de lumière a disparu. Le froid règne dans la pièce. Il faut que je me lève pour aller aux toilettes, enfiler un pull. Si seulement je pouvais faire glisser mes jambes du canapé, mais ce sont des blocs de plomb.

Une vague de nausée me soulève la poitrine. Je porte la main à la bouche et me laisse choir sur le côté, me roulant en boule jusqu'à ce qu'une fatigue écrasante m'engloutisse et m'entraîne à nouveau dans l'obscurité.

— Lizzie ?

La voix de Ross me sort de ma torpeur.

— Lizzie, depuis combien de temps es-tu allongée ici ?

J'ouvre la bouche pour parler, mais les mots refusent de sortir.

— Merde. Tu as dû faire une crise, dit-il.

Le son de sa voix est étouffé comme si elle me parvenait de très loin, bien que Ross se tienne juste à côté de moi. Je peux sentir ses mains chaudes sur mes bras, mon visage.

— Je vais aller chercher une couverture. Tu es gelée.

La panique m'envahit tout à coup.

— Le bébé !

Ross dépose un baiser sur mon front.

— Le bébé ira bien.

Mais quand il revient, je vois bien que lui aussi a peur, même s'il fait de son mieux pour paraître calme.

Il enroule la couverture autour de moi, puis pose une main sur mon front et prend mon pouls avec l'autre.

— Tout va bien, ma chérie. Tu sais que cet état comateux est normal après une crise. Et puis, tu n'as pas l'air de t'être blessée en tombant. Quoi qu'il en soit, je vais t'emmener aux urgences. Juste pour être sûr.

Je fais un effort surhumain pour me redresser en position assise, mais la tête me tourne et je m'écroule à nouveau. Ross s'installe au bord du canapé et me caresse le front.

— As-tu vomi ce matin ? me demande-t-il.

— Oui.

Il pousse un long soupir.

— Quel idiot, c'est quelque chose que j'aurais dû anticiper. À mon avis, ce qui s'est passé, c'est que ton corps n'a pas eu le temps d'assimiler tes médicaments avant que tu les vomisses.

Il m'embrasse le bout du nez.

— Je vais te porter jusqu'à la voiture, d'accord ?

— On ne peut pas attendre demain matin et appeler mon médecin ? On risque de patienter des heures à l'hôpital et tu dois aller travailler demain.

Il me soulève dans ses bras.

— C'est nécessaire, Lizzie, dit-il. En ce moment, tu es la seule patiente au monde dont je me soucie.

Je me crispe en l'entendant prononcer le mot « patiente », mais je suis trop fatiguée et groggy pour me plaindre et, de toute façon, il est déjà suffisamment préoccupé comme cela. Il a beau faire de son mieux pour paraître le plus détendu et détaché possible, quand je l'observe depuis le siège passager, je peux voir à quel point les traits de son visage sont tirés et son teint livide.

Lorsque nous revenons de l'hôpital, il est trois heures et demie du matin. Je peux à peine garder les yeux ouverts et tous mes membres sont engourdis. Ross m'allonge sur le lit et m'aide à enlever mes vêtements et mes chaussures, puis tire délicatement la couette sur moi. Sitôt après s'être déshabillé, il s'effondre à son tour. Pauvre Ross. Enchaîner un aller-retour à Aberdeen pour rendre visite à son père malade, puis attendre des heures aux urgences le temps de passer une batterie de scans et de tests sanguins… Au moins, j'aurais été soigneusement examinée.

Je tourne la tête pour lui parler, mais il est déjà profondément endormi. Je caresse le bas de son dos. Je ne lui ai même pas demandé des nouvelles de son père.

Je garde les yeux rivés au plafond. Refaire une grosse crise après tout ce temps m'a mis un sacré coup, c'est le moins que l'on puisse dire. Mais ce n'est pas parce que c'est arrivé une fois que cela va nécessairement se reproduire. Il me faudra juste faire plus attention à partir de maintenant. M'assurer que je ne vomisse plus mes médicaments.

De temps à autre, les phares des voitures qui passent s'immiscent dans l'interstice entre les rideaux, projetant leur lumière sur le mur de la chambre. Je compte les secondes entre les voitures, concentrée sur les petites variations des teintes jaune orangé, la taille et la forme des motifs se dessinant sur le mur. Tout est bon à prendre pour empêcher mon esprit de s'appesantir sur le terrible sentiment d'angoisse qui pèse de plus en plus au creux de mon estomac. Ce sentiment qui ne peut être apaisé par une pensée rationnelle.

Les semaines qui suivent s'écoulent dans une sorte de brouillard d'ennui et de fatigue, entrecoupé de nausées. Je me force à manger des biscuits salés pour ne pas vomir et je fais un réel effort pour garder mon calme. Mais je ne peux m'empêcher d'éprouver de l'amertume à l'idée que ce qui devait être une période heureuse et excitante a été éclipsé par une nouvelle immersion dans le monde des rendez-vous à l'hôpital et des tests médicaux. Quelque chose que j'espérais avoir laissé derrière moi pour de bon.

« Même si tu n'avais pas été épileptique, tu aurais quand même été contrainte d'aller plusieurs fois à l'hôpital », m'a répondu Ross un soir, tandis que j'essayais de lui expliquer ce que je ressentais. Nous avons mesuré la chambre d'amis pour les rideaux. La chambre d'amis qui *devait* être mon bureau, mais qui va maintenant être transformée en chambre d'enfant.

— Tu devrais te renseigner auprès de Catherine au sujet de la médicalisation de la grossesse et de l'accouchement, dit-il. C'est sa...

Il s'arrête net quand il voit mon visage et comprend ce qu'il vient de dire.

La tension crépite entre nous comme de l'électricité statique.

— C'est sa quoi ? je lui demande sèchement.

— Sa spécialité, murmure-t-il enfin.

Une bouffée de colère me monte jusqu'aux joues.

— Et comment se fait-il que tu connaisses si bien ses *spécialités* ?

Il me lance un regard exaspéré, comme si j'en faisais trop, et c'est peut-être le cas. Mais c'est trop tard maintenant. Je suis dans tous mes états.

— Parce que je *travaille* avec elle, Lizzie. Les collègues se parlent entre eux. Tu ne peux tout de même pas t'attendre à ce que je l'ignore ?

— Non, bien sûr que non. Mais il n'est pas question qu'elle vienne s'immiscer dans nos conversations privées.

Le silence entre nous s'installe. Pesant.

— Je suis désolé, finit-il par dire. Je ferais en sorte de ne plus jamais parler d'elle.

— Merci.

Alors qu'il va pour me serrer dans ses bras, quelque chose me revient. Quelque chose que j'avais oublié jusqu'à cette seconde, à cause de la crise, des multiples visites à l'hôpital et des nausées incessantes. Je me mets aussitôt à bouillir intérieurement et m'échappe de son emprise.

— Il a fallu que tu la remercies pour ce maudit bouquet de fleurs.

Il me regarde d'un air perplexe.

— Comment sais-tu ça ?

— Je suis passée au cabinet pour aller aux toilettes, le jour où tu as pris l'avion pour Aberdeen. Je l'ai rencontrée par hasard. Je t'ai dit que je ne voulais pas qu'elle m'envoie des fleurs. Maintenant tu l'encourages.

On croirait entendre une gamine en colère, je le sais, mais maintenant que j'ai commencé, je ne peux plus m'arrêter. Il n'aurait pas dû la remercier pour ces fleurs. Elles ne lui étaient pas destinées. Elles m'étaient destinées à moi. Et je n'en voulais pas.

Il pousse un soupir.

— Je voulais simplement faire preuve de politesse. J'étais mal à l'aise à l'idée de ne rien lui dire.

— Je vois. Donc tu te soucies plus de ses sentiments que des miens. Au moins, je sais à quoi m'en tenir.

— Oh, pour l'amour de Dieu, Lizzie ! Ne sois pas ridicule !

Il jette le mètre au sol qui vient rebondir contre une plinthe dans un bruit métallique. Puis il quitte la pièce sans prononcer un mot. Il n'a jamais perdu son sang-froid avec moi auparavant. Jamais.

Je m'appuie contre le mur et me laisse glisser jusqu'à me retrouver en position accroupie, la tête dans les mains. Ce devrait être un moment heureux pour nous – une nouvelle maison et un bébé en route. Cela devrait être excitant – le début de notre vie ensemble. Mais tout est parti en vrille. Catherine a peut-être changé pour le mieux, elle n'en a pas moins réussi à tout foutre en l'air. Encore.

26

Alors : après le drame
Mardi 11 septembre 2007

L'école va organiser un événement pour rendre hommage à Alice. M. Davis l'a annoncé ce matin, et Mme Peacock vient de nous distribuer des enveloppes à donner à nos parents. Je suis incapable de détacher le regard de l'intitulé, souligné et en gras : **Service commémoratif d'Alice Dawson**. Elle aura aussi droit à une plaque, ainsi qu'à un arbre planté en son honneur.

Toute cette situation me semble irréelle. Je m'attends toujours à me réveiller – je l'espère, même – et découvrir que ce n'était qu'un mauvais rêve. Que rien de tout ça n'est vraiment arrivé et qu'au lieu du siège vide à côté de moi, Alice est toujours assise là, ses doigts tachés d'encre à force de tripoter son stylo, ou réarrangeant le contenu de sa trousse. Elle avait vraiment hâte que Mme Peacock devienne notre professeur principal. « Mme Peacock est cool », disait-elle, principalement à cause du petit tatouage en forme d'ancre marine à l'intérieur de son poignet gauche. Alice était folle des tatouages. Elle avait hâte d'atteindre l'âge légal pour en avoir un. Si elle avait pu, elle se serait fait tatouer, elle aussi.

« Chaque fois que je suis inquiète ou anxieuse… », nous avait expliqué Mme Peacock l'an dernier, lors d'un cours de musique, avant que nous sachions qu'elle serait notre prochain professeur principal. « Je regarde mon ancre et je me sens alors en sécurité et les pieds sur terre. »

Je sors un de mes feutres de coloriage – le noir – et je dessine une petite ancre à l'intérieur de mon poignet. Mais j'ai beau la regarder et la regarder encore, je ne me sens pas du tout en sécurité ni les pieds sur terre. Je me sens dangereusement perdue et à la dérive. Coupée de tout ce qui se passe autour de moi.

Melissa Davenport me dévisage de l'autre côté de la classe.

— Madame ? appelle-t-elle. Je crois que Lizzie essaie de s'ouvrir les veines.

Quelqu'un, quelque part, murmure les mots « mauvaise conscience ».

Mme Peacock se lève et jette un rapide coup d'œil à la classe.

— Ne dis pas de bêtises, Melissa. Lizzie, qu'es-tu en train de faire ?

— Rien, madame. Je dessine, c'est tout.

« Elle s'est fait un tatouage », dit une voix derrière moi.

Bethany Charles. Une des meilleures amies de Melissa.

— Bon, ça suffit, coupe Mme Peacock. Il est temps de ranger vos affaires, les filles. Et n'oubliez pas de donner les enveloppes à vos parents une fois à la maison.

La cloche retentit une seconde plus tard.

Alors que je sors de la classe, Mme Peacock pose doucement la main sur mon épaule.

— Lizzie, puis-je te parler une minute ?

J'espère qu'elle ne va pas demander à voir mon poignet, parce que ce serait embarrassant. Je ne suis pas très douée en dessin et mon ancre ressemble davantage à une flèche bancale. Elle n'en fait rien. À la place, elle me fait signe de m'asseoir sur la chaise installée en face de son bureau, puis elle s'assoit sur sa propre chaise, qu'elle ajuste légèrement pour que nous soyons face à face. Je peux voir ses genoux qui dépassent de sa jupe.

— Comment vas-tu ? me demande-t-elle.

J'ignore si c'est la question elle-même ou cette manière qu'elle a de s'adresser à moi d'une voix douce et bienveillante, toujours est-il que mes yeux s'emplissent aussitôt de larmes. Je sais que je ne pourrai les empêcher de couler que si je me frotte les yeux, et alors elle saura que je pleure. Mais si je ne le fais pas, elle le saura aussi de toute façon. Trop tard. Les larmes se mettent à couler. De gros et traîtres sanglots qui roulent le long de mes joues.

— Si les choses deviennent trop difficiles pour toi, Lizzie, tu sais que tu peux toujours venir me parler.

J'acquiesce, incapable de la regarder en face de peur de m'effondrer complètement.

— Ça ne doit pas être facile pour toi...

Elle désigne l'enveloppe sur le service commémoratif et l'arbre du souvenir.

— Mme French m'a dit que tu n'étais pas allée à ta séance de soutien psychologique hier.

— Je vois déjà un psychologue.

— Je sais. Mais je pense qu'il est important que tu aies quelqu'un ici à l'école avec qui tu puisses discuter de certaines choses. Elle a aidé d'autres filles à gérer leurs émotions à l'égard d'Alice. Si ça ne marche pas avec Mme French, tu n'auras qu'à me le dire, d'accord ? Nous pourrons envisager d'autres options.

— Ne vous inquiétez pas pour moi. J'avais mal à la tête, c'est tout. Je voulais rentrer chez moi.

— Je comprends. Mais n'oublie pas d'informer Mme French de ton absence la prochaine fois, dans ce cas. Ou bien de me prévenir moi pour que je puisse lui transmettre le message.

— D'accord, je réponds en reniflant. Pardon.

Mme Peacock hoche la tête et pose la main sur mon avant-bras.

— Je vais parler à Melissa, si tu veux bien.

— Non ! je m'écris en relevant brusquement la tête. Ça ne fera qu'empirer les choses. Ne lui parlez pas, s'il vous plaît.

Mme Peacock pince les lèvres et expire par le nez. J'ai l'impression qu'elle aimerait en dire plus, mais qu'elle est obligée de se retenir.

Sally Peters m'attend à l'extérieur de la classe quand je sors. Elle a été gentille avec moi depuis notre retour à l'école, mais pas assez pour s'asseoir à côté de moi en classe. Elle m'a dit qu'elle ne pouvait pas ne pas s'asseoir à côté de Heather Langton, sinon ce ne serait pas juste pour Heather. Bien qu'apparemment, ça ne pose aucun problème que ce soit injuste pour moi.

— Ne fais pas attention à Melissa, dit Sally alors que nous traversons la cour de récréation. C'est une vraie peau de vache.

— Où est Heather ?

— Au club d'échecs.

Ah, c'est donc pour ça qu'elle rentre à la maison avec moi. Mais après tout, les mendiants ne peuvent pas faire les difficiles. Au moins, je n'aurai pas à affronter seule la sortie de l'école, où Melissa et ses copines seront forcément en train de traîner avec les garçons. Peut-être même que Sally m'invitera chez elle.

Elle habite dans la rue voisine de Riley Road, où Alice habite. *Habitait.*

Une horrible sensation de vide m'envahit et, pendant une minute, j'ai l'impression que je vais m'évanouir. L'année dernière, Alice et moi sommes allées chez Sally. Nous nous sommes assises dans sa chambre avec elle et Heather et nous nous sommes peint les ongles mutuellement. Une autre fois, nous avons joué à la balle devant sa maison. Un soir d'été. Nous formions deux groupes de part et d'autre de la rue, et nous nous lancions une grosse balle gonflable en hurlant de rire. Ce genre de choses n'arriverait *jamais* là où je vis. Pour commencer, Birchwood Avenue est une rue beaucoup plus fréquentée et, même si elle ne l'était pas, les gens ne laissent jamais leurs enfants jouer dehors.

Je sais que nous avons de la chance d'avoir une grande maison avec un grand jardin. Mais parfois je me demande si je n'aurais pas été plus heureuse en vivant dans le quartier plutôt que d'être coincée à la périphérie de la ville, à devoir prendre le bus tous les jours pour aller à l'école. Peut-être que j'aurais mieux réussi à m'intégrer et à me faire des amis. Peut-être que je n'aurais pas été aussi dépendante d'Alice.

Mais maman et papa n'ont jamais aimé ce quartier. Ils ont toujours dit que l'endroit était malfamé, et qu'il n'avait cessé de se dégrader depuis les années soixante-dix, quand il a été construit. Ils étaient vraiment en colère quand j'ai raté mon examen et que je n'ai pas été acceptée dans le collège de leur choix. Et puisque le deuxième meilleur collège se trouvait à deux trajets de bus et dix minutes de marche de distance, j'ai fini ici, avec tous les enfants du coin.

Si seulement j'avais réussi ce stupide examen, alors je n'aurais jamais rencontré Alice. Et elle serait encore vivante aujourd'hui.

27

Aujourd'hui

— L'amour est comme du bois, me dit maman quand je lui annonce que Ross et moi nous sommes disputés hier. Il se dilate et se fissure selon le temps qu'il fait. Tu ne peux pas t'attendre à ce qu'il reste intact pour toujours.

Elle a le chic pour inventer tout un tas de petits dictons comme celui-ci. Mais elle a raison. Je pensais que Ross et moi serions toujours sur la même longueur d'onde, que la phase « amour inconditionnel » que traversent tous les nouveaux couples allait durer éternellement.

— Tu as vécu un certain nombre de bouleversements, dernièrement, poursuit-elle. Et puis votre relation en est encore à ses débuts, ne l'oublie pas. Vous avez besoin de temps pour vous apprivoiser et vous adapter aux humeurs de l'autre. Cela demande beaucoup d'efforts, ma chérie. Depuis le temps, on le saurait si c'était facile.

Je ne lui ai pas dit *pourquoi* nous nous étions disputés. Pas encore, même si j'y travaille. Peut-être que Ross a raison et que je devrais prendre rendez-vous chez un psychologue. Quelqu'un qui pourrait m'aider à passer au crible ce maelström d'émotions et à trouver un moyen de m'en sortir. Rien à voir avec mes séances avec Angela Harris. Mais j'ignore si j'aurais la force de me soumettre à un nouvel interrogatoire sur mon passé.

Nous discutons encore quelques minutes avant de nous dire au revoir. Le téléphone sonne aussitôt que j'ai raccroché.

— Maman ? Tu as oublié de me dire quelque chose ?

Ce n'est pas ma mère, mais une voix étrangère qui me répond. Une femme avec un accent australien.

— Bonjour. Pourrais-je parler à Lizzie Molyneux, s'il vous plaît ?

Qui que ce soit, elle a réussi à prononcer mon nom correctement. Il s'agit peut-être d'une sage-femme chargée de me contacter par le Dr Ahmed.

— Je vous écoute.

— Mon nom est Ruby Orchard. Vous ne me connaissez pas, mais je souhaiterais m'entretenir avec vous.

Elle a une drôle de façon de terminer chacune de ses phrases sur une note aiguë.

— Je n'essaie pas de vous vendre quoi que ce soit, je vous le promets. J'aurais simplement besoin de cinq minutes de votre temps.

— Comment puis-je vous aider ?

Elle ment en disant qu'elle n'a rien à me vendre. C'est la réplique préférée des démarcheurs téléphoniques. À ma place, Ross lui aurait déjà raccroché au nez, mais je culpabilise un peu à l'idée de le faire. Après tout, ce doit être une façon bien désagréable de gagner sa vie...

— Je suis en train d'écrire un article au sujet d'Élodie Stevens, la pauvre petite fille qui est morte percutée par un train. J'ai cru comprendre que votre amie Alice...

Je raccroche brusquement, furieuse. Une foutue journaliste. Comment diable a-t-elle réussi à me contacter ? Je sais qu'il est quasiment impossible de contrôler la quantité d'informations qu'on peut trouver sur nous, sur Internet. Rien qu'en ce qui me concerne, il existe des dizaines d'articles mentionnant mon nom. Pourtant, je fais tout mon possible pour me tenir éloignée des réseaux sociaux.

En fait, je ne me suis jamais inscrite à aucun d'entre eux, à l'exception peut-être d'un ou deux forums de discussion sur l'épilepsie. Et encore, j'utilisais systématiquement un pseudonyme. J'ai toujours fait très attention à ne jamais dévoiler d'informations privées à mon sujet.

Le téléphone se remet aussitôt à sonner. J'attends jusqu'au déclenchement du répondeur et j'écoute, les poings serrés, le cœur battant la chamade.

« Mademoiselle Molyneux, je crois que la ligne a été coupée. Mon article porte plus particulièrement sur la polémique engendrée par le programme de fermeture des passages à niveau mis en place par Network Rail. »

Sa voix emplit la pièce. Un torrent de mots envahit mes oreilles.

« Certains contestent ces fermetures. Ils pensent que cela cause davantage de problèmes, notamment dans les communautés rurales. Faute de pouvoir traverser les passages à niveau, les riverains sont contraints d'emprunter des routes dangereuses à la place. Je souhaiterais obtenir un éventail d'opinions différentes à ce sujet. J'ai déjà parlé à un membre de la famille Dawson et je me demandais si... »

Le message vocal prend fin de manière abrupte. Le temps d'enregistrement a atteint sa limite, et moi aussi. Je me précipite vers les toilettes du bas, soulève le couvercle et vomis.

28

Je parle à Ross de l'appel de la journaliste dès qu'il rentre à la maison. Nous nous sommes réconciliés après notre dispute d'hier, mais une sorte de tension s'est installée entre nous depuis. Aussi je suis soulagée d'avoir un sujet totalement différent à aborder avec lui. Lui donner un problème à résoudre est exactement ce dont j'avais besoin pour qu'il me soutienne à nouveau. Et puis, c'est vendredi soir. Je ne voudrais pas que notre week-end soit gâché par ce sentiment de frustration qui pèse sur nous depuis les événements de la veille.

Ross a l'air furieux.

— Ne te sens surtout pas obligée de parler à cette journaliste si elle rappelle. Tu n'as qu'à lui raccrocher au nez.

— J'ignore comment elle a réussi à se procurer notre numéro de téléphone. Et pourquoi remettre le sujet sur le tapis maintenant, après toutes ces années ?

— À cause de la mort de cette petite fille, je suppose. Après ça, la journaliste a certainement cherché des histoires similaires qui se sont produites dans le passé. Quant à la façon dont elle s'est procuré notre numéro... Tu sais comment sont les journalistes. Ils ont leurs méthodes.

— Je ne peux pas m'empêcher de me demander...

Je me mords la lèvre et regarde par la fenêtre. Maintenant que l'idée m'a traversé l'esprit, je me rends compte que nous allons probablement finir par nous disputer à nouveau.

— Quoi donc ?

— Je ne peux pas m'empêcher de me demander quel membre de la famille Dawson a bien pu accepter de témoigner.

Ross se tortille sur place. Il a l'air aussi mal à l'aise que moi. La tension qui régnait entre nous redouble aussitôt d'intensité, mais il est trop tard pour faire marche arrière. Il faut que je lui dise ce qui me trotte dans la tête.

— Je ne peux pas croire que Sheena ou Mick Dawson aient accepté de se confier à une journaliste. Ils ont tellement été harcelés par les médias quand Alice est morte. Mes parents l'ont très probablement été aussi, même si papa et maman ont réussi à me tenir à l'écart de tout ça.

Je lève les yeux vers Ross.

— Et si c'était Catherine ? Et si c'était elle qui lui avait donné notre numéro ?

Ross ferme les yeux. Quand il les rouvre quelques secondes plus tard, il a l'air plus que jamais épuisé et sur la défensive.

— Tu veux que je lui pose la question, lundi ? Pour cela, il faudra que tu acceptes que je lui adresse la parole.

Je prends sur moi pour ne pas réagir.

— Non, je vais lui poser la question moi-même.

En fin de compte, nous passons un week-end plutôt tranquille et agréable, à mon plus grand soulagement. Ross trouve plusieurs sites Internet comparant la taille d'un fœtus en développement à différents types de fruits et légumes. À un peu moins de douze semaines, notre bébé fait actuellement la taille d'une prune, d'un citron vert ou d'une petite pêche, selon le site que vous consultez. Nous les consultons tous. Nous prévoyons également de rendre visite à mes parents dans deux semaines, date à laquelle Prune Murray aura la taille d'un gros citron. À aucun moment nous ne mentionnons le nom de Catherine Dawson.

Mais quand lundi arrive et que Ross part au travail, je m'empresse de récupérer la carte de Catherine dans la poche de mon manteau et compose un court message. Ce n'est pas parce que Ruby Orchard n'a pas rappelé du week-end qu'elle ne va pas réessayer, et je suis déterminée à découvrir si c'est Catherine qui l'a mise en contact avec moi.

« J'ai besoin de te parler de quelque chose. Dis-moi quand tu as un moment de libre. »

Après coup, je rajoute mon nom.

Sa réponse est quasiment immédiate.

« Je suis libre. Je peux t'appeler ? »

« Ok », je lui réponds, le cœur battant à tout rompre.

La sonnerie soudaine de mon téléphone portable me fait sursauter, quand bien même je m'y attendais. Tout se passe tellement plus vite que je ne l'avais prévu. Pourquoi n'ai-je pas attendu plus tard dans la journée, à un moment où j'aurais été plus calme et sûre de moi ?

— Allô ?

Je parle d'une voix aiguë trahissant ma nervosité.

— Lizzie, dit-elle. Je suis si heureuse que tu m'aies envoyé un message. Je ne pensais pas que tu le ferais.

Je m'éclaircis la gorge.

— Moi non plus, mais... J'ai reçu un coup de fil dont je dois te parler.

— Je t'écoute.

Je marque une pause, incapable de poursuivre. Je me rends compte qu'il aurait été mieux d'avoir cette conversation en face-à-face, ne serait-ce que pour voir l'expression sur son visage. De cette façon, j'aurais deviné si elle mentait ou non.

— Je me demandais si...

Si quoi ? Qu'est-ce que je me demande ? Si elle accepterait de prendre un café et discuter ? Non, hors de question qu'elle remette les pieds dans cette maison.

— Ça te dirait qu'on se donne rendez-vous quelque part ? finit-elle par me demander. Il y a un café à Charlton Park. Tu le connais peut-être. Je pourrais y être dans une demi-heure.

— Tu n'es pas au cabinet ?

— Non, les lundis sont mes jours d'études.

— D'accord. Dans ce cas, retrouvons-nous au café dans trente minutes.

À mon arrivée, le café est plein. C'est un petit endroit cosy et décalé, dont les murs extérieurs ont été recouverts de portraits de Henry VIII et d'autres personnalités. L'intérieur a été aménagé à la façon d'un salon de thé pittoresque. De petites tables et des chaises plus originales les unes que les autres s'entassent dans un espace rectangulaire ne dépassant pas les trente mètres carrés. Je suis aussitôt assaillie par le bourdonnement de bavardages, le cliquetis des tasses de thé, ou encore le sifflement de la machine à café. Catherine n'est pas encore là et, à moins qu'une table ne se libère, nous ne pourrons pas nous asseoir à l'intérieur. Ce qui n'est pas pour me déranger, car l'odeur du bacon me retourne l'estomac.

Je reste près de la porte, rechignant à m'installer à l'une des tables extérieures, bien qu'elles disposent de couvertures soigneusement pliées sur le dossier de chaque chaise. Difficile à croire que nous sommes à moins d'un mois de l'été, tant le fond de l'air est froid. Nous ferions peut-être mieux de tirer une croix sur le café et d'aller nous promener dans le parc à la place.

Quelqu'un me tapote l'épaule et je me retourne.

— Bonjour, tu attends depuis longtemps ? me demande-t-elle.

Elle porte un manteau bleu marine jeté sur un jean et un pull blanc. Le bout de son nez est rosi par le froid.

— Non, je viens seulement d'arriver. Il n'y a plus de place à l'intérieur.

— Alors asseyons-nous ici, dit-elle.

Je m'exécute, même si j'aurais finalement préféré marcher.

— Prends ce que tu veux, poursuit-elle. C'est pour moi.

Elle replace une mèche de cheveux derrière son oreille.

— Je prendrai un café allongé, si ça te va. Déca.

Elle acquiesce et sourit.

— Bon choix. Je devrais me mettre au décaféiné aussi, mais j'ai tendance à être d'une humeur terriblement grincheuse si je n'ai pas ma dose de caféine matinale.

Elle va passer commande à l'intérieur tandis que je m'installe à l'une des tables rondes en métal, étalant une couverture à carreaux bleu pâle sur mes genoux. Je me sens ridicule. Pourquoi est-ce que je m'inflige ça ? C'est de la folie.

Puis je repense à l'appel de Ruby Orchard, à son projet d'article sur les décès liés aux passages à niveau, et je retrouve ma détermination : je veux savoir si c'est à Catherine qu'elle a parlé, et ce qu'elle a pu lui dire.

Cinq minutes plus tard, alors que Catherine est assise en face de moi, les coudes posés sur la table, ses longs doigts fins tenant sa tasse de café devant son menton, je trouve enfin le courage d'aborder le sujet.

— J'ai reçu un appel vendredi dernier. Un appel d'une journaliste.

Catherine baisse sa tasse et la pose soigneusement sur la table.

C'est peut-être dû au froid, mais j'ai l'impression qu'elle rougit.

— Est-ce toi qui lui as donné mon numéro ?

La franchise de ma question nous prend toutes les deux par surprise.

— Non ! Absolument pas. Je ne me permettrais jamais de…

— Mais je ne comprends pas comment une journaliste a pu trouver comment me contacter après tout ce temps. Difficile de croire à une coïncidence.

— Lizzie, je suis sincère. Je ne lui ai pas donné ton numéro. Je ne le connaissais même pas jusqu'à ce matin, quand tu m'as envoyé un SMS.

— Elle a appelé sur le téléphone fixe.

— Son nom est-il Ruby Orchard ?

— Oui.

— Elle m'a contactée, moi aussi. À cause de ce fait divers. Élodie Stevens.

— Je sais.

Catherine pousse un soupir.

— Je n'avais pas l'intention de lui parler, surtout après la façon dont les médias ont traité ma famille à la mort d'Alice. Ce genre d'attitude vous dégoûte des journalistes à vie. Ils sont pires que des vautours, pour certains, mais je dois avouer que Ruby m'a semblé différente. C'est un article sérieux qu'elle prépare. J'ai… J'ai accepté de la rencontrer.

Elle prend une gorgée de son café.

— Je m'étais promis de ne rester que pour un seul verre, mais nous avons vraiment sympathisé. Ce n'est que le lendemain matin que j'ai réalisé qu'ils étaient tous pareils, n'est-ce pas ? Sympathiques. Bavards. C'est tout un art de pousser un parfait inconnu à laisser tomber ses défenses et à s'ouvrir à vous.

Elle émet un petit rire gêné.

— J'aurais dû me douter que ce n'était pas une bonne idée de la rencontrer dans un bar à vin. J'avais eu une longue journée de travail et, bref, tu vois où je veux en venir.

— Donc c'est toi qui lui as parlé de moi.

Cela ne fait plus aucun doute : le rouge de son visage et de son cou n'est pas dû au froid.

— Oui, il a effectivement été dit que tu étais la petite amie d'un de mes collègues.

Fiancée, je la corrige intérieurement.

— Je suis désolée, Lizzie. C'était une erreur bête de ma part. Je suppose qu'une bribe d'information est tout ce dont ils ont besoin pour débusquer quelqu'un. Mais honnêtement, je ne pense pas que tu aies à t'inquiéter. Comme je l'ai dit, c'est un article intéressant qu'elle prépare. Pas du tout sensationnaliste. De la façon dont je vois les choses, si son article contribue à faire fermer les passages à niveau encore ouverts ou au moins à améliorer les conditions de sécurité, c'est une bonne chose, tu ne crois pas ? De cette façon, aucun autre enfant ne connaîtra le même sort qu'Alice, Élodie et tous les autres qui ont inutilement perdu la vie par le passé.

— Si tu présentes les choses comme ça... je réponds.

Mais je sais que je ne parlerai jamais à Ruby Orchard. Je ne parlerai jamais à aucun journaliste.

29

Alors : avant le drame
Samedi 16 juin 2007

Nous attendons que Catherine ait quitté la maison, puis nous nous hissons sur le lit d'Alice, placé sous la fenêtre de sa chambre. Les coudes posés sur le rebord, nous la regardons marcher dans la rue. Elle porte un short en jean et des talons hauts, ainsi qu'un petit sac en bandoulière rebondissant contre l'os de sa hanche.

Je suis soulagée qu'Alice et moi nous soyons réconciliées après notre terrible dispute à la discothèque. Nous nous sommes toutes les deux excusées et la situation est quasiment revenue à la normale, bien que je sois persuadée qu'aucune de nous deux n'oubliera jamais cette dispute.

— Où est-ce qu'elle va ? je demande.

— Elle va déjeuner chez *Nando's* avec son copain.

— À quoi il ressemble ?

— J'en sais rien. Je ne l'ai jamais rencontré.

— Il s'appelle comment ?

Alice hausse les épaules.

— Chaque fois que papa ou moi lui demandons, elle se fâche et nous dit de nous mêler de nos affaires.

— C'est du faux bronzage sur ses jambes ?

— Elle est allée dans un salon de beauté pour se faire appliquer de l'autobronzant.

— J'espère qu'il en vaut la peine.

Alice ricane.

— Pas s'il l'emmène chez *Nando's*, non.

— Tu crois qu'ils couchent ensemble ?

Alice jette un nouveau coup d'œil à la rue. Catherine a disparu de notre champ de vision.

— Allons dans sa chambre pour voir si on peut trouver des preuves.

— Quoi ? Tu voudrais qu'on regarde s'il y a des taches sur ses draps ?

Alice lève les yeux au ciel.

— Bien sûr que non. Elle n'amène jamais son copain ici. Je parle des *contraceptifs*.

Nous venons d'apprendre ce que sont les contraceptifs à l'occasion d'un cours sur l'éducation sexuelle dispensé à l'école.

Je suis mal à l'aise dès lors que je pénètre dans la chambre de Catherine Dawson. Si elle change d'avis pour une raison quelconque, revient à la maison et nous surprend ici, elle sera furieuse. Je n'oublierai jamais la fois où elle a giflé Alice. Une gifle puissante. La joue d'Alice était restée rouge pendant des siècles après ça. Elle a essayé d'être courageuse et de prétendre qu'elle n'avait pas eu mal, mais je ne l'ai jamais crue. Je suis sûre que si Alice avait été seule, Catherine n'aurait pas réagi aussi violemment. C'est le fait qu'elle avait vaporisé le parfum sur *mon* poignet qui l'a fait sortir de ses gonds. Pourquoi me déteste-t-elle autant ?

Alice est déjà à genoux devant la table de chevet de sa sœur, en train de fouiller dans le tiroir du haut. Nerveuse, je regarde par-dessus son épaule. C'est vraiment le bazar là-dedans. Des emballages de bonbons et des baumes à lèvres, des boîtes de paracétamol vides, des pinces à cheveux et des chouchous, des limes à ongles et des pastilles pour la gorge. Au moins, elle ne remarquera pas que le contenu de son tiroir a été dérangé.

Enfin, Alice sort une plaquette de pilules blanches avec les jours de la semaine inscrits sous chacune d'elles et des petites flèches indiquant l'ordre dans lequel il faut les prendre.

— Est-ce que c'est bien ce que je pense ? lance-t-elle en contenant à peine la joie dans sa voix.

Je compte les pilules.

— Vingt et une. C'est bien ça. Elle prend la pilule.

— Je me demande où ils le font.

— Peut-être qu'il a une voiture.

Alice ricane à nouveau.

— On devrait la suivre. Voir où ils vont.

Elle remet les pilules dans le tiroir et le referme.

— *On y va ?* On pourrait les espionner chez *Nando's*.

— Mais si elle nous voit ?

— Elle ne nous verra pas. Allez, ça va être rigolo.

Nous chaussons nos baskets et sortons de la maison. Si nous nous étions trouvées chez moi, j'aurais dû dire à papa et maman où nous allions, autrement ils ne nous auraient jamais donné l'autorisation de sortir. Mais les choses sont différentes chez Alice. Son père est occupé à démonter un moteur de voiture dans le jardin et n'a pas l'air de se soucier de ce que nous faisons, et sa mère est au lit, comme presque toujours. La semaine dernière, elle arrivait à se lever le matin et à discuter avec le voisin. La semaine dernière était une *bonne* semaine. C'est ce qu'Alice m'a confié plus tôt, avec son détachement habituel lorsqu'elle parle de la maladie de sa mère. Contrairement à la semaine dernière, cette semaine n'est pas une bonne semaine. J'espère ne jamais souffrir de dépression.

Nous marchons jusqu'à la rue principale qui se trouve non loin de Riley Road. Catherine doit déjà s'y trouver à l'heure qu'il est.

— Ça sent le mauvais plan, je dis. Si on l'espionne par la fenêtre, elle va nous voir, c'est sûr.

— Mon Dieu, Lizzie, pourquoi faut-il que tu t'inquiètes toujours ? On ne va pas l'espionner par la fenêtre. On va l'espionner depuis un endroit où on pourra voir l'entrée du restaurant et attendre qu'ils sortent. Ensuite on les suivra.

— Mais si ça se trouve, ils vont rester là-dedans pendant mille ans.

Alice pousse un long soupir.

— Tu ferais une détective complètement nulle. Le secret d'une bonne planque est la patience.

Elle sort un gros paquet de bonbons qu'elle a réussi à glisser dans la poche de son jean. Elle a dû le piquer dans le placard à sucreries en sortant, celui qui est toujours rempli de bonbons, chocolats, biscuits et autres paquets de chips. Le genre de choses que maman et papa n'achètent jamais.

Nous avons pris place sur les larges marches en pierre devant la mairie, le paquet de bonbons posé entre nous. Nous observons. Nous attendons. Nous mâchons.

Chaque fois que quelqu'un entre ou sort de *Nando's*, nous nous redressons et relevons la tête. Le soleil réchauffe nos jambes nues. Celles d'Alice sont plus bronzées que les miennes, ce qui me rend jalouse, mais elle a un teint naturellement plus mat que le mien alors elle bronze facilement. Avec ma peau pâle et mes taches de rousseur, je dois faire attention à ne pas attraper de coups de soleil. J'ai essayé une seule fois d'appliquer une de ces lotions autobronzantes. Grossière erreur. Ma peau est restée orange et striée de marques de faux bronzage pendant des semaines.

Les bonbons sont délicieux et nous nous amusons pendant un moment. Mais l'ennui ne tarde pas à se manifester, et nous trouvons de moins en moins d'intérêt à regarder dans la même direction à longueur de temps. J'ai mangé trop de bonbons et mes dents sont toutes collantes. J'ai soif, aussi.

Tout à coup, Alice m'attrape par le bras.

— Les voilà ! Regarde ! Ils se dirigent vers le pont. Allons-y !

Nous les suivons de loin. Voilà qui est beaucoup plus amusant. J'ai l'impression d'être un personnage dans un film. Un détective privé. Le garçon est grand et mince. Il porte un short de surf et un t-shirt et il a une casquette de baseball bleu marine posée à l'envers sur le haut de son crâne. Il a passé un bras autour de la taille de Catherine qui se colle à lui tandis qu'ils marchent. Son short est tellement court qu'on peut voir une partie de ses fesses. De temps à autre, la main du garçon glisse de la taille de Catherine vers l'arrière de son short. À un moment, il saisit même sa fesse droite et la pince. Catherine ne bronche même pas. Elle le laisse faire.

Nous avons traversé le pont et nous dirigeons à présent vers le métro qui passe sous la voie rapide.

— Ils vont vraiment le faire, murmure Alice, les yeux rivés sur les fesses de sa sœur.

Nous les suivons dans le passage souterrain, attendant qu'ils soient presque au bout du tunnel avant de nous engager à notre tour. Une fois que nous nous sommes assurées de la sortie qu'ils ont empruntée, nous nous dépêchons d'avancer.

À l'extérieur du passage souterrain, la lumière du jour nous aveugle brusquement et nous ne les voyons plus. L'espace d'un instant, nous pensons les avoir perdus. Puis je les aperçois sur le parking, s'engouffrant dans une voiture bleue.

— Merde, dit Alice. C'est la fin. Ils vont démarrer et s'en aller, tu crois pas ?

Sauf que la voiture ne démarre pas. Nous grimpons sur le muret séparant le parking du trottoir et nous approchons aussi près que possible, en maintenant la tête basse pour rester cachées derrière les autres voitures garées sur le parking.

— Attends, j'interviens. Où est-elle passée ? Je n'arrive à voir que son copain. Elle a dû sortir.

Alice tend le cou depuis la camionnette blanche qui nous sert de cachette.

— Non, elle est toujours à l'intérieur.

— Mais pourquoi on ne peut pas...

Alice me regarde et insère son index dans sa bouche. Elle commence à le sucer tout en faisant des mouvements de va-et-vient.

Je mets mes mains sur ma bouche pour me retenir d'éclater de rire.

— Regarde la tête qu'il fait, Lizzie ! *Regarde* !

Je plisse les yeux pour mieux voir la scène. Difficile de distinguer quoi que ce soit à cette distance, mais j'arrive tout de même à voir qu'il a renversé la tête en arrière sur l'appui-tête de son siège, de sorte qu'il a le menton relevé en l'air.

Alice sort le paquet de bonbons de sa poche. Il n'en reste plus que deux, alors nous en prenons un chacune.

Nous observons. Nous attendons. Nous mâchons.

— Combien de temps tu penses que ça dure ? je demande, la bouche encore pleine.

Alice sourit.

— Ça dépend si tu es douée. Ils préfèrent quand tu avales.

Le dernier bonbon glisse dans ma gorge. Je regarde discrètement en direction d'Alice. Comment se fait-il qu'elle connaisse tous ces trucs et pas moi ? Je pense à la façon dont les mains de Dave Farley se posaient dans le bas de son dos quand il dansait avec elle. À la façon dont ils étaient si proches l'un de l'autre. Non, elle ne peut pas l'avoir fait. Elle me l'aurait dit, n'est-ce pas ? Dégoûtée, je serre les dents à l'idée qu'Alice puisse avoir un copain elle aussi.

Soudain, son expression change et je me retourne vers la voiture. Le garçon à la casquette de baseball a commencé à convulser sur le siège conducteur. Je le regarde, médusée. Qu'est-ce que… ?

Alice me donne un coup de coude dans les côtes.

— Je crois que tu as la réponse à ta question, Lizzie. Ça dure un peu moins de cinq minutes.

30

Aujourd'hui

— Nous avons sous les yeux le plus bel exemple d'architecture jacobéenne du pays, dit Catherine.

Elle lit l'information sur l'écran de son téléphone.

— Et ils ont eu la bonne idée d'ouvrir une pizzeria dans la galerie des ménestrels.

Elle rit, et je reste un court instant bouche bée tant j'ai l'impression de voir Alice sous les traits d'une femme adulte. Je n'avais jamais réalisé à quel point elles se ressemblaient toutes les deux. L'intonation de leur voix, leurs éclats de rire, leurs gestes. Catherine a les mêmes pommettes hautes, le même teint hâlé et les mêmes cheveux sombres et brillants.

Je ne sais pas trop comment on en est arrivés là, parce que le café n'était censé être qu'un prétexte pour l'interroger sur cette journaliste, toujours est-il qu'au lieu de rentrer directement chez moi après, je me suis en quelque sorte laissé convaincre d'aller me promener dans le parc avec elle. Et voilà qu'elle s'est mis en tête de me divertir, comme si nous étions de vieilles amies. D'où la leçon d'histoire devant Charlton House. J'observe l'imposant bâtiment de briques rouges, essayant de donner un sens à toute cette absurdité.

Le vent balaie des mèches de cheveux sur mon visage et je fouille dans ma poche pour prendre un chouchou, rassemblant mes boucles rebelles en une queue-de-cheval.

— Tu as tellement changé, dit Catherine. Les cheveux longs te vont bien.

Je la regarde du coin de l'œil. L'ancienne Catherine aurait probablement enchaîné avec une remarque sarcastique du genre : « Surtout quand ils cachent ta sale tête », mais la nouvelle Catherine se contente de ce compliment sincère. Je me surprends à la remercier.

— Ça t'arrive parfois de penser au bon vieux temps ? À Riley Road ? demande-t-elle.

L'entendre mentionner Riley Road réveille d'étranges sensations au fond de moi.

— Moi, j'y pense tout le temps, ajoute-t-elle. J'ai failli y retourner pour voir notre ancienne maison, il y a quelques années.

— Tes parents ont déménagé ?

— Oui. Ils se sont installés dans un petit village au nord du Devon. Déménager à la campagne leur a fait du bien. Surtout à ma mère.

Je prends une profonde inspiration. Même si je sais que Sheena Dawson souffrait de dépression bien avant la mort d'Alice, la mort tragique de sa fille cadette a certainement contribué à la faire basculer et je ne peux m'empêcher de ressentir une pointe de culpabilité. Parce que je n'ai jamais pu lui donner ce dont elle avait besoin. Je n'ai jamais pu lui dire ce qui s'était passé.

— Ils doivent être très fiers de toi, maintenant que tu es infirmière.

Elle acquiesce.

— En effet.

— Tu as d'abord travaillé comme secrétaire médicale, c'est ça ? Qu'est-ce qui t'a donné envie de devenir infirmière ?

J'essaie de paraître aussi décontractée que possible, malgré les battements effrénés de mon cœur. J'imagine qu'elle devine pourquoi je suis étonnée d'un tel choix de carrière venant d'elle.

Elle pousse un soupir.

— Je suppose que c'est à cause de ma mère. Sa dépression m'a obligée à prendre des responsabilités dès mon plus jeune âge. J'ai dû aider mon père à s'occuper d'elle. Et quand Alice est arrivée, je me suis occupée d'elle aussi. Mon père travaillait de longues heures à la boutique et maman passait le plus clair de son temps au lit après l'accouchement.

Un corbeau fend le ciel en piqué et se pose sur l'une des cheminées de Charlton House. Quelques secondes plus tard, il est rejoint par deux autres. Les trois se mettent à croasser bruyamment et Catherine et moi levons les yeux en même temps.

Je lui jette un coup d'œil discret. Sa famille n'était déjà pas des plus heureuses, même *avant* la mort d'Alice. Lorsque Sheena Dawson n'était pas alitée, en proie à la dépression des semaines durant, elle restait distante et froide, préférant nettoyer la maison de fond en comble et s'occuper de son jardin plutôt que du bien-être émotionnel de ses filles.

— Ça doit être bien d'avoir une vocation, dis-je en essayant de ramener la conversation sur un terrain plus sûr. Je n'ai jamais vraiment su ce que je voulais faire de ma vie.

— Pourquoi, à ton avis ? demande-t-elle.

— Je n'en ai pas la moindre idée. Les crises ont sûrement eu leur rôle à jouer. Ou plutôt, la peur de refaire une crise.

Catherine ne répond pas. Qu'est-ce qui m'a pris de dire ça ? Le souvenir de la crise précédant l'accident du passage à niveau me frappe de plein fouet. Je parie qu'elle vit exactement la même chose que moi à cet instant précis. J'aurais mieux fait de tourner sept fois ma langue dans ma bouche.

Mais soudain, elle se penche vers moi, le regard brillant d'une lueur intense.

— Tu ne devrais pas laisser *quoi que ce soit* te retenir, me dit-elle. Quand tu auras trouvé ta voie, fonce sans te retourner. Donne-toi à fond.

— *J'avais* l'intention de m'inscrire à l'université de Greenwich pour suivre une licence d'anglais.

— Qu'est-ce qui t'empêche de le faire ?

J'ouvre la bouche, puis la referme. L'envie de lui parler de la grossesse me tiraille. Mais quelque chose me retient. Une sorte de mauvais pressentiment. Comme si lui en parler allait faire remonter quelque chose de terrible.

— Je ne sais pas trop. J'ai peut-être besoin de finir de m'installer dans ma nouvelle vie d'abord.

— Lizzie, coupe-t-elle en s'arrêtant brusquement. Tu accepterais qu'on se revoie un de ces jours ? Enfin, tu n'en as probablement pas envie et je ne t'en voudrais pas si tu refusais. C'est juste que je n'ai pas encore beaucoup d'amis ici et...

Elle secoue la tête et se remet à marcher.

— Désolée, c'était une idée stupide. Je ne voulais pas t'embarrasser. Oublie ce que j'ai dit.

— Ne t'excuse pas. Je... Je crois que ça me ferait plaisir aussi de te revoir.

— Pour une surprise... s'étonne Ross quand je lui raconte ma promenade avec Catherine plus tard dans la soirée.

Il vient de jeter ses vêtements dans la panière et se tient devant le lit, complètement nu. Je ne suis pas encore tout à fait habituée à cette partie de la vie commune. J'aimerais être aussi à l'aise avec mon corps qu'il l'est avec le sien.

Il entre dans la salle de bains et fait couler l'eau de la douche.

— Surprise dans le bon sens du terme, ajoute-t-il. Il n'y a rien de plus malsain que de garder ses vieilles rancunes.

Il n'est pas le seul à être surpris.

— C'est difficile à expliquer, je lui dis pour m'éviter tout un tas de conjectures hasardeuses. Après tout ce que Catherine m'a fait subir quand j'étais enfant, devenir amie avec elle semblait impossible. Mais il y a une connexion entre nous que je ne peux pas nier et, d'une certaine manière, j'ai l'intime conviction que ça devait finir par arriver.

Il entre dans la cabine et saisit le gel douche. Mes yeux descendent le long de son corps alors qu'il commence à se savonner. Lorsqu'il me surprend en train de l'observer, il sourit et plie l'index pour me faire signe de le rejoindre. Une minute plus tard, nous nous tenons pressés l'un contre l'autre, l'eau ruisselant sur nos corps savonneux tandis qu'il embrasse mon cou. C'est la première fois que nous faisons l'amour depuis des semaines. Maintenant que mes nausées ont disparu, les choses reviennent enfin à la normale.

Et toutes les questions qui m'assaillent au sujet de Catherine disparaissent avec la vapeur d'eau.

31

Je me tiens sur le pas de la porte de mes parents et appuie sur la sonnette. Je ne me suis pas encore faite à l'idée de ne plus pouvoir rentrer chez eux avec une clé. J'ai beau avoir un double dans mon sac à main, je n'oserai plus l'utiliser. Ce qui me fait penser que je ferais mieux de leur rendre. Cette maison n'est plus la mienne, et je viens ici en tant qu'invitée à présent. Mais dès que papa ouvre la porte et me fait entrer, le passé défile sous mes yeux. Peu importent les changements apportés à la décoration, les nouveaux meubles, il règne toujours ici cette atmosphère si propre à mon enfance.

— Bonjour, ma puce, dit papa en reculant d'un pas pour m'admirer. Tu as pris un peu de poids, ma chérie.

— Très drôle.

Il me serre dans ses bras. Puis Ross apparaît derrière nous avec les valises et je m'écarte pour que lui et mon père se saluent en se donnant une petite tape joviale sur l'épaule.

Maman arrive au pied des escaliers.

— Tu es magnifique, chérie.

— Elle a toujours été une excellente menteuse, je dis à Ross, et maman fait semblant d'avoir l'air contrarié.

— Tu es *vraiment* magnifique, dit-elle. Juste un peu pâle, c'est tout. Ce qui n'a rien de surprenant.

— Maman t'a prévenue pour cet après-midi ? demande papa.

— Oui, ne vous en faites pas pour ça.

— C'est extrêmement malpoli de notre part de nous absenter alors que tu viens tout juste d'arriver, se désole maman. Surtout quand cela fait des lustres que j'insiste pour que tu nous rendes visite. Mais nous serons de retour dans une heure et demie tout au plus. Si nous avions pu nous en passer, nous l'aurions fait, crois-moi.

— Arrêtez de vous inquiéter pour moi, tout ira bien.

— Tu peux venir avec nous si tu veux.

Je penche la tête de côté.

— Hmm. Entre s'occuper du magasin de luminaires de Liz Metcalfe pendant une heure et demie et s'allonger sur votre canapé pour regarder la télé et se gaver de gâteau, le choix est difficile. Très difficile...

Je lance un regard à Ross pour lui faire comprendre d'entrer dans le jeu et il fait semblant de peser le pour et le contre.

— Vous savez quoi ? finit-il par dire. Je pense que vous vous en sortirez mieux sans nous.

— Bon, d'accord, dit maman. Et si nous allions nous installer à table pour bavarder. Le déjeuner sera prêt dans une petite heure. Assez longtemps pour que papa t'ennuie avec le programme de nos vacances à New York.

Maman et papa viennent tout juste de quitter la maison pour s'acquitter de leur mission. Je monte alors à l'étage pour vider les valises dans la chambre d'amis, laissant Ross somnoler devant la télé. Mécaniquement, je pénètre dans mon ancienne chambre et m'assieds au bout du lit simple. Alors que j'observe la mer du Nord, avec les grues des docks au loin, j'éprouve un profond sentiment de sérénité et de détente. Le même sentiment que j'avais ressenti lorsque nous avions emménagé ici. À l'époque, le stress et les tensions qui enserraient mon corps depuis l'accident s'étaient lentement estompés, comme si la marée les avait emportés avec elle.

Papa dit toujours que vivre au bord de la mer est le meilleur remède pour l'âme. Il se promenait parfois avec moi, juste après notre emménagement. Nous étions alors seuls au monde, arpentant la plage aux premières heures de la matinée, ramassant du bois flotté et des coquillages. Les longues conversations n'étaient pas notre fort.

De temps en temps, nous parlions de ceci et de cela, d'une émission de télévision que nous avions regardée tous les deux, ou d'un livre que l'un ou l'autre avait lu. Mais la plupart du temps, nous marchions dans un silence réconfortant. Ces promenades me manquent terriblement.

Je me lève et me dirige vers la grande commode où étaient rangés mes vêtements. Le simple fait de me trouver dans cette pièce ravive en moi un paquet de vieux souvenirs. C'est alors que je repense à des choses que je croyais oubliées depuis longtemps. Les tiroirs abritent désormais le matériel créatif de maman. Çà et là, des pelotes de laine, des aiguilles à tricoter, des patrons et des magazines, des boîtes à couture remplies de boutons. J'examine le reste de la pièce et constate tous les petits changements qui ont été faits depuis mon départ : des photos différentes sur le mur ; un journal et un stylo sur le bureau ; un vase de fleurs séchées.

J'ouvre la fenêtre et je m'assieds dans le fauteuil en osier où j'avais l'habitude de jeter mes vêtements pour le plus grand mécontentement de maman qui me reprochait systématiquement de ne pas les ranger. Je souris. Me voilà à présent sur le point d'entrer dans une toute nouvelle phase de ma vie en devenant moi-même mère, tandis que maman peut enfin laisser cette phase derrière elle et se concentrer à nouveau sur elle. Elle fait même du bénévolat à l'hospice local. Elle n'a plus jamais travaillé après ma naissance. Et maintenant, elle et papa commencent à faire des choses qu'ils ont toujours voulu faire. Comme aller à New York. Je me rends compte à quel point ils doivent se sentir libérés depuis que mon état de santé s'est amélioré et que j'ai quitté la maison. Je me rends compte à quel point l'épilepsie était un frein dans *leur* vie autant que dans la mienne.

C'est alors que je me souviens de la boîte à chaussures rose. Celle qui est pleine de souvenirs de quand j'étais bébé. Ma première mèche de cheveux, ma première paire de chaussons. Enfant, j'adorais quand maman me montrait le contenu de cette boîte. Cela me faisait sentir si spéciale.

J'ouvre chacun des tiroirs de la grande commode dans l'espoir de la trouver. Cela me paraît être l'endroit tout indiqué pour la conserver, mais je ne la trouve nulle part. Je poserai la question à maman plus tard.

Mais alors que je m'apprête à retourner dans la chambre d'amis pour commencer à vider les valises, je me rappelle où j'ai vu la boîte pour la dernière fois. Au fond de l'armoire de maman. Je laisse tomber le t-shirt de Ross sur le lit et me précipite pour voir si la boîte est toujours là.

Lorsque mes doigts touchent la poignée en laiton de la porte de leur chambre fermée, je m'arrête, soudain prise d'hésitation. Puis je ressens à nouveau ce mélange d'excitation et d'impatience que j'éprouvais lorsque j'étais plus jeune et que je franchissais le seuil de cette pièce. Je pousse la porte, accueillie par son frottement familier sur l'épais tapis. Enfant, je m'ennuyais et me laissais pousser par la curiosité. Je savais que c'était mal de fouiller dans les affaires de mes parents alors qu'ils n'étaient pas là et qu'ils ne m'avaient pas donné leur permission. Mais cette fois c'est différent. Maman ne m'en voudra pas d'être allée chercher la boîte renfermant mes trésors de bébé. Surtout maintenant que je suis enceinte.

L'armoire en acajou est de style Art déco. Solide et imposante avec un miroir intérieur. Je la trouvais laide et démodée. Aujourd'hui, je la trouve splendide.

Mes yeux parcourent la tringle des vêtements de maman et je remarque qu'elle a troqué ses cintres dépareillés pour des cintres en satin. L'espace d'une seconde, je me dis qu'elle a dû ranger la boîte, mais je l'aperçois, cachée sous une vieille paire de sandales dans un coin tout au fond de l'armoire.

Je la sors et m'agenouille sur le tapis. La première chose que je vois en soulevant le couvercle est le petit livre rose répertoriant tous mes vaccins et les étapes de ma croissance. La section que j'aimais le plus quand j'étais enfant était celle où ma mère inscrivait la date de mon premier sourire ou l'âge que j'avais quand je suis parvenue à tenir une cuillère pour la première fois.

Je tourne les pages et parcours du regard la belle écriture soignée de maman. Puis je trouve une paire de petits chaussons et m'émerveille de la petitesse de mes pieds de bébé. Connaissant l'amour de maman pour le tricot, elle doit déjà être en train de planifier les chaussons qu'elle va tricoter pour *mon* futur enfant.

Mon attention se porte ensuite sur le petit coffret contenant ma première mèche de cheveux. Je l'ouvre et caresse les boucles blondes aux reflets roux, si délicates et fines. Dans la boîte se trouvent également un anneau de dentition, un petit bonnet blanc orné d'un pompon, ainsi qu'un gros paquet de cartes de félicitations.

Je commence à les lire, bien que je n'aie aucune idée de qui sont la plupart des personnes les ayant écrites. Petite, je ne m'intéressais qu'aux photos et aux images sur le verso des cartes. Maman avait l'habitude de me lire certains des messages. Celle que je tiens dans la main montre une femme enceinte accompagnée du message « Toutes nos félicitations ! » Je la retourne. En haut à gauche est écrit « Chère Sue », d'une écriture large et peu soignée.

Au même moment, une voiture se gare dehors. Je laisse tomber la carte sur le sol et vais regarder à la fenêtre.

Maman ne m'en voudra pas d'avoir sorti cette boîte, c'est certain. Il ne s'agit que de mes affaires de bébé, après tout. Quand bien même, j'aurais mieux fait de lui demander avant de fouiller dans son armoire. À bien y réfléchir, je *sais* que j'aurais dû le faire.

La voiture n'est pas celle de mes parents mais celle du voisin. Quoi qu'il en soit, ils vont bientôt rentrer et je ne veux pas qu'ils me trouvent dans leur chambre. Je n'ai qu'à remettre la boîte à sa place et en parler à maman plus tard. Nous pourrons alors en regarder le contenu ensemble.

Mais quand je ramasse la carte sur le tapis, je ne peux m'empêcher de remarquer le nom de la personne qui l'a envoyée. La signature gribouillée en bas à droite de la carte dit : « Avec toute mon amitié, Sheena. »

Sheena. Je n'ai connu qu'une seule Sheena, et c'était la mère d'Alice. Mais Alice et moi ne sommes devenues amies qu'au début du collège. On ne s'était jamais rencontrées avant. Celle qui a envoyé cette carte à maman doit être une autre Sheena. Pourtant, on ne peut pas dire que ce prénom soit très répandu. Curieuse, je commence à lire le message écrit sur la carte.

Chère Sue,

Félicitations pour ta grossesse ! Mick et moi sommes ravis pour vous deux !

Un frisson parcourt ma colonne vertébrale. « Mick et moi » ? Est-ce que ça veut dire... ? Mick et Sheena Dawson. Les parents d'Alice. C'est impossible. Ils ne se connaissaient pas à l'époque. Je continue à lire, le cœur serré.

Depuis le temps que vous essayez d'avoir un enfant, je parie que tu n'arrives pas à y croire ! Et Sue, tu ne le croiras jamais non plus, mais nous allons avoir un autre bébé, nous aussi ! Ce qui veut dire que nous aurons toutes les deux nos bébés plus ou moins en même temps ! N'est-ce pas fantastique ? Catherine est aux anges. Elle a hâte de devenir grande sœur.

Avec toute mon amitié,
Sheena

Je garde les yeux rivés sur la carte, un bourdonnement dans les oreilles. Je la relis, répétant chacune des phrases dans ma tête. Cela n'a aucun sens. Pourquoi Sheena Dawson aurait-elle écrit à maman pour la féliciter de sa grossesse ? Comme si elles étaient les meilleures amies du monde. De plus, la Sheena qui a écrit ça semble si pleine de vie. Tous ces points d'exclamation ! Tout ce bonheur. La mère de Sheena n'était pas comme ça. La Sheena Dawson dont je me souviens était une femme froide et sans joie. Une femme sujette à de longs épisodes de dépression débilitante.

Je relis le mot une dernière fois et bascule sur mes talons. *Mick et moi sommes ravis pour vous deux.* Pourquoi papa et maman ne m'ont-ils jamais rien dit de tout ça ? Pourquoi la mère d'Alice n'a-t-elle rien dit non plus à sa *fille* ?

Je joins les mains sous mon menton, repensant à la façon dont mes parents – surtout maman – ont essayé de décourager notre amitié. Toutes ces critiques à propos d'une « famille inadaptée ». Sans parler de la gêne que je ressentais si souvent chez Alice, comme si je n'étais pas vraiment la bienvenue.

Je vérifie les autres cartes, celles que les gens ont envoyées pour célébrer ma naissance plutôt que la grossesse elle-même, mais je ne retrouve pas les Dawson.

Je ressens tout à coup une drôle de sensation dans mon ventre. Une sorte de pulsation qui n'a rien à voir avec le bébé. Il est bien trop tôt pour que je puisse le sentir bouger. *Catherine est aux anges. Elle a hâte de devenir grande sœur.*

Je serre mes bras contre ma poitrine. Catherine avait 9 ans quand Alice est née. Elle était assez âgée pour savoir avec qui sa mère était amie. Mon esprit s'emballe tandis que je range la carte avec les autres. Je mets le couvercle sur la boîte et la replace au fond de l'armoire de maman, en plaçant soigneusement les sandales sur le dessus. Tout est exactement comme avant.

Sauf que plus rien n'est comme avant. Tout a changé. Pour une raison que j'ignore, maman m'a menti. Papa aussi. Par omission.

32

Ross est complètement perdu, ce qui n'a rien d'étonnant. Je viens de le sortir de sa torpeur sur le canapé de mes parents pour lui faire part de mes trouvailles.

— Wahou, dit-il en éteignant la télévision. Et si tu reprenais en parlant plus lentement ?

— J'ai trouvé une carte adressée à ma mère dans la boîte où elle garde mes affaires de bébé. Une carte écrite par la mère d'Alice alors que nous n'étions même pas nées.

Il me regarde sans avoir l'air de comprendre où je veux en venir.

— Et c'est un fait notable *parce que...* ?

— C'est un fait notable parce qu'elles n'étaient pas censées se connaître à l'époque.

Il fronce les sourcils.

— Eh bien il semblerait que *si.*

— Mais comment se fait-il que je ne le sache pas ? Pourquoi ne me l'ont-elles jamais dit ?

Je fais les cent pas vers la fenêtre.

— Si maman était amie avec la mère d'Alice, pourquoi ne m'a-t-elle rien dit quand Alice et moi sommes devenues amies à notre tour ? Pourquoi la mère d'Alice n'a-t-elle rien dit à sa fille ?

— Je n'en sais rien. Elles pensaient peut-être que ça n'avait pas d'importance. Lizzie, est-ce bien raisonnable de fouiller dans les affaires de ta mère ?

— Je n'ai pas fouillé dans ses affaires. Je voulais simplement jeter un œil à la boîte où se trouvent mes affaires de bébé. Je l'ai fait plein de fois lorsque j'étais plus jeune. Quoi qu'il en soit, ce n'est pas de ça dont je veux parler. Je veux parler du fait que ma mère et celle d'Alice étaient de bonnes amies lorsqu'elles étaient enceintes d'Alice et moi. Il est forcément arrivé quelque chose, sinon elles ne se seraient jamais opposées à ce qu'Alice et moi nous fréquentions.

Ross se gratte la tête.

— Tu ne m'avais jamais dit qu'elles s'opposaient à votre amitié.

Je pousse un soupir. Je ne peux pas lui en vouloir d'être perdu, je m'en rends compte à présent. Comment pourrait-il me suivre alors que je ne lui ai jamais parlé de tout ça ?

— Eh bien, elles l'étaient, et je n'ai jamais compris pourquoi. Alice non plus, d'ailleurs. Depuis tout ce temps, je pensais que maman n'approuvait pas la famille d'Alice parce qu'ils n'allaient pas à la messe, qu'ils n'étaient pas des gens bien ou je ne sais quoi.

Ross expire bruyamment en faisant gonfler ses joues.

— On ne peut pas tout connaître du passé de nos parents.

Au même moment, j'entends le bruit d'une clé dans la serrure de la porte d'entrée.

— Ils sont revenus, je chuchote. Qu'est-ce que je fais ?

— Bonjour ! lance papa depuis le couloir. Un seul client en presque deux heures de temps. C'est un miracle que Liz Metcalfe parvienne à gagner sa vie avec cette boutique.

Ross me jette un regard d'avertissement. Il secoue la tête et articule silencieusement la phrase : « Ne fais rien. » J'ignore par quel miracle j'arrive à faire comme si de rien n'était. Ross a raison. Je ne peux pas les confronter aussi brutalement à ce sujet. Ce que je peux faire, en revanche, c'est trouver un moment propice durant le week-end pour demander à maman la permission de regarder mes affaires de bébé avec elle. Ensuite peut-être, et je dis bien peut-être, je pourrai faire semblant de trouver la carte de la mère d'Alice. Voilà qui est bien mieux pour faire en sorte que la conversation évolue naturellement. C'est sournois, je sais, mais pas moins sournois que de me maintenir dans l'ignorance pendant toutes ces années.

Le moment propice se présente quelques heures plus tard. Papa et Ross sont occupés à déguster un whisky et parler rugby dans le bureau. Maman et moi regardons un vieux film, ou plutôt, nous le regardons à moitié pendant que maman tricote et que je feuillette de vieux exemplaires de ses magazines. Si le contenu de cette carte ne me hantait pas, cet après-midi serait un parfait moment de détente entre mère et fille.

— Je me demandais si tu avais encore la boîte avec mes affaires de bébé ?

Je suis consciente des trémolos dans ma voix et de la maladresse avec laquelle je m'exprime, mais maman ne semble pas le remarquer.

— Bien sûr que je l'ai toujours, répond-elle. C'est l'un de mes biens les plus précieux.

— Je peux y jeter un coup d'œil ? Ça fait des années que je ne l'ai pas fait.

Maman pose son tricot sur le coussin à côté d'elle et se lève en souriant.

— Bonne idée. Je vais aller la chercher, d'accord ? Je commençais à en avoir assez de ce film sans intérêt, de toute façon.

Mon cœur bat à tout rompre tandis que je l'attends. Elle en met du temps. J'espère que j'ai remis la boîte dans le bon sens, sinon elle saura tout de suite que je suis allée fouiller dans son armoire.

Enfin, elle revient et pose la boîte rose sur la table basse entre nous, soulève le couvercle et sort la même paire de chaussons qui m'a émerveillée un peu plus tôt.

— Oh, Lizzie, regarde ça ! Je me souviens de tes petits pieds roses dans mes mains. De la façon dont tu pliais et dépliais tes orteils minuscules. Tes ongles étaient doux comme du papier.

Pendant plusieurs minutes, nous nous extasions devant les chaussons, le petit bonnet à pompon et l'anneau de dentition. Pour ma part, je m'applique tout particulièrement à faire croire que je n'ai pas posé les yeux dessus depuis des années. Je sors le paquet de cartes et les lis les unes après les autres. Maman s'installe dans son fauteuil en souriant, faisant de temps à autre de petits commentaires sur les expéditeurs.

— Le mari de Jenny est décédé il y a quelques années. Je te l'avais dit ?

— Mon Dieu, Sheila Haynes. Cela fait une éternité que je ne l'ai pas vue. Il me semble qu'elle a déménagé au pays de Galles.

— La fille d'Amy Carter a pris une année sabbatique en Thaïlande. La pauvre femme est folle d'inquiétude.

Quand j'arrive à la dernière carte, ma poitrine se serre et je sais désormais avec certitude ce que je soupçonnais depuis quelques minutes déjà. La carte des Dawson n'est plus là. Maman a dû l'enlever.

Ce n'était pas juste le baiser, même si c'est comme ça que ça a commencé. C'était tout le reste aussi. Nous ne pouvions pas nous en empêcher.

« Nous ne faisons rien de mal », m'avait-elle dit. « Tu le sais, non ? » Et c'était le cas. Je le savais très bien. Pourtant, j'avais le sentiment que c'était mal. *Le même sentiment que lorsque nous nous étions lancé ce premier défi.*

Avec le temps, on a cessé de s'en soucier. C'était juste elle et moi. Nous deux. Derrière la porte fermée de sa chambre avec une chaise calée sous la poignée et les rideaux tirés.

C'était juste nous, et les choses que nous faisions.

À l'extérieur – à la maison avec nos familles, ou bien à l'école –, c'était comme si ça n'existait pas. Nous parlions des autres personnes qui nous plaisaient, des vies que nous rêvions de mener. Comme si ce qui se passait derrière cette porte fermée était complètement à part. Un monde en soi. Une autre dimension.

Parfois, quand nous n'étions pas dans cette pièce, je me demandais si ce monde existait vraiment, ou si ce n'était qu'un rêve plus vrai que nature. Mais à d'autres moments, c'était plus réel que toute autre chose.

C'était le seul monde qui comptait.

33

Lundi matin. Ross vient de partir pour le travail. Nous ne sommes rentrés de chez maman et papa que tard hier soir. Nous avons parlé de ma découverte pendant presque tout le voyage du retour. Ross pense que je devrais laisser tomber.

Il me rappelle parfois mon père, qui ne souhaite jamais aller trop loin dans le pourquoi du comment, préférant ne pas réveiller le chien qui dort. C'est peut-être vrai, cette théorie selon laquelle les femmes sont invariablement attirées par les hommes qui ressemblent à leur père. Ross considère que mes parents ont le droit de garder secrets certains aspects de leur vie passée, et bien que je sois d'accord avec lui sur le principe, je ne peux pas laisser tomber. C'est impossible. Ma curiosité a été piquée et j'ai besoin de réponses.

Je dois appeler maman. Et je dois le faire maintenant.

— Maman, tu as entendu ce que j'ai dit ? je lui demande d'une voix tremblante.

Le silence à l'autre bout du fil est glacial.

— Oui, répond-elle enfin.

— Je sais que j'aurais d'abord dû te demander la permission, mais ce n'est pas comme si je n'avais jamais fouillé dans cette boîte de ma vie.

Elle n'a toujours pas répondu à ma question, alors je tente une nouvelle fois.

— Pourquoi ne m'as-tu jamais dit que Sheena Dawson et toi étiez amies ?

Elle prend une profonde inspiration avant d'expirer lentement.

— Parce qu'il n'y avait rien à dire. Nous nous sommes fréquentées pendant un moment, puis nous avons fini par perdre contact.

— Mais, quand Alice et moi sommes devenues amies, pourquoi n'as-tu pas... ?

— Oh, Lizzie, si une amitié ne dure pas, il y a généralement une bonne raison à cela. On ne peut pas simplement reprendre les choses là où on les a laissées.

— Mais vous auriez au moins pu faire un effort pour...

— Nous aurions dû te dire que nous connaissions les Dawson dès que vous êtes devenues amies, oui. Je m'en rends compte maintenant. À l'époque, je n'en voyais pas l'utilité. Nous ne voulions pas renouer le contact avec les Dawson et nous étions quasi certains qu'ils ne le voulaient pas non plus. Trop d'eau avait coulé sous les ponts. De plus, nous n'imaginions pas une seule seconde qu'Alice et toi deviendriez aussi proches l'une de l'autre.

— Que s'est-il passé entre vous et les Dawson ?

— Lizzie, c'était il y a longtemps ! Ton père et moi avions commencé à aller à l'église. Les Dawson ne faisaient plus vraiment partie du cercle de personnes que nous fréquentions. Je veux dire, nous les connaissions depuis longtemps, mais nous nous sommes éloignés. Sheena avait toutes sortes de problèmes, elle soufflait toujours le chaud et le froid. Ce n'était pas sa faute – elle était malade. Catherine devait pratiquement s'élever toute seule. Elle n'avait que 9 ans, mais elle traînait souvent dans le quartier avec une bande de gamins, à jouer dehors jusque très tard. Une bande de petits voyous bruyants et irrespectueux, comme disait ton père. Et puis elle était très... *précoce*. Je la voyais souvent traîner avec les garçons.

Elle soupire.

— J'ai essayé d'en parler à Sheena une fois et ça ne s'est pas bien passé. Elle est sortie de ses gonds et m'a accusée de me mêler de ce qui ne me regardait pas. De plus, elle s'est rapprochée de sa voisine à ce moment-là. Notre amitié était à bout de souffle.

— Mais, quand Alice est morte, vous auriez pu...

— Nous aurions pu quoi ? Dire à quel point nous étions désolés ? Dévastés ? Nous l'avons fait. Bien sûr que nous l'avons fait. Nous avons envoyé une carte. Des fleurs aussi. Nous sommes allés à l'enterrement. Qu'aurions-nous pu faire de plus ?

— Je trouve simplement étrange que vous ne m'ayez jamais rien dit à ce sujet. Je ne suis plus une petite fille, maman.

— Oh, ma chérie, j'en suis bien consciente.

Elle pousse un autre petit soupir.

— Avec le recul, je me rends compte que nous aurions dû te le dire. Mais comprends-nous, Lizzie. Plus tu gardes un secret longtemps, plus il est difficile de le révéler.

Je déglutis. Je ne la comprends que trop bien. Je n'ai jamais parlé à maman et papa de mes cauchemars. Je veux dire, ils savaient que j'en faisais, mais ils en ignoraient la teneur. Comment aurais-je pu leur dire ? Et qui sait quand ou si j'aurais raconté à Ross ce qui était arrivé à Alice si Catherine n'était pas réapparue dans ma vie ? Encore une chose que je vais devoir dire à maman, tiens. Si j'attends d'elle qu'elle soit honnête avec moi, je dois faire de même.

— J'ai quelque chose d'autre à te dire, maman. Catherine Dawson travaille comme infirmière dans le cabinet de Ross.

Elle ne répond pas tout de suite, certainement sous le choc de ma révélation.

— Ce n'est pas possible !

— Je crains que si. Imagine ce que j'ai ressenti quand elle a débarqué à notre pendaison de crémaillère.

— Mais Lizzie, c'était il y a un moment déjà. Pourquoi avoir attendu si longtemps pour me le dire ?

Je meurs d'envie de lui répondre : « C'est un peu fort, venant de toi », mais je me retiens. La dernière chose que je veux, c'est qu'on se dispute.

— Elle n'est plus la même personne qu'avant, maman.

Il y a une pause le temps qu'elle digère l'information.

— Lizzie, ne me dis pas que tu as oublié la façon dont elle s'est comportée avec toi après la mort d'Alice ?

— Bien sûr que non, je réponds. Mais c'était il y a douze ans. Elle sait que c'était mal de sa part et elle s'est excusée.

— Et Ross travaille avec elle, tu dis ?

— Oui, c'est une des infirmières du cabinet de Plumtree Lodge.

— Je croyais qu'elle était secrétaire.

— Elle l'était. Mais elle a suivi une formation d'infirmière.

— Je suppose que cela signifie que tu as parlé d'Alice à Ross ? Je veux dire, il n'y a aucune raison pour que tu ne l'aies pas fait. Vous êtes fiancés, après tout. C'est juste que… ton père et moi avions déduit que tu ne lui en parlais pas parce que tu voulais tirer un trait sur toute cette histoire.

— Tout compte fait, je ne trouve pas qu'il soit très sain de cacher des choses à ses proches. Tu n'es pas d'accord ?

J'ai encore parlé sans réfléchir. Je retiens ma respiration, de peur d'être allée trop loin.

— Tu la vois souvent ?

— Je l'ai revue depuis la pendaison de crémaillère, oui.

— Je ne suis pas certaine que ce soit une bonne idée, Lizzie. Tu ne devrais pas laisser les Dawson rentrer à nouveau dans ta vie.

Je peux imaginer les rides d'inquiétude sur le visage de maman, la façon dont elle serre la mâchoire, accentuant les plis sur son menton.

— A-t-elle parlé de... ses parents ? Vivent-ils toujours dans la même maison ? demande-t-elle d'une voix tendue.

— Non. Ils ont déménagé dans le Devon.

Je l'entends encore soupirer. De soulagement cette fois-ci.

— Écoute, dit-elle. Je dois y aller. Je t'appelle plus tard.

« Plus tard » s'avère être moins de quinze minutes après.

— Lizzie, j'ai parlé à ton père.

Je l'ai deviné à la seconde où elle a raccroché. Ça ne ressemble pas du tout à maman de mettre fin à un appel en premier. Elle devait mourir d'envie de s'entretenir avec papa.

— Il est très préoccupé par cette... *amitié* grandissante entre toi et Catherine. Il pense – *nous* pensons – que tu devrais faire un peu plus attention. Garder tes distances.

— Mais vous m'avez toujours appris à pardonner. N'est-ce pas ce qu'un bon chrétien ferait ?

C'est petit, je le sais bien, de lui renvoyer ses propres homélies à la figure. Mais si elle et papa tiennent tant à ce que je ne renoue pas avec les Dawson, alors ils se doivent d'être honnêtes et de me dire pourquoi.

Soudain, papa prend le téléphone et je réalise que j'étais sur haut-parleur depuis le début. J'aurais dû m'en douter.

— Lizzie, ta mère ne se sent pas très bien. Elle est très perturbée, tu sais. Je veux que tu repenses à ce que c'était avant que nous déménagions à Dovercourt. Aux choses épouvantables que tu as vécues. Que nous avons *tous* vécues.

Je me perche sur le bord du canapé. C'est comme si j'étais à nouveau une petite fille, forcée d'écouter un de ses sermons quand j'avais fait quelque chose de mal.

— Je ne doute pas que Catherine soit *désolée*, dit-il. Et je comprends à quel point cela doit être difficile pour elle de travailler aux côtés de Ross. Mais crois-moi, ce n'est jamais une bonne idée de se replonger dans le passé.

Nous ne disons pas qu'il ne faut pas lui pardonner, au contraire. Simplement que tu ne te rapproches pas trop d'elle. Inscris-toi à des associations. Prends des cours du soir. Tu te feras vite de nouveaux amis.

Oh mon Dieu. C'est comme si l'histoire se répétait. Mes parents qui me conseillent de ne pas trop fréquenter Alice. D'élargir mon cercle d'amis. Mais quel secret peuvent-ils bien me cacher ?

34

La conversation téléphonique avec mes parents m'a mis un coup. J'ai l'impression que ma carapace a été arrachée, me laissant exposée et vulnérable. Il y a certainement plus que ce qu'ils ont bien voulu laisser entendre.

Je m'affale sur le canapé. Cela a dû être un véritable déchirement pour eux de vendre leur maison bien-aimée et de tout recommencer ailleurs. Pourquoi n'ont-ils pas demandé à mon collège de mettre en place des solutions pour s'attaquer de front au problème du harcèlement scolaire ? Pourquoi ne m'ont-ils pas transférée dans un autre collège ? Ou tout simplement fait l'effort de parler à Sheena et Mick du comportement problématique de Catherine ? C'est presque comme s'ils avaient eu trop peur de les approcher à ce sujet.

À moins qu'ils ne se soient sentis coupables. Coupables par association. Avec moi. Ma poitrine se serre. Est-il possible que mes propres parents pensent que j'ai pu mentir ? Une bouffée de chaleur me monte au visage à cette pensée.

Je parcours les messages sur mon téléphone et relis celui que Catherine a envoyé après notre promenade dans le parc. Malgré ce que j'ai dit à propos de mon envie de la revoir, j'ai délibérément ignoré son message jusqu'à maintenant. J'ai accepté ses excuses et j'ai mis les choses au clair. J'étais persuadée d'avoir fait le nécessaire pour passer à autre chose. Elle avait beau avoir changé et être devenue une femme tout à fait agréable, il n'était pas question d'aller plus loin.

Mais les circonstances ne sont plus les mêmes et Catherine est la seule personne – à part mes parents – en mesure de m'aider à lever le voile sur la vérité. J'ai besoin de réponses. De réponses que maman et papa refusent de m'apporter pour une raison qui m'échappe encore.

Je lui envoie un texto : « Je peux te parler ? »

Elle m'appelle dans la minute qui suit.

— Lizzie ?

— Il y a du nouveau, je lui dis.

— C'est encore cette journaliste ? Tu n'es pas obligée de lui parler, tu sais. C'est ta décision et non la mienne.

— Il ne s'agit pas de la journaliste. Je n'ai plus entendu parler d'elle.

— Alors que se passe-t-il ? me demande-t-elle.

J'hésite.

— Eh bien, c'est... un peu délicat, en fait. Je pense que je préfère te parler en face. As-tu un jour de libre cette semaine ?

— Mercredi.

Mon cœur se serre. Je voudrais tellement pouvoir obtenir des réponses maintenant. Pourtant, je sais bien que ce ne sont pas quelques jours supplémentaires qui feront la différence.

— Je serai à Greenwich mercredi matin, dit-elle. On pourrait se retrouver dans le coin pour prendre un café ?

Quand mercredi arrive, il fait gris et humide. Adieu le mois de juin flamboyant. Catherine et moi sommes au café Waterstones, confortablement installées dans un canapé en cuir, un cappuccino à la main.

Je m'éclaircis la gorge.

— Je suis allée rendre visite à mes parents le week-end dernier.

Elle ouvre de grands yeux.

— Comment vont-ils ?

— Ils vont bien, mais... Écoute, je peux te demander quelque chose ?

Je scrute attentivement son visage, à l'affût de la moindre réaction.

— Sais-tu si nos parents se connaissaient ? Je veux dire, avant qu'Alice et moi nous rencontrions.

Elle pose son café.

— Qu'est-ce qui te fait croire ça ? dit-elle.

— J'ai trouvé quelque chose. Une carte. De ta mère à la mienne. Enfin, de tes parents à mes parents, mais c'est toujours la femme qui écrit les cartes, n'est-ce pas ? Elle félicitait ma mère pour sa grossesse. Elle était *enceinte,* elle aussi. D'Alice. Elle avait l'air si heureuse et si impatiente.

Catherine hoche lentement la tête.

— Oui. Nos mères étaient meilleures amies.

Entendre sa confirmation me donne le vertige.

— Avais-tu l'intention de m'en parler un jour ?

Elle a l'air embarrassée.

— Peut-être. Probablement. Si nous avions continué à nous voir plus souvent. Ce que j'espérais secrètement. Pour être honnête, je pensais que tu le savais depuis le temps.

— Ils ont dû cesser de se fréquenter peu de temps après l'envoi de la carte et juste avant ma naissance, je poursuis. Parce que je n'ai trouvé aucune carte de félicitations de leur part pour ma naissance. Seulement pour la grossesse. Or ils auraient envoyé une autre carte à ma naissance s'ils avaient encore été amis, non ?

— C'est vrai, répond Catherine. Ils s'étaient déjà brouillés. Et puis, bien sûr, tes parents ont déménagé.

— Déménagé ?

— Oui, là où tu as grandi. Sur Beechwood Avenue, c'est ça ?

— *Birchwood* Avenue.

Nos regards se croisent brièvement. Catherine est la première à le détourner. Je suis surprise qu'elle ne se souvienne pas. Elle qui s'est tenue à plusieurs reprises sous ma fenêtre au beau milieu de la nuit après la mort d'Alice. Mais ça ne sert à rien de s'attarder là-dessus. Pas maintenant.

— Alors, est-ce que ça veut dire que tes parents habitaient près de chez eux ? Sur Bishop Street ? je lui demande.

— Bishop Street ? Non, qu'est-ce qui te fait penser ça ?

— Parce que c'est là que mes parents vivaient avant ma naissance.

Catherine me regarde d'un air perplexe.

— Non, ils vivaient dans le quartier, sur Riley Road. Ils étaient voisins.

Quelque chose en moi s'effondre.

— Mes parents vivaient sur Riley Road ? Tu es sûre ?

— Oui. Ils vivaient quelques numéros plus bas. Je me souviens de nos mères assises sur la balancelle de notre jardin, buvant du thé. Elles se connaissaient depuis l'école.

Je la dévisage, bouche bée. Cela ne peut pas être vrai. Pourquoi mes parents mentiraient-ils sur l'endroit où ils vivaient ? Ils ne seraient pas capables d'une telle chose.

Et pourtant, ils ont menti en disant ne pas connaître les Dawson.

— Pourtant, ils m'ont toujours dit qu'avant ma naissance, ils vivaient sur Bishop Street.

Catherine sourit.

— Une rue beaucoup plus agréable que Riley Road, n'est-ce pas ? Je comprends qu'ils aient pu vouloir altérer un peu la réalité.

— Mais ils ne sont pas comme ça !

À peine après avoir prononcé ces mots, je réalise à quel point ils sonnent creux.

Les pièces du puzzle commencent à se mettre en place. J'avais l'habitude de penser que le sentiment de malaise que j'éprouvais en présence de la mère d'Alice était dû à sa dépression, mais il devait y avoir plus que ça. Elle ne m'aimait pas parce qu'elle n'aimait pas ma mère. Et puis sa fille est morte et j'étais la seule à me trouver avec elle quand c'est arrivé. Pas étonnant que nous n'ayons pas été invités à la veillée funèbre d'Alice.

— Ta mère ne t'a jamais dit pourquoi nos familles s'étaient brouillées ?

Catherine détourne les yeux pour regarder au loin.

— J'ai le vague souvenir d'avoir entendu ma mère en parler une fois avec la voisine. Comme quoi ta mère était jalouse, je crois. Mais je ne me souviens d'aucun détail.

Je fronce les sourcils, incapable de cacher mon inquiétude. Maman, jalouse de Sheena Dawson ? Cela me semble improbable, et pourtant, dans quelle mesure connaissons-nous vraiment nos parents ? Les personnes qu'ils étaient avant de nous avoir ? Je pense à ma propre jalousie qui me rongeait de l'intérieur. Comme une force irrépressible. Des souvenirs que je préférerais ne pas voir ressurgir me reviennent peu à peu. Je revois Alice danser avec Dave Farley après qu'il m'a humiliée devant tout le monde. Je me souviens du torrent de colère qui m'a emportée une fois que nous nous sommes retrouvées seules.

— Je n'avais que 9 ans, reprend Catherine. Pour être honnête, je me fichais pas mal des amis de ma mère. J'étais trop occupée à jouer avec les autres enfants du quartier.

Le visage de Catherine s'assombrit et elle regarde fixement par la fenêtre.

— Et puis tout a changé avec la naissance d'Alice, souffle-t-elle. Je veux dire, ça ne me dérangeait pas de m'occuper d'elle. Bien au contraire. J'étais ravie d'avoir une petite sœur. Mais ma mère était si déprimée qu'elle pouvait à peine s'occuper d'elle-même, sans parler d'un bébé, et papa était toujours occupé avec le magasin.

— Ta mère a fait une dépression post-partum ? je lui demande.

Catherine hausse les épaules.

— C'est ce qu'ils ont dit à l'époque. Au début, j'avais l'impression d'aider maman pendant qu'elle n'allait pas bien, mais elle n'a jamais semblé aller mieux. Alors j'ai en quelque sorte totalement pris ma petite sœur en charge. J'ai tout fait pour elle. Chaque heure où je n'étais pas à l'école, je jouais avec elle, je la nourrissais, je changeais ses couches. C'était presque comme si... elle était ma propre fille.

Elle boit une gorgée de son cappuccino et je vois les larmes lui monter aux yeux.

— C'était un bébé magnifique. Je me souviens de la façon dont ses petites mains tenaient le biberon. Et ce regard béat, ivre, sur son visage quand elle avait eu sa dose. Ses rots laiteux quand je tapotais son petit dos.

Je détourne le regard, la gorge nouée. Quand je pose à nouveau les yeux sur elle, Catherine est en train de mélanger un autre carré de sucre dans son cappuccino. Elle a des traces de larmes sur les joues. Nous restons toutes les deux assises en silence pendant un petit moment, chacune absorbée par ses pensées et ses souvenirs.

— Désolée, finit-elle par dire. Tu souhaitais parler de ta mère.

— Ne t'excuse pas. Je n'aurais pas dû te poser toutes ces questions. Comme tu l'as dit, tu n'étais qu'une enfant. J'aurais moi aussi du mal à me souvenir des amis de ma mère à l'âge que tu avais.

— En revanche, je voudrais pouvoir m'excuser pour le comportement que j'ai eu plus tard, dit-elle.

Je baisse les yeux sur mes genoux.

— C'est bon. Tu l'as déjà fait.

— Je sais, mais je veux que tu comprennes comment c'était pour moi à l'époque. Après avoir passé la majeure partie de mon enfance et de mon adolescence à m'occuper de ma mère et d'Alice et à tout faire tourner pendant que papa travaillait, j'avais enfin une vie à moi. Alice était sur le point d'entrer au collège et maman était presque redevenue elle-même. J'avais un petit boulot, une vie sociale, des projets pour quitter la maison. Puis Alice et toi êtes devenues amies et maman est retombée malade. Je ne dis pas que c'était ta faute, Lizzie, mais dans ma tête, j'ai associé le début de votre amitié au retour de la dépression de maman. Et puis quand Alice est morte... Eh bien, tu peux imaginer...

Son visage est rongé par le chagrin. Je fixe mes genoux, aux prises avec ce sentiment si familier de culpabilité que je ressens depuis ce jour fatidique.

— C'est pour ça que j'ai été si méchante avec toi, dit-elle.

Sous le coup de l'émotion, je n'arrive pas à lui répondre. J'ai honte, mais je n'ai jamais pensé à ce que cela a dû être pour Catherine, à quel point son enfance et sa vie de jeune adulte ont été gâchées par le fardeau de sa responsabilité envers sa mère et sa sœur.

— Je ne me suis jamais pardonné la façon dont je me suis comportée, la façon dont je t'ai traitée. Et aujourd'hui, j'ai l'impression d'avoir enfin une chance d'arranger les choses. Après tout, quoi qu'il se soit passé entre nos mères, il fut un temps où elles étaient les meilleures amies du monde. Et tu étais la meilleure amie d'Alice. Alors peut-être... Peut-être qu'il y a une chance que nous puissions être amies nous aussi.

Son téléphone se met à sonner. À mon plus grand soulagement, elle s'interrompt pour prendre l'appel en me soufflant un « désolée ». Les choses commençaient à devenir vraiment intenses et je suis heureuse de disposer de quelques secondes pour me remettre les idées en place.

— Excuse-moi, me dit-elle après avoir terminé sa brève conversation. En temps normal, je n'aurais pas répondu, mais c'était June du cabinet. Et comme je viens de lui demander une immense faveur, je ne pouvais pas ignorer son appel.

Elle rassemble ses affaires et attrape sa veste.

— J'ai bien peur de devoir m'éclipser. June m'a gentiment proposé de dormir sur son canapé, alors j'ai dit que j'allais passer chez elle pour qu'on s'organise.

— Où est-ce que tu habites ?

— Dans un appartement à Woolwich. Mais le bail se termine à la fin du mois et le propriétaire ne veut pas le renouveler. Il souhaite faire des travaux.

Elle enfile sa veste.

— Il était temps, si tu veux mon avis. Mais cet enfoiré va probablement transformer le salon en une chambre supplémentaire et augmenter le loyer une fois les travaux terminés.

Elle vide sa tasse de café.

— Mais pas de panique. J'ai trouvé un nouvel appartement sympa à Deptford. Le seul problème, c'est que le locataire actuel ne peut déménager que dans deux semaines.

Elle sourit.

— Donc il semblerait que je vais devoir dormir quelque temps avec Madame Bovary et la Reine de Saba.

Je lui lance un regard interrogateur.

— Les chats persans de June, explique-t-elle en riant. Je vais devoir retirer leurs poils de mes vêtements pendant des semaines.

— Deux semaines, c'est long pour dormir sur un canapé, je dis.

Elle fait la grimace.

— C'est encore plus long si tu es allergique aux chats.

Quand elle voit l'expression sur mon visage, elle ajoute :

— Ça va aller. Tant que je n'oublie pas d'acheter des antihistaminiques.

Je pense à notre chambre d'amis. Je devrais peut-être lui proposer de venir chez nous. Après tout, ce n'est que pour deux semaines, et cela prouverait à Ross que je fais des efforts, que j'avance et que je laisse ma rancune derrière moi. Et puis, j'apprécie sa compagnie, finalement. Pour une raison inconnue, papa et maman ne veulent pas que je ressasse le passé. Ils refusent que je sois proche de Catherine, tout comme ils refusaient que je sois proche d'Alice. Mais comment leur faire confiance alors qu'ils m'ont menti toute ma vie ? En apprenant à mieux connaître Catherine, je découvrirai peut-être pourquoi.

Notre relation était dysfonctionnelle dès le départ. Je m'en rends compte à présent. Enfant, je ne l'ai jamais remis en question. Pourquoi l'aurais-je fait ? Elle était tout pour moi. Ma béquille émotionnelle. Ma confidente. Ma sauveuse. Alors quand elle m'a fait comprendre qu'elle avait besoin de moi elle aussi, je me suis empressé de lui venir en aide. Je n'aurais pas pu faire autrement. C'est comme ça que tout a commencé.

Cette femme avait tout gâché. Par sa faute, la mère de Catherine n'était plus que l'ombre d'elle-même. Un spectre. Si nous pouvions faire quelque chose – quoi que ce soit – pour la faire souffrir autant que la pauvre Sheena souffrait, alors cela réparerait le mal qui lui avait été fait. Sheena se rétablirait et serait heureuse, et Catherine le serait à son tour. Tout redeviendrait comme avant.

Sur le moment, c'était excitant. Comme un défi, mais avec un motif et une justification. Je crois que nous étions convaincus que nous nous étions lancés dans une sorte de croisade morale. Les enfants sont toujours si enclins à porter des jugements, n'est-ce pas ?

Je peux encore entendre son cri quand elle a basculé en avant, le bruit sourd de son corps quand il a atterri sur le trottoir. Mais je ne me suis pas retourné. J'ai continué à courir, encore et encore, jusqu'à ce que j'arrive au parc. Je me suis caché derrière un arbre près de l'aire de jeux pour reprendre mon souffle.

Catherine était là. Elle m'attendait, les yeux brillant d'admiration. « Tu l'as fait, Ross ! Tu l'as vraiment fait ! »

Mais ça n'a servi à rien. À part le choc ainsi que quelques bleus et égratignures, Sue Molyneux s'en est sortie indemne. Elle a dû passer quelques semaines au lit, mais elle n'a pas perdu le bébé.

Après coup, Catherine a dit que je ne l'avais pas poussée assez fort.

DEUXIÈME PARTIE

« Il y a certainement eu un moment, au commencement, où nous aurions pu dire non. Mais ce moment nous a échappé. »

Tom Stoppard,
Rosencrantz et Guildenstern sont morts

Après la mort d'Alice et le déménagement des Molyneux, Catherine a de nombreuses fois évoqué l'idée de se lancer à leur poursuite. Elle ne m'a jamais vraiment pardonné d'avoir raté mon coup la première fois. Parce que si le plan s'était déroulé comme prévu, Lizzie Molyneux ne serait jamais née et Alice serait peut-être encore en vie. C'était un de ses fantasmes – une obsession – et j'ai fait avec parce que ça la rendait heureuse.

Et parce que j'étais obsédé, moi aussi. Par Catherine. Je n'ai jamais pensé un seul instant que ça arriverait vraiment. Comme les années passaient et que nous vivions nos vies, nous en parlions de moins en moins. Il semblait peu probable que nous revoyions ou entendions parler des Molyneux. Vous n'imaginez pas à quel point j'en étais soulagé.

Parfois, tard le soir, quand je n'arrivais pas à dormir, je me rappelais les mots que Catherine avait écrits sur cette carte, de la fascination avec laquelle nous avons regardé la flamme consumer petit à petit chacune des lettres couchées sur le papier. Dans mes souvenirs, je revois ses doigts fins se refermer sur le tas de cendre grise déposé dans la paume de sa main gauche. Je me revois la suivre hors de sa chambre, descendre les escaliers puis traverser la pelouse jaunie jusqu'à ce petit carré de terre situé au fond du jardin. Juste derrière la balançoire.

Depuis que je suis devenu médecin, j'ai progressivement perdu contact avec Catherine, et je n'ai jamais vraiment su quoi en penser. Une partie de moi était soulagée. Je savais, au fond, que ce n'était pas une relation saine. Ça ne l'avait jamais été. Elle incarnait la partie de moi que je voulais oublier. Mais je ne pouvais pas m'empêcher de me sentir abandonné, également. Elle avait le don de me ramener au petit garçon que j'étais. Un petit garçon triste, perdu, en colère, en manque d'amour et d'attention. Alors quand elle a téléphoné à l'improviste pour prendre des nouvelles, j'étais excité à l'idée de la revoir.

Elle était devenue infirmière et elle semblait différente. Plus stable. Je mourais d'envie de la prendre dans mes bras. De lui faire l'amour. Elle était la drogue dont je ne pouvais pas me passer. J'avais eu d'autres petites amies au fil des ans, mais aucune comme Catherine. Il n'y a jamais eu personne comme Catherine.

J'avais prévu de rendre visite à un ami de fac dans le bungalow de ses parents sur la côte. Ils étaient récemment décédés à quelques mois d'intervalle, et j'avais dit que j'irais passer quelques jours avec lui pour l'aider à trier leurs affaires. Je n'avais pas particulièrement hâte d'y aller, pour être honnête, mais c'était un ami et je n'aimais pas dire « non ». Quand j'ai appris à Catherine où j'allais, elle a proposé de m'accompagner. Le voyage avait soudainement plus d'attrait. La présence de Catherine rendrait, pensais-je, toute cette histoire beaucoup plus supportable.

J'aurais dû me douter qu'elle avait une idée derrière la tête. Qu'elle n'avait jamais vraiment renoncé à retrouver la trace des Molyneux. Quand elle s'est rendue avec moi à Dovercourt, j'ai pensé qu'elle voulait profiter du cadre et se promener sur la plage. Mais quand nous sommes arrivés, elle était plus intéressée par les maisons du front de mer que par la mer elle-même. Ce n'est que lorsque nous avons aperçu Nigel Molyneux en train de couper des roses dans un des jardins qu'elle m'a finalement avoué la vérité. Elle m'a dit qu'elle avait fait des recherches sur Internet et que sa ténacité avait finalement porté ses fruits. Son visage affichait une expression jubilatoire.

J'ai compris à ce moment-là que tout allait recommencer, ou plutôt que ça ne s'était jamais vraiment arrêté. Et fatalement, je savais aussi que j'accepterais de l'aider si elle me le demandait à nouveau.

Comme j'avais accepté de l'aider lorsqu'elle m'avait lancé ce premier et terrible défi.

Mais nous n'étions alors que des enfants. Cette fois, c'était différent.

35

Je secoue et réarrange les oreillers du lit d'appoint, en priant de ne pas regretter mon élan de générosité. Ross était un peu décontenancé quand je lui ai dit que j'avais proposé à Catherine de loger dans notre chambre d'amis. Plus que décontenancé. En colère, presque. Je sais que c'était impulsif de ma part et que j'aurais dû lui en parler d'abord, mais après tout ce qu'il a dit sur le fait que j'avais besoin de tourner la page et que je devais faire plus d'efforts pour me montrer polie envers elle, je pensais qu'il serait d'accord. Quoi qu'il en soit, ce n'est que pour deux semaines et cela n'aurait aucun sens qu'elle entasse toutes ses affaires dans le minuscule appartement de June, contrainte de partager le canapé avec deux chats à poils longs, alors que Ross et moi avons la chance d'avoir cet endroit pour nous seuls.

J'ouvre la petite armoire et compte les cintres. Je doute fort que maman et papa se réjouissent quand je leur annoncerai la nouvelle. *Si* je leur annonce. Je n'ai pas encore décidé si je le ferai ou non. Ce sera difficile pour eux de comprendre à quel point Catherine est différente maintenant. Combien elle a changé. Et puis je suis encore sous le choc de la révélation que non seulement ils connaissaient les Dawson, mais qu'ils vivaient dans le même quartier, la même *rue*. Qu'ont-ils pu me cacher d'autre ?

J'ai toujours considéré mes parents comme des alliés, des *amis*. Les deux personnes qui ont mes intérêts à cœur, vers qui je peux me tourner quand j'ai besoin d'aide et de soutien, ou quand j'ai simplement besoin de parler de certaines choses. Cette relation fusionnelle est peut-être due à mon épilepsie et à toutes les épreuves que nous avons traversées ensemble. Mais le fait qu'ils m'aient menti pendant toutes ces années a changé ma façon de les voir. Je les aime toujours, bien sûr, mais quelque chose s'est cassé entre nous.

Je sens un léger frémissement dans mon ventre. Est-ce que c'est ce que je pense ? Le bébé qui bouge ? Qui fait battre ses petits membres comme les ailes d'un papillon ? Je sais que c'est la chose la plus naturelle au monde, et pourtant c'est une sensation si étrange. Instinctivement, je prends mon ventre en coupe dans mes mains, attendant ça se reproduise. Et lorsque c'est le cas, je ne peux m'empêcher de glousser. C'est si étrange.

La semaine prochaine, à la même heure, je serai en train d'assister à ma deuxième échographie. J'étais plutôt dans les vapes lors de la première parce qu'ils l'ont faite la nuit où j'ai eu ma crise, alors je suis vraiment impatiente que celle-ci arrive. Ross a pris sa matinée afin de m'accompagner. J'ai hâte qu'on puisse la voir pour la première fois. Ou le voir. Mais je suis convaincue que nous attendons une fille. Je ne saurais comment l'expliquer, mais je le sais, c'est tout. Pure intuition.

Catherine arrive environ une heure après Ross. Il est sur les nerfs depuis qu'il a passé le pas de la porte et je commence à prendre conscience de l'étendue de ma bêtise. La maison est un sanctuaire pour Ross, l'endroit où il peut enfin se détendre après le stress et les tensions de sa journée de travail. Il aime prendre une douche dès qu'il rentre, pour se débarrasser de la « puanteur de la journée », comme il dit. Je pense que ce qu'il veut vraiment dire, c'est l'odeur des patients. Il aime se changer et mettre quelque chose d'ample et de confortable. Un bas de survêtement ou un pantalon léger et un t-shirt. Il n'est manifestement pas ravi à l'idée de partager son espace personnel avec une collègue. De la voir en dehors de ses heures de service. Cela brouille la ligne qu'il s'efforce de tracer entre le travail et la maison. Mais c'est trop tard maintenant. J'ai proposé et elle a accepté. Il va devoir s'en accommoder.

Le temps que Catherine vide le coffre de sa voiture, tout l'espace entre la porte d'entrée et les escaliers est occupé par des sacs, des valises et des cartons. Je ne pensais pas qu'elle avait autant d'affaires.

— Bien, dit Ross en attrapant une valise violette à coque dure couverte d'autocollants. Montons tout ça à l'étage avant que l'un de nous ne trébuche.

Il semble clairement énervé et, bien que je comprenne pourquoi, j'aimerais qu'il se montre un peu plus courtois. La pauvre Catherine a l'air embarrassée. Peut-être qu'elle regrette aussi d'avoir accepté ma proposition.

Elle prend un sac dans chaque main et suit Ross à l'étage. Le temps que je m'empare de quelques sacs supplémentaires et que je monte avec eux, elle a déjà déposé son premier chargement et redescend en chercher un autre.

— Laisse-moi faire, s'il te plaît, Lizzie. Je ne veux pas vous embêter plus que je ne le fais déjà. Je me sens mal de m'imposer à vous comme ça.

— Tu ne t'imposes pas du tout à nous. N'est-ce pas, Ross ?

— Bien sûr que non, répond-il.

Il a parlé d'un ton neutre, sans aucune trace de sourire sur son visage.

Plus tard, quand Catherine est occupée à s'installer dans sa chambre et que Ross et moi sommes dans la cuisine, je décide d'aborder le sujet.

— Tu pourrais quand même te montrer un peu plus chaleureux, je lui dis en sortant du four les lasagnes que j'ai cuisinées plus tôt. Ça ne doit pas être facile pour elle, de devoir emménager avec nous comme ça, de tenir la chandelle au milieu d'un couple.

— Justement, coupe-t-il sèchement. Elle n'était pas *obligée* d'emménager avec nous. Elle aurait pu aller chez June, comme elle l'avait prévu.

— Elle est allergique aux chats, je rétorque.

Soudain, Catherine se matérialise dans l'embrasure de la porte. Aucun de nous ne l'a entendue descendre. Je prie pour qu'elle n'ait pas surpris notre conversation.

— Tu m'as fait sursauter, dis-je, et elle rit.

— Désolée. Au travail, on m'appelle l'infirmière ninja.

Elle prend les couverts que je lui passe et les pose sur la table.

— C'est si gentil de ta part de me préparer à dîner, Lizzie, dit-elle. Je ne m'y attendais vraiment pas.

— Je me suis dit, vu que c'est ta première soirée chez nous...

Elle sourit.

— Merci.

Elle jette un regard gêné à Ross.

— Ne vous en faites pas, la plupart du temps, vous ne saurez même pas que je suis là.

Oh non. Elle a dû nous entendre parler d'elle.

Ross se sert une bière. Je ne m'attends pas à ce qu'il m'en offre une, parce qu'il sait que je ne la boirai pas, mais il va sûrement en proposer une à Catherine. Il ne serait pas capable de lui manquer de respect au point de l'ignorer.

Je le regarde avec insistance et, finalement, il saisit le message.

— Merci, dit-elle en prenant la bouteille que Ross vient d'ouvrir et lui tend. Tu es sûr que ça ne te dérange pas ? Je ne voudrais pas priver un médecin fatigué et assoiffé de sa dernière bière.

Je rigole.

— Ça ne risque pas. Il y a un pack entier là-dedans.

— Tu n'en prends pas une, Lizzie ? demande-t-elle en haussant les sourcils.

— Non, je bois très peu, pour être honnête. Je n'ai jamais été portée sur l'alcool et...

Je jette un regard en coin à Ross et lui adresse un petit sourire.

— Je suppose que ça ne sert plus à rien de le cacher ?

Ross ouvre la bouche comme s'il allait dire quelque chose, mais se ravise finalement. Au point où j'en suis, il est trop tard pour changer d'avis.

Alors qu'elle était sur le point de porter la bouteille de bière à ses lèvres, Catherine s'arrête à mi-chemin. Ses yeux s'agrandissent. Elle nous regarde, d'abord moi, puis Ross, et moi à nouveau. Sa bouche s'entrouvre sous le coup de la surprise.

— Tu n'es pas... ?

J'acquiesce, rayonnante.

— Eh bien si. Nous allons avoir un bébé.

Catherine pose sa bouteille sur le plan de travail et s'avance vers moi pour me serrer dans ses bras.

— Félicitations, Lizzie ! Quelle *merveilleuse* nouvelle.

Elle adresse un regard inquisiteur à Ross.

— On dirait que vous nous avez caché des choses, n'est-ce pas, Dr Murray !

Ross a l'air d'un lapin pris dans la lumière des phares, et je regrette immédiatement d'avoir balancé l'information aussi brutalement. Mais je ne vais tout de même pas passer ma vie à marcher sur des œufs en sa présence. D'ailleurs, qu'est-ce que ça change, de l'annoncer maintenant ou dans quelques jours ? Tôt ou tard, ses collègues finiront aussi par l'apprendre.

— Ça a été une véritable surprise pour nous aussi.

Il pourrait au moins faire l'effort de se montrer un peu plus enthousiaste.

Après le dîner, Catherine insiste pour débarrasser pendant que Ross et moi nous installons dans le salon pour regarder un peu la télévision.

Je lui jette un regard discret. Il fixe l'écran, comme absorbé par les images qui s'affichent, mais je peux voir qu'il ne l'est pas vraiment. Au bout d'un moment, il sent mon regard posé sur lui et tourne la tête vers moi.

— J'ignorais que tu avais l'intention de lui annoncer la nouvelle ce soir, dit-il.

Il est tendu, comme si j'avais fait quelque chose de mal.

— Je l'ignorais aussi. Mais ce n'est pas grave, non ? Tu ne m'en veux pas ?

— Non, répond-il. Même si ça va être un cauchemar au travail quand l'information va circuler. Tout le monde va débarquer pour me donner une tape dans le dos et faire des commentaires idiots.

Je lui serre le bras affectueusement.

— Au moins, ce sera fait.

Je dépose un baiser sur sa joue.

— Je suis désolée de ne pas t'avoir prévenu plus tôt. Et je suis désolée de ne pas t'avoir parlé avant de lui proposer de s'installer chez nous. Je suis trop impulsive, hein ?

— Bien sûr que non. Nous sommes simplement des personnes très différentes, c'est tout, dit-il en me serrant la main. C'est ce qui fait que notre couple fonctionne.

Je me blottis contre lui.

— Tu crois qu'elle va venir ici et regarder la télé avec nous ?

— J'espère que non, lance-t-il.

Je ne peux pas m'empêcher de rire en voyant sa mine renfrognée.

— Ces deux semaines vont passer à la vitesse de l'éclair, tu verras.

36

Quand j'ouvre les yeux, Ross est déjà parti au travail. Je déteste cette façon qu'il a de partir sans me réveiller.

La lumière du soleil s'infiltre par la fente des rideaux et je me retrouve à fixer une énorme toile d'araignée que je n'avais jamais remarquée auparavant. Elle tapisse le coin du plafond au-dessus de l'armoire et a commencé à se frayer un chemin le long de la corniche. J'essaierai de la faire disparaître à l'aide d'un balai.

Un léger murmure me parvient. Ross a dû oublier d'éteindre la télévision. Je me lève et descends les escaliers. Je n'ai pas les idées en place, ce matin. Ross a passé une nuit agitée et s'est retourné sans arrêt. Quant à moi, on ne peut pas dire que j'ai bien dormi non plus. Soi-disant, Ross se sentait mal à l'aise à l'idée de savoir Catherine de l'autre côté du mur de notre chambre. Il a même refusé que nous fassions l'amour, ce qui est une première. Ross ne dit *jamais* non.

Arrivée à la dernière marche, je m'apprête à tourner quand une forme se matérialise au bout du couloir. L'espace d'un instant, je suis convaincue qu'il s'agit d'un intrus. Mais ce n'est que Catherine. Je pensais qu'elle serait déjà partie au travail.

— Bonjour, dit-elle sur un ton enjoué. Je ne voulais pas te faire peur.

Elle part d'un rire charmant.

— Je t'avais dit que j'étais un ninja.

Elle se dirige vers le salon avec son petit-déjeuner.

J'espère que ça ne te dérange pas, mais je me suis servie en cornflakes et en café. Ensuite j'achèterai ma propre nourriture. Je n'attends pas de toi et de Ross que vous me nourrissiez en plus de m'offrir un toit.

— Bien sûr, ça ne me dérange pas. Et tu es la bienvenue pour le dîner si tu le souhaites.

Elle secoue la tête.

— Je ne me permettrais pas. J'ai passé un excellent moment hier, mais je ne peux pas garantir d'être présente tous les soirs et je ne voudrais pas vous imposer mon rythme.

Elle s'installe sur le canapé, le bol de céréales sur les genoux. À sa place, si j'avais été invitée chez quelqu'un, je me serais sans doute assise à table. Mais ça ne me dérange pas vraiment. J'aime aussi manger sur le canapé. J'ai toujours aimé ça. Maman en avait horreur et se plaignait sans cesse des miettes qu'elle trouvait entre les coussins.

— Alice adorait prendre son petit-déjeuner devant la télé, dit-elle avec une pointe de nostalgie dans la voix.

C'est toujours un peu gênant de parler d'elle. Mais Alice est comme le fil conducteur qui nous relie toutes les deux, il n'y a donc rien de surprenant à ce que nous parlions d'elle. Et Catherine se sent évidemment à l'aise sur ce sujet.

— Ses céréales préférées étaient les Rice Krispies, ajoute-t-elle. Je l'engueulais à chaque fois qu'elle fourrait sa main dans la boîte pour en retirer une poignée qu'elle avalait à sec. Mais elle s'en fichait.

Elle part d'un petit rire triste, avant de me regarder d'un air dubitatif.

— Si je peux me permettre, Lizzie, tu as l'air un peu fatiguée ce matin. Pourquoi ne pas t'asseoir et me laisser te préparer une tasse de thé et des toasts ?

Je secoue la tête, mais elle ne veut rien entendre.

— Écoute, Ross et toi avez été assez gentils de m'accueillir. Le moins que je puisse faire est de t'apporter une tasse de thé de temps à autre.

La tension dans mes épaules se relâche.

— Il est vrai que je ne me sens pas dans mon assiette, ce matin.

Catherine penche la tête et pose sur moi un regard intense, le même que ma mère quand elle est sur le point de me donner un conseil.

— Tu dois écouter ton corps, Lizzie. Il te dit d'y aller doucement.

— Eh bien, si tu insistes.

— J'insiste. Maintenant, que prends-tu sur tes toasts ? Du beurre et de la confiture ? De la marmelade ? Un œuf poché ?

Je souris.

— Du beurre et de la confiture, ça ira très bien. Pas de travail aujourd'hui, alors ?

Elle pose son bol de céréales sur la table basse et se lève.

— Je me suis arrangée pour y aller plus tard ce matin. Ça a été la course toute la semaine. C'est bien de ralentir un peu, parfois.

Le temps de boire mon thé et de manger quelques toasts, je me sens beaucoup mieux.

— Alors, tu es enceinte de *combien* de semaines ? demande Catherine.

Elle a l'air sincèrement heureuse pour moi.

— Presque dix-huit, je réponds. Je passe une autre échographie la semaine prochaine.

— Dix-huit semaines déjà ! C'est fou ! On remarque à peine l'arrondi de ton ventre. Je suppose que Ross va t'accompagner ?

Je rigole.

— Il a intérêt ! je lance en repliant mes jambes sous moi. Oui, il a déjà posé sa journée.

— Je me souviens quand ma mère est tombée enceinte d'Alice, j'étais très excitée. Je regardais la photo en noir et blanc qu'elle avait rapportée de l'hôpital et je me persuadais que le bébé faisait des signes.

— Est-ce qu'on nous révèle toujours le sexe du bébé ?

— Ça dépend de l'échographiste, je pense. Ils ont tendance à ne pas le faire, sauf si tu leur en fais la demande. Tu as envie de savoir ?

— Je pense que je le *connais* déjà. Je veux dire, évidemment, je ne suis pas sûre, mais j'ai le sentiment que c'est une fille.

Brusquement, mes joues virent au rouge écarlate. Encore cette foutue culpabilité du survivant qui me colle à la peau. Savoir que je fais des choses qu'Alice ne pourra jamais faire. Catherine a dû le remarquer, car elle m'adresse un sourire compatissant.

— Ça t'arrive de te demander comment aurait été Alice, si elle avait été en vie ?

— Tout le temps, dis-je, bien décidée à ne pas pleurer tout en luttant pour retenir mes larmes. Je pense… Je pense qu'elle t'aurait beaucoup ressemblé.

Catherine a l'air d'apprécier ma réponse. Elle se lève d'un bond.

— Attends ici, j'ai quelque chose pour toi. Je voulais te le donner hier soir, mais avec votre *annonce*…

Elle se précipite à l'étage et, quand elle redescend, elle porte un petit album photos avec elle. Elle le feuillette et le tend vers moi.

— Tu t'en souviens ? me demande-t-elle.

Je fixe la photo sur papier glacé et me retrouve instantanément transportée à ce jour d'été dans le jardin de Riley Road. Le jour où Mick Dawson a pris des photos de nous avec son appareil numérique. Sur celle-ci, Alice et moi mangeons des sucettes. Nous prenons toutes les deux des poses idiotes, le sourire aux lèvres.

— Tu peux la garder si tu veux, dit-elle. J'en ai fait faire un double.

— Avec plaisir, merci. Je n'avais qu'une photo d'elle.

C'est alors que je me souviens. C'était celle du livret de cérémonie pour l'enterrement d'Alice. Ce même livret que j'ai déchiré en morceaux. Aujourd'hui, je regrette mon geste. Je ne sais même pas pourquoi je l'ai fait. C'était mal. Un sacrilège, presque.

— Si nous avions été jeunes aujourd'hui, nous aurions probablement été accros aux selfies, n'est-ce pas ? je dis en espérant qu'elle ne remarque pas mon désarroi. J'aurais alors eu des tas de photos de nous deux.

— C'est vrai, répond Catherine.

Elle reprend l'album et sort la photo de sa pochette en plastique. Ses doigts me rappellent tellement ceux d'Alice : longs et fins, avec des ongles soigneusement limés. Elle tourne quelques pages et en extrait une autre photo. Puis elle me tend les deux et je vois que la deuxième photo nous représente Alice et moi, assises sur la balancelle, en pleine conversation. Ça me fait mal au cœur de nous voir toutes les deux, si jeunes et innocentes. Si béatement inconscientes de ce qui allait se passer.

Sheena Dawson est également sur la photo – du moins, son dos. Ce devait être un de ses bons jours, car elle discute avec la voisine par-dessus la clôture et porte une jolie robe d'été.

— Regardez-vous toutes les deux, commente Catherine. Comme larrons en foire.

Elle émet un petit gloussement.

— Tu te souviens de la fois où vous avez séché votre sortie en cours de géographie ?

Je retiens mon souffle, ne sachant pas comment répondre. J'ignorais qu'elle était au courant de cette histoire. Alice avait dû lui dire. Ou peut-être qu'elle nous a surprises en train d'échafauder notre plan.

J'acquiesce et je souris, priant pour qu'elle change de sujet. Car si elle est au courant des détails, si elle sait *comment* nous nous y sommes prises pour esquiver cette sortie et ce que nous avons fait pour ne pas nous faire attraper, alors cela pourrait expliquer pourquoi elle a douté de mon histoire sur ce qui s'est passé le jour où Alice est morte. Mais Alice ne lui aurait jamais révélé la vérité. C'était notre secret.

— Tu es sûre que je peux les garder ? je lui demande.

Catherine acquiesce.

— Bien sûr. Regarde ma mère sur cette photo. Elle a l'air si bien dans sa peau et si heureuse. Si jeune.

Je pousse un soupir de soulagement en constatant qu'elle est passée à autre chose. Elle doit penser qu'Alice et moi nous sommes contentées de sécher le cours de géographie.

37

Alors : avant le drame
Dimanche 1er juillet 2007

Le soleil réchauffe nos jambes nues et les plantes de nos pieds sont noires de crasse d'avoir couru sur l'herbe sèche et poussiéreuse dans le jardin d'Alice. J'ai promis à maman que je serai à la maison à cinq heures au plus tard, parce que je dois prendre un bain, me laver les cheveux et préparer mes affaires pour la sortie scolaire de demain. Notre professeur de géographie nous emmène visiter une station d'épuration des eaux usées. Youpi.

Sauf que je ne vais pas faire le voyage, et Alice non plus. Nous avons un plan.

— Il *faut* que ça marche, Lizzie, me dit Alice. Il est hors de question que je passe la journée à regarder des rivières de caca. C'est *dégoûtant*. Je me fiche que M. Rutherford dise que c'est intéressant.

— Quelle horreur ce doit être de prendre son déjeuner dans un endroit pareil, je réponds. Il va faire très chaud demain, en plus. Tu imagines l'odeur ?

Alice fait semblant de vomir dans sa main.

— Bon, revoyons tout ça encore une fois, reprend-elle. Parce que si nous finissons dans ce bus pour Cacaville, je n'aurais plus qu'à me trancher la gorge.

Nous nous rapprochons l'une de l'autre, nos fronts se touchant presque, et nous murmurons à tour de rôle exactement ce que nous avons prévu de faire, à partir de la seconde où je descendrai de mon bus, jusqu'au moment où Alice me fera signe. Si nous respectons le plan à la lettre, nous pourrons passer la majeure partie de la journée à nous prélasser dans le jardin et à écouter de la musique.

Mais alors que je rentre à la maison, je commence à douter. Je n'ai jamais fait semblant d'avoir une crise avant. Pourquoi le ferais-je ? C'est mal, tellement mal. Et s'il y a bien une chose que je déteste, c'est de me retrouver allongée sur le sol avec une multitude de visages me regardent comme si j'étais une sorte de monstre. C'est embarrassant. Humiliant. C'est comme être mis à nu en public. Pourquoi devrais-je subir un tel supplice ?

Parce que j'ai promis à Alice que je le ferais. Voilà pourquoi. Parce que je culpabilise *toujours* à cause de ce qui s'est passé après la soirée disco et cette terrible, terrible chose que j'ai dite. C'est l'occasion pour moi de vraiment me faire pardonner. Si je perds son amitié, je perds tout. Et de toute façon, je ne tiens pas plus qu'elle à aller à cette sortie nauséabonde.

Le lendemain matin, maman fait son cirque habituel.

— Ne t'éloigne pas trop des professeurs et des parents, d'accord ? dit-elle. Et n'oublie pas de boire beaucoup d'eau pour rester hydratée. Oh, et n'oublie pas de mettre ton indice cinquante.

Je lève les yeux au ciel quand elle a le dos tourné.

— Je regrette de ne pas avoir proposé de vous accompagner, se lamente-t-elle.

Je remercie silencieusement la vieille Mme Samuels au bout de la rue. C'est grâce à elle et à son rendez-vous à l'hôpital que maman ne fera pas partie des parents accompagnateurs aujourd'hui.

Elle me tend mon panier-repas et me regarde le mettre dans mon sac à dos. Puis elle m'embrasse et le sentiment de malaise qui me tord le ventre depuis le réveil enfle et enfle encore jusqu'à ce que j'aie l'impression d'être malade. Soudain, la perspective d'une journée dans une station d'épuration ne me semble pas aussi terrible que ce qu'Alice et moi avons prévu, mais je ne peux pas me défiler maintenant. Alice sera fâchée et je ne pourrai supporter une nouvelle dispute entre nous.

Parfois, je me demande si ce n'est qu'une question de temps avant qu'Alice ne s'éloigne de moi et ne commence à traîner avec Melissa et Bethany. Je l'ai vue les regarder dans la classe de temps en temps, comme si elle souhaitait être assise à côté d'elles, en tant que membre à part entière de la bande des filles cool.

Le bus est bondé quand il arrive, et je me glisse au milieu pour m'accrocher à la barre près des portes. Un garçon près de moi mange des Cheetos. Des miettes orangées lui parsèment le contour de la bouche et le bout des doigts, à tel point que je ne peux malgré moi détacher mon regard de ce spectacle dégoûtant. Avec tous les arrêts et redémarrages du bus, c'est un miracle que je ne vomisse pas.

Enfin, il est temps de descendre et, comme prévu, Alice est déjà à l'arrêt de bus. Elle m'attend de pied ferme.

— Tout est prêt pour le voyage ? demande-t-elle, une lueur espiègle dans les yeux.

Elle peut bien faire des blagues. Ce n'est pas elle qui doit se ridiculiser devant tout le monde.

J'acquiesce. Plus nous approchons du collège, plus je suis nerveuse. Mes aisselles sont déjà humides de sueur et je suis gênée par les taches qui s'étendent sur mon chemisier. Je voudrais en finir le plus vite possible.

Nous ralentissons le pas jusqu'à ce que l'imposant groupe de sixièmes nous dépasse bruyamment, et c'est à ce moment-là qu'Alice me fait le signe que nous avons convenu. Elle s'arrête pour refaire son lacet et je commence à tituber un peu, faisant semblant de tomber, ce qui est beaucoup plus difficile que je ne l'avais imaginé. J'aurais dû m'entraîner davantage dans ma chambre. J'ai essayé, mais je ne voulais pas que papa et maman m'entendent et se précipitent pour voir si j'allais bien.

À présent, me voilà allongée sur le trottoir. Je secoue les bras et les jambes, imitant les gestes d'Alice quand elle m'a montré à quoi je ressemblais quand je faisais une crise, parce que, bien sûr, je ne me suis jamais vue. Je me sens stupide et honteuse. Je suis horriblement maladroite. Il doit être évident pour quiconque que ce n'est pas réel. Je n'arrive pas à croire que je suis en train de le faire, mais je le fais, alors il est trop tard pour s'arrêter.

Je suis consciente que certains des sixièmes se retournent et se rapprochent de moi. J'entends leurs commentaires : « Regardez cette fille sur le trottoir ! » « OMG, elle fait une crise. » « Qu'est-ce qu'elle fout ? » « Elle est épileptique, hein ? » « Ouais, elle est dans la classe de ma sœur. Ça lui arrive tout le temps. »

Alice s'agenouille à côté de moi et place tendrement ma tête sur ses genoux.

— Pouvez-vous transmettre un message à M. Rutherford ? demande-t-elle à l'un des élèves de sixième. Il sera devant la porte, près du bus scolaire. Dites-lui que Lizzie Molyneux a fait une crise sur le chemin de l'école et qu'Alice Dawson s'occupe d'elle jusqu'à ce que sa mère rentre.

Deux femmes de l'autre côté de la rue se précipitent vers nous, mais Alice les rassure.

— Tout va bien, dit-elle. Mon amie est épileptique. Il n'y a pas besoin d'appeler les secours. Elle ira mieux dans une minute et je la ramènerai chez elle. Elle a l'habitude.

— Tu es sûre ? dit l'une d'elles. Nous devrions peut-être faire venir une ambulance au cas où.

J'ouvre les yeux et bats rapidement des paupières, comme si je commençais à me réveiller. J'ai participé une fois à un stage de simulation d'accident organisé par St John Ambulance et les formateurs m'ont dit que ma performance de « retour à la normale après un évanouissement » était l'une des meilleures qu'ils aient jamais vues. Je mets tout en œuvre pour reproduire cette performance en ce moment même. La dernière chose dont j'ai besoin, c'est de finir dans une ambulance. Si on m'emmène à l'hôpital, ils sauront que j'ai fait semblant. Il doit sûrement exister plusieurs moyens de distinguer le vrai du faux. Et alors j'aurai de terribles ennuis.

— Coucou, Lizzie, dit Alice. Tu as fait une petite crise, mais tu vas bien maintenant. Repose-toi ici un moment.

Je dois dire qu'elle joue son rôle à la perfection. Moi aussi, si j'en crois la tête de ces femmes.

— Je peux téléphoner à tes parents ? demande l'une d'elles.

Je secoue la tête.

— Je vais beaucoup mieux, vraiment, dis-je en me redressant lentement et avec précaution. J'ai juste besoin de rentrer chez moi et de me reposer. Alice va m'accompagner.

Alice m'aide à me relever et attrape mon sac à dos.

— Viens, Lizzie. On va te ramener auprès de ta mère. Tu préviendras M. Rutherford, n'est-ce pas ? lance-t-elle à une des filles du groupe de sixième qui acquiesce et court aussitôt vers l'école avec ses amies.

Alice enroule son bras autour du mien et nous prenons toutes deux le chemin du retour, traversant la route pour attraper le prochain bus. Nous ne disons pas un mot de ce qui vient de se passer jusqu'à ce que nous descendions à l'arrêt au bas de ma rue. Puis, enfin, nous nous effondrons, prises d'un énorme fou rire.

— On l'a fait ! On l'a vraiment fait ! Maintenant, tout ce dont je dois m'inquiéter, c'est de faire semblant d'être fatiguée et distraite quand maman rentrera à la maison après avoir emmené Mme Samuels à l'hôpital. Avec un peu de chance, elle ne rentrera pas avant longtemps, parce qu'elle a dit qu'elle l'emmènerait déjeuner après. Et quand maman et Mme Samuels sont ensemble, elles peuvent discuter pendant des heures.

Un peu comme moi et Alice.

38

Aujourd'hui

Lundi matin. Le jour de mon échographie. Ross et moi sommes sur le point de partir pour l'hôpital quand son téléphone se met à sonner. Je devine tout de suite qu'il s'agit de son travail et que quelque chose de grave s'est produit. Je peux le voir à l'affaissement soudain de ses épaules et au ton résigné de sa voix.

— Je suis vraiment désolé, Lizzie, dit-il après avoir raccroché. Un de mes patients en phase terminale n'en a plus pour longtemps. Je dois y aller.

J'essaie de ne pas laisser transparaître ma déception, parce que je sais qu'il n'y a rien à faire et que, bien sûr, il doit y aller, mais j'avais tellement hâte de passer cet examen et je voulais vraiment que Ross soit là avec moi. Il est particulièrement taciturne et renfrogné depuis que Catherine s'est installée chez nous – ce qui ne lui ressemble pas –, bien qu'elle se soit fait la plus discrète possible. À l'exception de quelques soirées où elle a regardé la télévision avec nous, et des face-à-face occasionnels au petit-déjeuner, elle a passé la plupart de son temps dehors ou dans sa chambre pour étudier.

Ross attrape son sac et sa veste dans le bureau puis se dirige vers la porte d'entrée.

— Je t'envoie un message dès que j'ai fini et, si tu es toujours à l'hôpital, je passe te chercher. D'accord ?

Il regarde sa montre.

— Tu ferais mieux d'appeler un taxi pour y aller. Si tu prends le bus, tu risques d'arriver en retard.

C'est seulement quand la porte d'entrée s'est refermée derrière lui que je m'autorise enfin à soupirer. Je sais qu'en tant que médecin, il est de son devoir de prendre son métier au sérieux, et je devrais le féliciter de se rendre au chevet d'un de ses patients, mais je ne peux pas m'empêcher de penser qu'il aurait quand même pu envoyer quelqu'un à sa place. Ou au moins essayer. J'ai aussi la désagréable impression qu'il n'était pas particulièrement déçu de ne pas pouvoir m'accompagner. Allons, je me fais des idées. Ross a toujours été très doué pour cacher ses émotions. En aucun cas cela signifie qu'il n'en a pas.

— Lizzie ? Que se passe-t-il ?

Catherine se tient dans les escaliers et me regarde d'un air étonné. Elle est toujours en robe de chambre, parce que c'est son jour de congé. Sa peau est encore rouge de la douche qu'elle vient de prendre et ses cheveux sont humides.

J'essuie une larme qui perle au coin de mon œil et reprends contenance.

— Rien de grave, ne t'inquiète pas. Ross doit s'occuper d'un patient mourant donc il ne peut pas m'accompagner à l'écho. Ce n'est pas la fin du monde.

— Oh, mais c'est tellement décevant pour vous deux, dit-elle. La deuxième écho est une étape importante. Tu ne peux quand même pas y aller seule. Et si je t'y emmenais ?

J'hésite. Si Ross ne peut pas être là, je ne suis pas sûre de vouloir être en compagnie de qui que ce soit d'autre. Elle a raison, cependant. C'est une étape importante. Pourquoi Ross ne s'en rend-il pas compte ? C'est vrai, il a été présent lors de la première échographie, la nuit où il m'a emmenée aux urgences. Mais je ne m'en souviens pas vraiment – j'étais si épuisée.

— Laisse-moi te conduire là-bas, au moins, dit-elle.

Après tout, ce ne serait pas une si mauvaise idée. S'ils trouvent quelque chose qui les inquiète, oseront-ils me le dire si je suis seule ? J'en doute. Et j'ai tellement besoin d'être rassurée.

Quinze minutes plus tard, nous sommes dans la rue. Le ciel est d'un gris blanchâtre, mais l'air est chaud et humide. En grimpant dans la petite Peugeot rouge de Catherine, j'ai la sensation de pénétrer une serre. Chaude et étouffante. Sans air.

Avant que je puisse m'installer, elle se dépêche de retirer un journal sur des soins infirmiers, une paire de lunettes de soleil, un baume à lèvres et une vieille casquette de baseball, puis elle les jette sur le siège arrière déjà encombré. Je n'ai jamais vu autant de bazar dans une voiture.

— Désolée pour le désordre, dit-elle, en époussetant ce qui ressemble à des miettes de chips sur le siège passager. Les miettes se répandent sur le tapis de sol.

— Un de ces jours, je nettoierai.

— Ross tomberait dans les pommes s'il voyait ça, je dis en souriant. Il traite sa voiture comme l'intérieur d'un temple sacré.

Catherine sourit et passe la première vitesse. Elle baisse les vitres au démarrage et une brise salvatrice s'engouffre dans l'habitacle.

— Le gel peut vous sembler un peu froid au début, me dit l'échographiste.

L'éclairage de la salle d'échographie est faible et l'écran n'est pas orienté vers moi pour le moment. L'échographiste doit d'abord se concentrer et prendre toutes les mesures nécessaires. Je scrute son visage à la recherche d'un quelconque signe d'inquiétude : un rétrécissement des yeux, une ride de préoccupation déformant ses traits. Mais quoi qu'elle puisse voir sur cet écran, elle n'en laisse rien paraître.

Je jette un regard en coin à Catherine, qui, je le remarque maintenant, a reculé sa chaise pour avoir un meilleur aperçu de l'écran. Je scrute aussi *son* visage, la poitrine serrée par l'anxiété, mais elle revêt exactement le même masque de neutralité que l'échographiste. Celui que tous les professionnels de santé semblent adopter.

— Bon, toutes les mesures sont bonnes. Exactement ce que nous attendons à ce stade.

Je pousse un énorme soupir de soulagement.

— La vessie et les reins fonctionnent bien, dit-elle. Et les battements du cœur sont réguliers. Souhaitez-vous voir les images ?

L'échographiste tourne l'écran vers moi et, au début, je n'arrive pas à distinguer quoi que ce soit. Peu à peu, alors que mes yeux s'habituent aux taches grises flottant sur le fond noir, je distingue la preuve indéniable de la présence d'un bébé. Non pas que j'aie besoin de le voir. Je n'ai qu'à regarder mon tour de taille qui s'agrandit ou à sentir les minuscules mouvements qui s'intensifient de jour en jour pour savoir qu'une petite personne grandit en moi.

— Tu vois la colonne vertébrale du bébé ? me demande Catherine en se penchant en avant, tout excitée. Certains disent qu'elle ressemble à un délicat collier de perles. Regarde, elle est face à nous.

Je suis la direction de son doigt avec mes yeux.

— Et son estomac a l'air bien rempli.

Elle montre une petite bulle noire qui vient d'apparaître alors que le bébé se tourne dans une autre position.

L'échographiste la regarde d'un air inquisiteur et Catherine lui dit qu'elle est infirmière. Je me demandais si elle le ferait.

— Vous serez heureuse d'apprendre qu'il ne présente pas de malformations, ajoute l'échographiste en ajustant à nouveau l'écran pour qu'elle seule puisse le voir.

Je regarde Catherine, soudain consciente que la personne que j'aimerais le plus avoir à mes côtés en ce moment pour célébrer cette bonne nouvelle n'est pas là. Catherine semble avoir remarqué le léger tremblement de ma lèvre inférieure car elle pose délicatement sa main sur mon poignet.

De retour dans la voiture, j'ai du mal à détacher mon regard de la photo granuleuse que je tiens dans ma main.

— J'étais persuadée que tu aurais demandé le sexe du bébé, dit Catherine alors qu'elle fait marche arrière pour sortir de la place de parking et se diriger vers la sortie.

— J'ai changé d'avis. Pourquoi ? Tu n'as rien vu, n'est-ce pas ?

Elle secoue la tête.

— Ça n'est pas toujours visible à cette étape de la grossesse, et dès que j'ai dit que j'étais infirmière, l'échographiste a de nouveau tourné l'écran. Tu as remarqué ?

Catherine ralentit pour laisser une femme avec une poussette traverser devant la voiture.

— Quoi qu'il en soit, je pense que tu as raison et que c'est une fille. En tout cas, je n'ai rien vu qui ressemblait de près ou de loin à un pénis.

Je ris.

— J'ai à peine réussi à différencier la tête des bras, pour être honnête.

Ça fait du bien de rire avec elle comme ça. Je suis si heureuse qu'elle soit venue avec moi.

— On s'arrête quelque part pour prendre un café et une part de gâteau pour fêter ça ? demande-t-elle. C'est moi qui offre. Comme ça, tu pourras me lister les noms que Ross et toi avez retenus.

« Laisse-moi lui parler, Ross », m'avait-elle supplié. « Ce sera l'occasion parfaite de me rapprocher d'elle. »

Dieu sait ce qu'elle aurait fait si je n'avais pas accepté. Quand elle m'a appelé en se faisant passer pour Lucy de la réception, j'ai failli prendre mon courage à deux mains et lui répondre : « Désolé, mais je ne peux vraiment pas manquer l'échographie de Lizzie. Voyez avec Andrew Smethers s'il peut y aller à ma place. »

Mais je l'aurais payé plus tard. J'ai toujours payé.

Pendant un temps, le jeu en valait la chandelle car une récompense m'attendait ensuite. Disons simplement que les exigences de Catherine au lit étaient loin d'être ordinaires et que j'appréciais l'illusion temporaire d'être celui qui dominait la situation.

Mais plus rien n'était comme avant. C'est comme si je m'étais engagé dans un long tunnel et que le seul moyen d'en sortir était de continuer à avancer jusqu'à ce que j'atteigne le bout.

Le problème, c'est que je ne savais plus à quoi ressemblait le bout.

39

— Poppy Murray, dit Catherine, comme pour s'approprier le prénom que je viens de suggérer.

Cela fait plusieurs semaines que j'y pense.

— Ça sonne bien. J'aime beaucoup.

Nous sommes installées dans le même canapé en cuir du café où nous avons renoué il y a quelques semaines. Seulement, cette fois, la table basse devant nous est recouverte de livres de prénoms de bébés.

— Moi aussi j'aime beaucoup. Mais si elle devient ingénieure ou comptable ? Ross trouve que ce prénom ne fait pas assez sérieux.

— Hmm, il n'a pas tort. Poppy sied davantage à une personnalité plus fantaisiste.

Elle prend l'un des livres et en parcourt l'index.

— Et pourquoi pas Evie ? C'est un joli prénom. Et elle peut toujours s'appeler Eve si elle s'avère être quelqu'un de sérieux.

Je bois une gorgée de déca en réfléchissant à sa proposition. Quand je lève les yeux, Catherine regarde au loin, comme si elle était entrée dans une sorte de transe. Peut-être qu'elle commence à en avoir marre de toutes ces discussions sur les bébés, même si c'est elle qui a eu l'idée de consulter ces livres à la recherche du prénom idéal.

— Catherine ? Est-ce que ça va ?

Elle sourit vivement, comme si un interrupteur venait de s'allumer dans son cerveau et qu'elle était de retour dans le moment présent.

— Je repensais à la fois où j'ai aidé mes parents à choisir le prénom d'Alice, dit-elle. Ils n'arrêtaient pas de se disputer à ce sujet. En fait, ils n'arrêtaient pas de se disputer tout court, à l'époque.

Un voile d'ombre passe sur son visage.

— Ce jour-là, j'ai regardé la couverture du livre que j'étais en train de lire. C'était *Alice au pays des merveilles.*

Ma gorge se noue. Je n'avais jamais entendu les parents d'Alice se disputer, même si, bien sûr, lorsque nous sommes devenus amies, onze ans s'étaient écoulés depuis la scène que Catherine vient de décrire. Peut-être avaient-ils réglé leurs différends à ce moment-là, ou appris à vivre avec. Ou peut-être y avait-il *eu* des tensions, et j'avais alors mis ça sur le compte de la dépression de la mère d'Alice. Je suppose que j'étais trop absorbée par mon propre petit monde pour faire attention aux parents des autres.

Un autre souvenir refait surface. La mère d'Alice venait d'être admise à l'hôpital et Alice me racontait que certains patients avaient des bandages sur les bras et les jambes et se balançaient d'avant en arrière. Que d'autres erraient en se parlant à eux-mêmes et en criant des choses. Elle disait que les portes de l'unité psychiatrique restaient tout le temps verrouillées et que c'était effrayant. J'avais envie d'y aller avec elle, pour voir par moi-même comment c'était. Mais Catherine devait avoir écouté aux portes, car soudain elle était dans la pièce avec nous, le visage crispé par la colère. « Non », avait-elle dit. « Seule la famille est autorisée à rendre visite aux patients. »

Je suis prise d'un frisson en repensant à la façon dont elle avait craché ces mots comme du venin. Puis je regarde la nouvelle Catherine assise en face de moi, le visage doux, plongée dans un ouvrage posé sur ses genoux, et le frisson disparaît. Cela a dû être un moment éprouvant pour la famille Dawson, et surtout pour Catherine. Devoir mettre ses propres projets en attente pour s'occuper une fois de plus de sa petite sœur. Sans parler de la stigmatisation des maladies mentales, encore plus forte à l'époque qu'aujourd'hui. Elle n'aurait pas aimé que je voie sa mère dans cet endroit. Pas étonnant qu'elle se soit comportée ainsi. Elle essayait juste de protéger sa famille. À sa place, je suis certaine que j'aurais réagi de la même façon.

— Freya est un prénom intéressant, lance-t-elle en feuilletant distraitement les pages de son livre.

Je me racle la gorge, essayant de ne pas trahir le fond de ma pensée. Je préfère toujours Poppy.

— Sinon, les prénoms anciens semblent revenir à la mode, n'est-ce pas ? Comment s'appelaient tes grands-mères ?

Je fais la grimace.

— Hors de question d'appeler ma fille Marjory ou Daphné, merci bien.

Catherine rit.

— Non, en effet. La mienne s'appelait Dorothy. Je suppose que ce n'est pas envisageable non plus.

Son visage s'adoucit.

— Alice et moi l'avions surnommée Mamie Dot.

Une idée me vient à l'esprit. Si mon instinct est juste, et que ce bébé est vraiment une fille, peut-être devrais-je l'appeler Alice afin d'honorer sa mémoire. Se pourrait-il que Catherine ait la même idée que moi ? Serait-ce la raison pour laquelle elle a évoqué l'histoire d'*Alice au pays des merveilles* ? Qu'elle insiste tant pour m'aider à choisir un prénom ?

Je bois une nouvelle gorgée de café en faisant semblant de lire un texte de présentation au dos d'un des livres. L'envie de prononcer le prénom d'Alice à haute voix – d'en entendre le doux murmure – est irrésistible. Je pince les lèvres. C'est une chose de donner à un enfant le prénom d'un grand-parent ou d'un parent plus âgé, mais lui donner le prénom de quelqu'un qui est mort dans des circonstances aussi terribles, et à un si jeune âge – non, je ne peux pas. Je frissonne. Ça me met mal à l'aise rien que d'y penser.

— Le mieux est peut-être que vous attendiez la naissance du bébé avant de vous décider, suggère Catherine.

Je repose le livre.

— Oui.

Je ressens une envie soudaine de lui confier mes craintes concernant l'accouchement. Et, plus important encore, de ce qui se passera après, quand Ross sera retourné au travail et que je serai seule à la maison avec un nouveau-né.

J'y ai beaucoup pensé ces derniers temps, mais chaque fois que j'ai essayé d'en parler avec lui, il m'a dit ce qu'il dit toujours quand je m'inquiète pour un événement qui n'est pas encore arrivé : que ça ne sert à rien de se prendre la tête pour quelque chose sur lequel je n'ai aucun contrôle et que je ferais mieux de me détendre et de prendre la vie comme elle vient.

Je me surprends moi-même à penser cela, mais je suis sûre que Catherine saura me rassurer. Après tout, elle est infirmière et, bien qu'elle ne soit pas mère elle-même, elle sait ce que c'est que de s'occuper d'un enfant. Si l'échographie m'a rassurée sur le fait que le bébé est en bonne santé pour l'instant, il y a tant d'autres questions qui me préoccupent. Par exemple, comment mon corps va-t-il supporter les nuits sans sommeil et le stress d'être mère ? Et si je recommençais à faire des crises ? Et s'il m'arrive d'en faire une quand je suis seule avec le bébé et que je le lâche ? C'est ma plus grande peur.

Même si j'ai adoré voir le fœtus se tortiller sur le moniteur ce matin, toutes mes angoisses n'en ont pas moins refait surface.

— Lizzie ? demande Catherine. Quelque chose ne va pas ?

Et alors je lui parle. Je laisse toutes mes inquiétudes et peurs déferler. Quand j'ai terminé, ma voix est tremblante d'émotion.

— Même si je ne fais plus de crise majeure, je sais que je suis toujours susceptible de faire des crises partielles. Bien que je ne perde conscience que quelques secondes, tout peut arriver pendant ce laps de temps, pas vrai ? Il suffit d'un rien pour que quelque chose de grave se produise.

Je fixe mes genoux. Il suffit d'un rien pour que quelqu'un meure. L'image de la manche de la veste en jean prisonnière du buisson se matérialise dans mon esprit et je dois me concentrer pour la faire disparaître. Parfois, l'image est si réelle que j'ai l'impression qu'elle se trouve juste devant moi.

Catherine fait de son mieux pour apaiser mes craintes. Elle ne me dit rien que je ne sache déjà, ou que je n'aie lu moi-même sur Internet, mais cela m'aide d'une certaine manière de l'entendre prononcer les mots à haute voix.

— Tu dois développer des stratégies d'adaptation, dit-elle.

Pendant les dix minutes qui suivent, elle passe en revue toutes les choses que je dois faire pour assurer ma sécurité et celle de mon bébé. Mettre une alarme sur mon téléphone pour me rappeler de prendre mes comprimés ; dormir quand le bébé dort ; m'assurer que j'ai suffisamment de repas faciles et rapides à préparer à la maison, pour ne pas avoir faim ou devoir passer trop de temps à cuisiner ; installer un endroit pour changer les couches à l'étage et au rez-de-chaussée, pour ne pas avoir à monter les escaliers si le bébé doit être changé ; m'asseoir par terre, le dos appuyé contre un mur, pour lui donner à manger, de sorte que si le pire se produit et que je fais une crise, elle ne pourra pas tomber bien bas ; utiliser un siège auto pour la transporter dans la maison et dans les escaliers et, bien sûr, veiller à ce que quelqu'un m'appelle à intervalles réguliers tout au long de la journée pour vérifier que je vais bien, de préférence quelqu'un qui a une clé. Comme Ross, un ami ou un voisin.

Ce n'est pas la première fois que j'éprouve autant de ressentiment à l'idée que l'épilepsie occupe toujours une place aussi importante dans ma vie et que je ne m'en libérerai jamais. C'est comme un spectre, tapi dans l'ombre et prêt à surgir à tout moment. La peur d'une rechute soudaine ne disparaît jamais complètement.

Catherine commence à ranger les livres en une pile sur la table. Je me déplace pour l'aider, mais elle les a déjà ramassés et s'est levée de sa chaise.

— Je vais les ranger, dit-elle.

Son visage affiche une expression différente, plus triste, plus pensive, et je me sens immédiatement coupable. Au moins, je suis en vie, assise ici par une chaude matinée d'été, à boire du café. J'ai un fiancé aimant et, dans moins de cinq mois, je vais avoir un bébé. Alice n'a jamais eu la chance de faire aucune de ces choses. C'est ce que Catherine doit penser en ce moment. Il se pourrait même qu'elle se sente un peu maussade pour elle-même. Trente-cinq ans est un âge difficile pour une femme sans partenaire.

Quoi qu'il en soit, je ferais mieux d'arrêter de m'apitoyer sur mon sort et m'estimer heureuse.

40

Alors : après le drame
Jeudi 27 septembre 2007

C'est le jour du service commémoratif pour Alice. À la fin de l'après-midi, quand la sonnerie retentit, nous nous regroupons tous dans le hall du collège au lieu de rentrer chez nous. Je suis sur le qui-vive depuis le début de la journée. Je veux juste que ça se termine. L'enterrement a été assez pénible comme ça. Je ne vois vraiment pas l'intérêt de revivre une situation similaire, mais Mme Peacock dit que c'est l'occasion pour tout le monde de faire ses adieux à Alice – tous les enfants et les enseignants qui n'ont pas pu aller aux funérailles mais qui souhaitent néanmoins présenter leurs respects.

La musique joue doucement tandis que notre classe prend place. Je m'attends presque à voir le cercueil blanc sur l'estrade, mais bien sûr, il ne s'y trouve pas. Le cercueil a été mis en terre. Alice a été mise en terre. Il y a une grande photo d'elle, cependant. Elle est posée sur une chaise et on a l'impression qu'elle est toujours là. Qu'elle nous regarde tous. Qu'elle me regarde moi. Je ne veux pas voir son visage, ses yeux heureux et souriants, mais c'est plus fort que moi. C'est comme si elle me dévisageait avec insistance.

Des ballons blancs gonflés à l'hélium avec le nom d'Alice imprimé dessus ont été attachés au dossier de la chaise à l'aide de longs rubans blancs. Chaque fois qu'une des portes de la salle s'ouvre et que l'air s'engouffre à l'intérieur du hall, les ballons se balancent, me faisant douter de la pertinence de cette attention. On pourrait croire qu'on fête son anniversaire. Après tout, comme le signale M. Davis lorsqu'il commence à parler, nous ne sommes pas seulement ici pour pleurer la perte d'Alice, mais pour célébrer sa vie. Alors peut-être que les ballons sont finalement une bonne idée.

Les parents – ceux qui ont tenu à être présents – sont assis de part et d'autre de la salle avec les enseignants. Les miens sont là aussi. Maman m'adresse un petit sourire triste chaque fois que je croise son regard. M. et Mme Dawson sont assis au milieu d'une petite rangée de chaises disposées en demi-cercle tout devant. Catherine est assise à côté de sa mère, et une femme que j'ai déjà aperçue à l'enterrement est assise à côté de son père. Sûrement une cousine. Les deux chaises extérieures sont occupées par Mme Peacock et Mlle Nandy, notre professeur principal de l'année dernière. Catherine parle à sa mère, qui n'a pas encore levé la tête vers l'estrade. Peut-être qu'elle non plus ne peut pas supporter de voir la photo de sa fille.

Je me recroqueville de façon à être cachée par la fille assise devant moi. La dernière chose dont j'ai envie, c'est que Catherine se retourne et me regarde fixement, comme elle l'a fait à l'enterrement. Comme elle l'a fait devant la fenêtre de ma chambre.

M. Davis parle de la contribution d'Alice à la communauté scolaire. Sa place dans l'équipe de netball. Son amour de l'art. Il montre une peinture qu'elle a réalisée l'an dernier : un autoportrait. Je me souviens l'avoir regardée faire et avoir comparé son savoir-faire à ma médiocrité. La peinture ne lui ressemble pas beaucoup, selon moi, mais elle est bien faite. Elle avait du talent, c'est certain.

La mère d'Alice se mouche bruyamment et son père se racle la gorge. Je suis contente de ne pas voir leurs visages et je comprends maintenant pourquoi ils ont été installés devant. De cette façon, les gens ne les importuneront pas s'ils se mettent à pleurer.

Melissa Davenport et Bethany Charles sont assises dans la rangée devant moi, un peu plus à droite. Elles ont toutes deux commencé à pleurnicher et à essuyer leurs larmes avec leurs mouchoirs. De nombreuses filles pleurent aussi. Des filles de notre classe et d'autres classes de quatrième. Je devrais faire de même, mais pour une raison que j'ignore, j'en suis bien incapable. Ce n'est pas que je ne suis pas triste. Ce n'est pas que je ne souffre pas, parce que je souffre. Je ne sais pas pourquoi, mais les larmes ne viennent pas, et j'ai beau garder les yeux ouverts aussi longtemps que possible sans cligner des yeux, rien n'y fait.

Je sors un mouchoir de ma poche et tamponne mes yeux secs en reniflant bruyamment. Si je ne pleure pas, les gens vont se demander pourquoi.

À présent, Mlle Nandy monte sur l'estrade. M. Davis s'écarte pour qu'elle puisse prendre place devant le micro. Mlle Nandy nous dit à quel point Alice Dawson était charmante et gentille, et que c'était un plaisir d'être son professeur principal. Puis elle lit « Souviens-toi » de Christina Rossetti[2], suivi d'un proverbe inuit selon lequel les étoiles sont des ouvertures dans le ciel où l'amour de nos disparus brille pour nous faire savoir qu'ils sont heureux.

Sa voix commence à se briser à la dernière phrase et je finis enfin par craquer. Entendre Mlle Nandy lutter pour tenir le coup, pour finir sa phrase coûte que coûte. Et me voilà qui pleure à gros sanglots, des sanglots embarrassants et bruyants qui font que tout le monde se tourne vers moi, y compris Catherine Dawson. Mais je m'en fiche. Je ne m'en soucie plus. Alice est morte et c'est ma faute.

C'est entièrement ma faute.

2. Poétesse anglaise de l'ère victorienne. (N.D.L.T.)

41

Aujourd'hui

C'est l'anniversaire de Ross et j'ai prévu de disposer ses cartes et ses cadeaux sur la table, pour lui faire la surprise quand il descendra pour le petit-déjeuner. J'ai vraiment hâte de voir sa réaction quand il découvrira ce que je lui offre.

Tandis que je descends les escaliers, la maison est calme et silencieuse. Seule la respiration profonde et régulière de Ross, entrecoupée de quelques ronflements, se fait entendre. La porte de la chambre de Catherine est fermée, mais il n'y a pas de bruit derrière. Elle n'est rentrée que tard hier soir et, même si j'ai apprécié sa compagnie et que je lui suis reconnaissante de m'avoir rassurée au sujet du bébé, j'étais heureuse que Ross et moi ayons la maison pour nous seuls.

Ross avait l'air beaucoup plus détendu, lui aussi. Il n'est plus lui-même depuis qu'elle s'est installée chez nous. Quoi qu'il en soit, elle emménage dans son nouvel appartement dimanche et ce ne sera plus que de l'histoire ancienne.

Je récupère ses cartes et ses cadeaux dans le placard où je les ai rangés et les installe sur la table à manger. En tant qu'enfant unique, avec un parent décédé et un autre dans une maison de retraite, il ne reçoit pas beaucoup de cartes. Malgré tout, quelques-unes sont arrivées par la poste, dont une de mes parents qui, en ce moment même, devraient être en route pour Heathrow pour leur semaine tant attendue à New York.

Au moment où Ross apparaît, tout habillé et prêt pour la journée qui s'annonce, je me suis préparé une tasse de déca et me suis assise près de la fenêtre pour observer les oiseaux vaquer à leurs occupations dans le jardin. J'ai remarqué que Ross ne descendait plus vêtu de son jogging depuis que Catherine était chez nous.

— Joyeux anniversaire, toi, dis-je en me levant pour l'embrasser. Que veux-tu pour le petit-déjeuner ? Des toasts avec des œufs brouillés ? Un sandwich au bacon grillé ?

— Ça alors, ça fait des semaines que je ne t'ai pas vue debout à cette heure-ci.

— Eh bien, je réponds en me tapotant le ventre. Autant m'habituer tout de suite aux réveils matinaux après l'arrivée de celui-là.

— Aux réveils matinaux et aux nuits sans sommeil.

Ross sourit, mais avec une sorte de nostalgie, comme s'il n'arrivait pas à croire que nous allions bientôt devenir parents.

— J'ai hâte, ajoute-t-il.

Il ouvre d'abord ma carte. Imprimée en noir et blanc, elle représente un jeune couple se regardant amoureusement et buvant du champagne. Je l'ai personnalisée moi-même avec la légende suivante : « Ross et Lizzie ont passé la soirée à s'embrasser et se câliner sur le canapé. » Puis, en dessous, entre parenthèses : « Manifestement, leur connexion Internet a dû être interrompue. »

Maman et papa ont envoyé une carte montrant un médecin de dessin animé en train d'ausculter les pieds de son patient avec un stéthoscope. Il y en a quelques autres sur un thème similaire. Ross rit et tire le premier des cadeaux vers lui. Il a l'air ravi quand il déchire le papier. C'est un vinyle de Bruce Springsteen & The E Street Band.

Une édition limitée de 2017 que j'ai achetée sur eBay il y a quelques semaines.

— Je l'adore, dit-il en retournant la pochette pour en lire le dos. Mais comment as-tu su que je le voulais ? Je ne me souviens pas t'en avoir parlé.

Je me tapote l'arête du nez en prenant un air mystérieux.

— Je t'ai entendu en parler le soir de la pendaison de crémaillère, quand tu discutais avec un de tes vieux copains.

Je pousse un autre cadeau vers lui.

— Vas-y, ouvre celui-ci maintenant.

Il fait semblant de sentir le cadeau à travers le papier. Puis il le déchire et en sort la photo encadrée de sa mère, que j'ai fait agrandir. Il la regarde longuement et je vois à quel point il est agréablement surpris. Il me serre fort dans ses bras.

— Merci. Je voulais la faire encadrer depuis longtemps.

— Je sais. C'est pour ça que je l'ai fait.

Catherine apparaît dans l'embrasure de la porte vêtue de sa robe de chambre en tissu-éponge bleu juste au moment où nous échangeons un baiser. Ross s'éloigne brusquement et se dépêche de ramasser le papier cadeau et les enveloppes des cartes d'anniversaire. Certes, je suis consciente que la présence de Catherine le met mal à l'aise, mais j'aimerais qu'il ne soit pas aussi coincé quand elle est là. Nous avons quand même le droit d'être affectueux l'un envers l'autre dans notre propre maison, non ?

— Hé, c'est quoi tout ça ? demande-t-elle. Tu aurais dû me dire que c'était ton anniversaire, Ross. Je t'aurais écrit une carte.

Il met ses mains dans les poches de son pantalon et lui adresse un petit sourire crispé.

Catherine entre dans la cuisine.

— J'ai bien peur d'avoir une mauvaise nouvelle, dit-elle.

Ross et moi la regardons fixement, pendus à ses lèvres.

— Le propriétaire de mon nouvel appartement m'a appelée hier soir.

Elle pince les lèvres en faisant la grimace.

— Il se peut que je ne puisse pas emménager dimanche, pour finir. Il y a eu un léger retard avec l'autre locataire. Je saurai exactement de combien de temps il s'agit plus tard dans la journée, mais j'espère que ce ne sera qu'une question de jours, tout au plus.

Ross a l'air hors de lui et, même si je ne peux pas nier que je suis déçue aussi – j'avais hâte que tout revienne à la normale –, je suis surprise par son impolitesse.

— Tu peux *évidemment* rester. Cela ne nous pose aucun problème, n'est-ce pas, Ross ?

Enfin, il tient compte de mon regard et s'adoucit un peu.

— Absolument aucun, répond-il.

Catherine joint les mains devant sa poitrine en signe de gratitude.

— Je suis vraiment désolée de vous imposer ma présence. Vraiment. Vous êtes *sûrs* que c'est bon pour vous ?

Elle a les yeux tournés vers Ross quand elle parle.

Il hausse les épaules.

— Oui, peu importe.

Je cille en entendant sa réponse. Ce qu'il peut être insensible, parfois.

— Alors, poursuit Catherine. Qu'est-ce que nos deux *tourtereaux* ont prévu pour fêter ça ?

Ross froisse le papier cadeau et le jette dans la poubelle de recyclage. Les muscles de son visage se crispent.

— On sort.

Je le fusille du regard. Qu'est-ce qui lui prend de se comporter de cette façon ?

— Dans un endroit sympa ? demande-t-elle.

Je ne comprends pas pourquoi elle s'acharne sur lui alors qu'il est clairement de mauvaise humeur. Pourquoi ne s'adresse-t-elle simplement pas à moi ? Mieux encore, pourquoi ne laisse-t-elle pas tomber ? C'est presque comme si... elle prenait un malin *plaisir* à le mettre mal à l'aise. Comme si elle le provoquait délibérément.

Elle se dirige vers le réfrigérateur et en sort la brique de jus d'orange pour se servir un grand verre. Je ressens une petite pointe d'irritation. Je lui ai pourtant dit de faire comme chez elle, et j'étais sincère, mais il y a quelque chose qui cloche aujourd'hui. Elle affiche une nonchalance qui m'agace. Que dit le dicton déjà ? Les invités, comme le poisson, commencent à sentir mauvais après trois jours. Et ça fait presque quinze jours maintenant.

— Il faudra poser la question à Lizzie, grogne Ross. C'est une surprise.

C'était une erreur depuis le début, toute cette putain de mascarade. Avec Catherine, c'était pourtant du gâteau.

« Rapproche-toi d'elle », avait-elle dit. « Je veux dire, rapproche-toi vraiment d'elle. Fais en sorte qu'elle s'ouvre à toi et dise la vérité. Elle a poussé Alice devant ce train, Ross. Je sais qu'elle l'a fait. Elle a dit à Alice qu'elle voulait qu'elle meure. Alice était en larmes quand elle est revenue de la soirée disco. Et puis cette petite conne sournoise a fait semblant de faire une crise pour qu'elles n'aient pas à participer à leur sortie scolaire. Si elle a été capable de faire semblant une fois, elle a pu faire semblant une autre fois. Si elle ne parle pas, eh bien, brise-lui le cœur quand même. Pourquoi aurait-elle le droit d'être heureuse ? »

Mon Dieu, comme elle la haïssait.

Elle m'a donné ses instructions dès les premiers instants. Comment l'aborder dans le café la première fois. Ce que je devais lui dire. Ce que je devais faire. D'une certaine manière, elle savait exactement ce que Lizzie avait besoin de voir ou d'entendre pour tomber amoureuse de moi. Même si j'aime à croire que j'aurais pu y arriver au moins en partie par moi-même.

J'ai été étonné de constater que Catherine tolérait certaines choses beaucoup plus facilement que d'autres. En matière de sexe, elle ne voyait absolument aucun problème.

Elle me faisait tout lui raconter. Ça l'excitait. Et quand Catherine était excitée, je l'étais aussi.

Lorsqu'elle a suggéré que je propose à Lizzie d'emménager avec moi, j'ai répondu que c'était hors de question. J'avais le sentiment d'aller trop loin, mais Catherine avait cette façon de me plier à sa volonté. Elle m'a modelé telle une créature de sa propre création, et je l'ai laissée faire. J'ai été stupide de m'engager dans cette folie. Stupide et faible. Parce qu'en vérité, je ne me souciais plus de savoir si Lizzie avait poussé Alice. Les enfants font toutes sortes de bêtises. J'étais le mieux placé pour le savoir.

Le plan initial était de l'encourager à postuler au cabinet médical afin que Catherine puisse la « rencontrer » là-bas. Comme cela n'a pas fonctionné, le plan a évolué. Il évoluait sans cesse. À la place, nous organiserions une pendaison de crémaillère. Catherine ferait ce qu'elle aurait à faire et je me séparerais de Lizzie une fois son affaire terminée. Lizzie retournerait alors chez papa et maman, le cœur en miettes. Un nouveau triomphe pour Catherine.

Et puis j'ai de nouveau tout gâché. Je n'ai pas fait semblant, cette fois. Mettre Lizzie enceinte ne faisait pas partie du plan. Ni qu'elle trouve cette foutue carte de félicitations. Pourquoi diable Sue l'avait-elle conservée toutes ces années ? Comme une sorte de souvenir ? Au moins, Catherine ne pouvait pas m'en vouloir pour ça. Ne pas porter de préservatif, en revanche, c'était entièrement ma faute.

Quoique… L'était-ce vraiment ? C'était peut-être juste un fantasme. M. et Mme Normaux et leur bébé. Pas de jeux. Pas de danger. Pas de risques.

Non, c'était impensable. Et pourtant…

Et pourtant.

42

Depuis la fenêtre, je regarde Catherine puis Ross s'engouffrer dans leurs voitures respectives. Catherine démarre et prend la route presque immédiatement, tandis que Ross se démène pour sortir de sa place de parking incroyablement étroite. Le voisin du 14 avec sa Mazda déglinguée l'a encore collé de trop près. J'imagine sans mal Ross jurer dans sa barbe. Quand il parvient enfin à sortir, je pousse un long soupir de soulagement. Comme il est agréable d'avoir enfin la maison pour moi seule, surtout après la scène entre Ross et Catherine un peu plus tôt. Qu'est-ce que c'était que cette histoire ? S'est-il passé quelque chose entre eux au travail ? Un malentendu ?

À l'étage, je remarque que, pour une fois, Catherine a laissé la porte de sa chambre entrouverte. Jusqu'à présent, j'ai résisté à l'envie de fouiner, mais aujourd'hui, sans que je puisse m'expliquer pourquoi, je pousse un peu plus la porte et pénètre à l'intérieur. Après tout, ce n'est pas vraiment *sa* chambre, n'est-ce pas ? J'ai parfaitement le droit d'y entrer quand elle n'est pas là. Et si j'avais besoin d'un cintre dans l'armoire, par exemple ?

Mais bien sûr, je n'en ai pas besoin. Je n'ai aucune raison de me tenir là, dans l'embrasure de la porte, à regarder comment Catherine s'est installée. Aucune raison, si ce n'est de la pure curiosité, et peut-être un soupçon d'agacement à l'idée que son séjour ici pourrait finir par durer plus de deux semaines.

Son odeur flotte dans la pièce. Ou plutôt, le parfum de l'huile de coco qu'elle utilise quotidiennement. Même si elle a visiblement essayé de s'installer un minimum, beaucoup de ses affaires sont restées dans des cartons et des sacs posés au sol. Pour être honnête, il n'y a pas d'autre endroit où les mettre.

La couette a été remise en place à la hâte, un coin du drap de dessous froissé est encore visible au bout du lit, et un pyjama composé d'un short et d'un petit caraco a été jeté sur son oreiller. Je ne suis pas mécontente qu'elle porte toujours sa robe de chambre bleue, actuellement suspendue au crochet derrière la porte. Je ne voudrais pas que Ross la voie dans une tenue si déshabillée.

Un souvenir me vient à l'esprit. La fois où Alice et moi avons espionné Catherine chez *Nando's* par un samedi ensoleillé. Le short en jean qu'elle portait était si court qu'on pouvait voir une partie de ses fesses.

Je jette un coup d'œil rapide au reste de la pièce. Catherine a disposé ses livres sur le sol, contre le mur. La plupart d'entre eux sont des manuels de soins infirmiers, mais il y a aussi quelques thrillers psychologiques, quelques vieux guides de conversation en langues étrangères ainsi qu'une bible illustrée pour enfants. Je suis surprise qu'elle possède un livre pareil. Elle ne me semble pas particulièrement pratiquante.

Je me penche pour le ramasser. J'en avais une un peu comme celle-là. Sur la couverture écornée, les trois rois mages arrivent à Jérusalem. Les pages sont douces au toucher. Les illustrations me rappellent ces épopées hollywoodiennes des années cinquante et soixante que je regardais souvent avec mon père. Sur la première page se trouve une note manuscrite : « Noël 1994. À Catherine, avec tout mon amour. Mamie Dot. »

1994. Mon année de naissance. Celle d'Alice, aussi.

Mamie Dot. Il me semble qu'elle m'a parlé d'elle l'autre jour, quand nous avons pris un café ensemble après mon échographie.

Je referme la bible et la repose à l'emplacement exact où elle se trouvait. Depuis que nos chemins se sont recroisés, Catherine s'est donné un mal fou pour se montrer amicale et serviable envers moi, et me voilà en train de fouiller dans ses affaires. La curiosité est un vilain défaut, je devrais avoir honte de moi.

Je suis sur le point de partir quand j'aperçois le petit livre d'art qui se trouvait sur une étagère dans le salon des Dawson. Des souvenirs d'Alice et moi en feuilletant les pages me reviennent en mémoire, et je ne peux résister à l'envie de m'y plonger une dernière fois. Je m'assieds au bout du lit et commence à feuilleter les pages richement illustrées.

Je m'arrête sur le portrait de *Thérèse rêvant* de Balthus, me rappelant qu'Alice et moi avions l'habitude de l'appeler « La photo du pédophile ». Je détaille la posture de la petite fille. Elle a les mains jointes derrière la tête et est étendue de manière suggestive sur une chaise. Une de ses jambes est repliée sur un tabouret devant elle et l'autre posée au sol, de sorte que l'intérieur de ses cuisses et ses sous-vêtements blancs se retrouvent exposés au regard du spectateur. Quelque chose dans l'expression de son visage me rappelle un peu Catherine ce matin quand elle parlait à Ross, et ce à quoi elle aurait pu ressembler quand elle était enfant.

Qu'est-ce que maman m'avait dit au téléphone l'autre fois ? Qu'elle et papa désapprouvaient la façon dont Catherine traînait avec les garçons de son quartier. « Elle était très... *précoce.* » Ce sont les mots que maman a utilisés. Est-ce pour cette raison que sa grand-mère Dot lui a offert une bible ? Je me le demande. Peut-être pensait-elle que sa petite-fille avait besoin d'un guide spirituel ?

Une horrible pensée s'impose à moi. Et si le comportement étrange de Ross ne s'expliquait pas par une simple gêne de partager sa maison avec une collègue ? Une sueur froide me parcourt l'échine. Je n'arrive pas à croire que cette idée ne m'ait jamais effleuré jusqu'ici. Ou peut-être y ai-je pensé, tout du moins inconsciemment. Peut-être que Ross est amoureux d'elle. Cela expliquerait certainement sa gêne dès qu'elle apparaît et sa réaction lorsque je lui ai dit que je lui avais proposé de s'installer chez nous. Il est évident qu'il serait plus que réticent à ce qu'elle vienne vivre avec nous s'il entretenait une liaison avec elle, ou s'il songeait à me tromper.

Maintenant que j'y pense, n'avait-il pas cette fâcheuse habitude de toujours parler d'elle avant la pendaison de crémaillère ? La nouvelle infirmière du cabinet ceci, la nouvelle infirmière du cabinet cela. Et c'est Catherine qui l'a accompagné lors de cette visite à domicile dont j'ignorais l'existence avant qu'il ne rentre tard. Catherine qui a partagé un poulet frites avec lui. Où l'ont-ils mangé ? J'aimerais bien le savoir. Dans la voiture de Ross ? Non, il ne permettrait jamais à quelqu'un de manger un plat à emporter dans sa voiture adorée.

Je repense à la pendaison de crémaillère. Y avait-il une forme d'intimité entre eux qui m'aurait échappé ? Je revois le moment où on a sonné à la porte et où il s'est précipité pour aller ouvrir. Je déconstruis la scène morceau par morceau, essayant de me souvenir de ce que j'ai *pu* voir. Il lui a fait la bise pour la saluer, j'en suis certaine, mais il avait aussi fait la bise à toutes ses autres collègues. Un petit baiser sur la joue. Il n'y a rien d'étrange à cela. Puis il l'a aidée à retirer son manteau. Peut-être qu'ils se tenaient un peu trop proches l'un de l'autre à ce moment-là. Sa main s'est-elle attardée sur son épaule, ou est-ce que je l'imagine parce que j'essaie d'assembler les pièces du puzzle ?

Je repose le livre d'art à sa place. Pourquoi est-ce que je m'inflige ça ? Il n'y a rien de pire que de se faire des idées. Je suis sûrement à côté de la plaque. Ross ne m'a jamais donné de raison d'être jalouse. Ce n'est pas parce que Catherine est une femme séduisante qu'il est forcément amoureux d'elle. C'est moi qu'il aime. Moi qu'il va épouser. Non pas qu'il en ait parlé dernièrement. Pas une seule fois. En fait, la dernière fois que j'en ai parlé, il a tout de suite changé de sujet. Cela ne m'a pas alertée à ce moment-là. Après tout, nous nous faisons assez de soucis en ce moment avec un bébé en route, mais quand bien même, nous pourrions au moins y *songer*. Commencer à discuter de l'organisation de la cérémonie.

Je devrais sortir d'ici, arrêter de me torturer avec toutes ces bêtises, mais quelque chose me ronge et me voilà en train de me diriger vers la commode à la place. J'ouvre lentement le tiroir du haut. Je sais que c'est une violation de sa vie privée, mais ça me fait l'effet d'une piqûre de moustique que je dois gratter pour me soulager. Un besoin impérieux d'en savoir plus sur cette femme que j'ai invitée chez moi. Je ne sais même pas ce que je cherche. Une sorte de preuve qu'elle et Ross couchent ensemble ?

Et si elle n'était pas du tout désolée pour ce qu'elle m'avait fait subir par le passé ? Mon regard dérive vers son short et son caraco lui servant de pyjama. Est-ce que c'était son plan depuis le début ? Voler Ross sous mon nez dans l'optique tordue de se venger ?

Je prends quelques profondes inspirations pour me calmer, mais ce que j'espère trouver, ou plutôt, ce que j'espère ne pas trouver, n'est pas là. Tout ce que je vois, ce sont des sous-vêtements et des t-shirts, des chaussettes roulées en boule et des paires de collants. Je perds mon temps. Je laisse ma jalousie refaire surface juste parce que j'ai perçu une tension entre Catherine et Ross ce matin. Me connaissant, cette tension est probablement le fruit de mon imagination.

Malgré cela, je ne m'arrête pas de fouiller pour autant. Le tiroir suivant est rempli de vêtements de sport. Tout est mélangé et rangé n'importe comment. Cela me rappelle la fois où Alice et moi avons fouillé dans sa table de chevet à Riley Road, quand nous cherchions ses pilules contraceptives. Elle n'est pas plus ordonnée maintenant qu'elle ne l'était à l'époque.

Le tiroir du bas est tout aussi désordonné, rempli de pulls et de jeans. S'y trouvent aussi un bonnet en laine et une casquette de baseball marine. La même que j'ai aperçue dans sa voiture quand elle m'a emmenée passer mon examen. À présent, je vois quelque chose que je n'avais pas remarqué auparavant. Les lettres rouges « ICL » brodées sur le devant.

Imperial College de Londres. L'université où Ross a suivi ses études de médecine.

43

Je retourne la casquette de baseball dans ma main. Je suis quasiment sûre d'avoir fait le tour des affaires de Ross depuis que nous avons emménagé ensemble et je n'ai jamais vu cette casquette. Je sais qu'il en a une. Une casquette de baseball noire toute simple qu'il portait quand je lui ai présenté mes parents. Papa l'avait taquiné parce qu'elle était prétendument dans le mauvais sens. Il disait qu'il ressemblait davantage à un skater qu'à un médecin généraliste.

Je l'approche de mon nez pour en humer le tissu. Rien. Un petit relent de moisi doublé d'une légère odeur de cigarette. Quelle bêtise d'avoir pensé qu'elle aurait pu être imprégnée de l'odeur de Ross. Quelle bêtise d'avoir ne serait-ce qu'envisagé qu'elle aurait pu lui appartenir. Bêtise. Bêtise. Bêtise. C'est une pure coïncidence, voilà tout. Catherine est infirmière. Elle connaît très certainement d'autres personnes – d'autres médecins – qui ont étudié à l'ICL. C'est une des plus célèbres universités de médecine de Londres, bon sang. Elle a dû l'obtenir de l'un d'eux ou la récupérer quelque part.

J'étudie la casquette d'un peu plus près avant de la replacer dans le tiroir. Il faut que je mette un terme à tout ça. Et maintenant. Je vais redescendre, débarrasser la table du petit-déjeuner, et puis je vais aller faire une longue promenade et oublier toutes cette histoire. Je connais trop bien les mécanismes de la jalousie. Elle s'immisce en vous jusqu'à vous faire perdre la tête. Jusqu'à vous rendre fou.

Après avoir fait la vaisselle, je ramasse les cartes d'anniversaire que Ross a laissées sur la table, ainsi que la photo encadrée de sa mère, et je les pose sur la cheminée du salon. Il était vraiment content du vinyle que je lui ai offert, mais c'est clairement l'attention de la photo qui l'a le plus touché. Cela a dû être très dur pour lui de perdre sa mère à un âge si jeune. Je ne peux imaginer à quel point il a dû être triste.

À présent que l'image a été agrandie, je peux voir la ressemblance entre les deux. Leurs fronts hauts. Leurs nez longs et droits et leurs mâchoires carrées. Sa mère était une belle femme. Elle ne porte pas de maquillage et ses cheveux sont relevés en un chignon plutôt strict, mais elle aimait manifestement les bijoux, à l'image de l'étonnant pendentif autour de son cou.

J'ai également posé contre le miroir les deux photos que Catherine m'a données il y a quelques jours. Il faudrait vraiment que je les fasse encadrer, elles aussi. En fait, c'est ce que je vais faire maintenant. Je vais marcher jusqu'au Blackheath Standard et aller à la boutique de souvenirs devant laquelle je suis passée il y a un moment. Je regarde les photos une fois de plus et mes yeux se promènent sur la silhouette de Sheena Dawson discutant avec la femme dans le jardin d'à côté. Je n'arrive toujours pas à croire que maman et papa vivaient à Riley Road. Catherine a dit que sa mère était presque redevenue elle-même au moment où Alice et moi nous sommes rencontrées, puis qu'elle était de nouveau retombée dans un état dépressif. Je ne vois pas son visage parce qu'elle tourne le dos à l'objectif, mais la femme à qui elle parle affiche un large sourire, ce qui signifie probablement qu'elles étaient en train d'échanger des plaisanteries.

C'est étrange. Je prends la photo pour la regarder de plus près. La voisine porte un pendentif presque identique à celui de la mère de Ross. Un pendentif oblong, couleur turquoise, qui semble être fait de verre ou de résine avec des formes tourbillonnantes à l'intérieur, un peu comme une lampe à lave. Je m'approche de la photo encadrée pour les comparer. Non. Ils ne sont pas *presque* identiques. Ils le sont *en tous points*. Quelles sont les chances que cela arrive ?

J'étudie le visage de la voisine. Elle aussi a un long nez droit et une mâchoire carrée, et elle a le même teint que la mère de Ross. J'ai la bouche sèche. Fiona Murray était morte depuis presque douze ans quand cette photo a été prise. De plus, elle vivait à Aberdeen. Ça ne peut pas être elle. C'est impossible. Il est évident que c'est une autre femme. Mais il y a une ressemblance, sans parler du pendentif...

Une pensée étrange et troublante me vient à l'esprit, hérissant les poils sur ma nuque. J'entre dans le bureau à la recherche du vieil album photo de Ross. Il n'a pas beaucoup de photos de sa mère et celle que j'ai fait encadrer est de meilleure qualité que toutes les autres – d'après mes souvenirs –, mais ce n'est pas sa mère que je cherche. Je cherche sa tante. Ross m'a dit un jour que lorsqu'elle l'a accueilli pour la première fois, il ne pouvait pas supporter de la regarder, car elle lui rappelait trop sa mère.

Je tourne les pages cartonnées qui ont bruni avec l'âge et j'examine les vieilles photos collées sous le film plastique. Il y en a plusieurs de Ross en uniforme d'écolier, petit garçon au visage solennel.

Une ombre effrayante plane au-dessus de moi. Trop de coïncidences s'accumulent. Des choses qui, prises isolément, ne semblent pas particulièrement étranges, mais qui, mises bout à bout, éveillent le soupçon. D'abord Catherine qui travaille dans le même cabinet que Ross, parmi tous les cabinets du pays où elle aurait pu se retrouver. Maman et

Sheena Dawson qui étaient les meilleures amies du monde. Puis la casquette de l'ICL dans le tiroir du haut. Et maintenant ceci : la voisine qui ressemble à la mère de Ross et qui porte un pendentif identique au sien. C'est le genre de chose qu'une personne en deuil pourrait faire, n'est-ce pas ? Porter quelque chose qui a appartenu à sa défunte sœur ?

Pourtant, la tante de Ross vivait à Sittingbourne, dans le Kent. C'est là qu'il est allé vivre quand son père ne pouvait plus s'occuper de lui. Du moins, c'est ce qu'il m'a dit.

D'une main tremblante, j'examine chaque photo de l'album, en prenant soin de regarder non seulement le sujet de chacune, mais aussi ce qui se trouve en arrière-plan et sur les bords, pour voir si quelque chose – n'importe quoi – me saute aux yeux.

Quand ça arrive, je sens comme un coup de poing en plein ventre. Sous le choc, je me plie en deux et l'album photo glisse de mes genoux pour atterrir sur le sol avec un bruit mat.

44

C'est une photo de groupe. Ross et sa bande de l'ICL. Il est agenouillé au premier plan, au milieu du groupe, la tête tournée sur le côté, la bouche grande ouverte dans ce qui ressemble à un rire ou un cri. Les autres sont rassemblés autour de lui. Des hommes et des femmes âgés d'une vingtaine d'années à l'air confiant, surtout les hommes.

Plusieurs visages à l'arrière sont partiellement ou complètement cachés par les têtes et les épaules devant eux. Mais il n'y a qu'une seule figure qui m'intéresse pour le moment, et c'est celle de Ross. À cause de ce qu'il a sur la tête : une casquette de baseball bleu marine portée à l'envers, ainsi que les contours de la lettre « I » brodée de rouge, tout juste visibles à cause de l'orientation de sa tête.

Je la fixe avec incrédulité. Il doit y avoir des centaines de casquettes identiques à celle-ci en circulation. Des milliers, même. Ça ne prouve rien. Bien sûr que ça ne prouve rien. Alors pourquoi mon cœur bat-il aussi fort qu'un marteau-piqueur ? Pourquoi la sueur perle-t-elle le long de mon dos ?

Sentant la panique monter, je cours à l'étage jusqu'à la chambre d'amis, où je me dépêche d'ouvrir le tiroir du bas. Je sors la casquette et l'examine à nouveau. Elle doit être assez vieille, car le coton est lisse et usé. Je la retourne et mon cœur manque un battement. La panique explose dans mon esprit. L'étiquette est douce comme de la soie, effilochée sur les bords. Ce qui a été imprimé dessus s'est effacé depuis longtemps, mais il reste deux petites marques. Les lettres majuscules R et M, écrites au stylo noir.

Je suis prise d'un haut-le-cœur, agrippée aux rebords du tiroir ouvert.

Ross Murray.

De retour dans le bureau, mon esprit bouillonne de théories. Peut-être Catherine a-t-elle déposé Ross quelque part pour le travail et qu'il l'a oubliée dans sa voiture. Peut-être était-ce la même soirée où elle l'a accompagné pour cette visite à domicile. C'est là qu'ils ont dû manger leur plat à emporter. Je ne pense pas que Catherine s'inquiéterait de quelques frites égarées dans le désordre de sa Peugeot.

Mais alors, pourquoi Ross aurait-il porté une casquette pour faire une visite à domicile ? Une casquette que je n'ai jamais vue. Et pourquoi ne la lui aurait-elle pas rendue ? Pourquoi s'y accrocherait-elle comme ça, à moins que... À moins qu'elle ne *signifie* quelque chose pour elle.

Si ça se trouve, Ross *connaissait* Catherine avant qu'elle ne commence à travailler au cabinet. Ils sont possiblement sortis ensemble une fois et c'est pour ça qu'elle a sa casquette. Mais alors, cela voudrait dire qu'il m'a menti. Qu'ils m'ont menti tous les deux. C'est toujours mieux que d'envisager l'idée qu'ils se connaissent depuis l'enfance parce qu'ils étaient voisins. Je préfère ne même pas penser à ce que cela impliquerait.

Il n'y a qu'un seul moyen de savoir si le scénario cauchemardesque qui se déroule dans mon esprit est vrai, c'est de trouver les documents relatifs à la vente de la maison de sa tante. Je ne l'ai jamais questionné à l'époque. Pourquoi l'aurais-je fait ? C'était déjà en cours quand on s'est mis ensemble. L'argent est arrivé quelques mois plus tard. C'était l'argent de Ross. Son héritage. Je n'avais aucune raison de ne pas le croire quand il m'a dit que sa maison était à Sittingbourne, que c'est là qu'il avait vécu quand il était enfant.

Chaque tiroir contient des dossiers suspendus, méticuleusement organisés avec des onglets en plastique transparent étiquetés et l'écriture nette de Ross. Je pense au R et M à l'intérieur de la casquette et mon cœur s'emballe. Mes mains tremblent tandis que je tire les dossiers vers moi, l'un après l'autre, en scrutant chaque étiquette. Je ne peux pas me permettre de craquer. Pas encore. Je dois me concentrer sur la tâche à accomplir. Ce n'est qu'alors que je pourrai rejeter cette histoire absurde et terrifiante qui prend forme dans mon esprit. Cette histoire qui ne peut pas être vraie.

Il y a tant de choses classées ici : des relevés bancaires, des factures d'électricité, des actions et des parts, des lettres concernant le prêt pour notre maison, des garanties pour les appareils ménagers. J'inspecte le fond de chaque tiroir. Des actes de propriété, des déclarations d'impôts et de la correspondance du HMRC[3], des documents d'assurance-vie, des enveloppes pleines de reçus, son acte de naissance et son passeport, son diplôme de médecine et tous ses autres diplômes rangés dans des enveloppes brunes rigides.

Une petite voix me dit de ralentir, d'être aussi méthodique que possible. Ni Ross ni Catherine ne seront de retour avant plusieurs heures. Je dois rester calme et me rappeler de respirer. Je suis enceinte. Je dois penser au bébé et ne pas laisser le stress m'envahir.

Je me suis désormais attaquée au troisième tiroir. Celui-ci semble être rempli de documents relatifs à ses parents : des formulaires de procuration et de la paperasse de la maison de retraite de son père à Aberdeen ; les actes de naissance,

3. *Her Majesty's Revenue and Customs*, soit le département responsable de la collecte des impôts et taxes au Royaume-Uni. (N.D.L.T.)

de mariage et de décès de sa mère. C'est peut-être ici que je vais aussi trouver...

Oui. C'est ici. Enfin. Un dossier étiqueté « Tante Jessie ».

Je prends quelques longues et profondes inspirations et je me prépare à ce que je pourrais trouver. Les seuls bruits dans la maison sont le tic-tac de l'horloge dans le salon et le faible bourdonnement de la radio dans la cuisine. Je sors le tas de papiers du dossier et m'installe sur le fauteuil pivotant pour les consulter. J'essaie désespérément de me ressaisir, de me dire que tout ira bien, que ma vie n'est pas en train de s'écrouler. Que la maison de sa tante Jessica se trouvait bien à Sittingbourne, comme Ross me l'avait dit.

Sauf que ce n'était pas le cas. Je le sais à présent. Je le sais sans l'ombre d'un doute. Parce que j'ai dans les mains la description d'une propriété par un agent immobilier de Chelmsford. L'adresse me saute au visage : 22 Riley Road. La maison voisine de celle des Dawson. Sur une photo, je vois même la moitié de la porte d'entrée de la maison d'Alice.

La tante de Ross vivait au 22 Riley Road. Elle connaissait les Dawson, et avait l'habitude de discuter avec la mère d'Alice par-dessus la clôture séparant leurs jardins. Catherine et Ross se connaissaient avant même qu'Alice et moi soyons nées. Un sanglot jaillit de moi. Un son rauque et primitif que je n'avais jamais entendu auparavant. Il a joué la comédie tout ce temps, me prenant pour une idiote, me manipulant. Catherine aussi. Mais pourquoi ? Que me veulent-ils après tout ce temps ?

45

Alors : après le drame
Mercredi 10 octobre 2007

C'est une matinée d'automne fraîche et l'ensemble de la classe de troisième est rassemblé devant l'entrée principale du collège, face à l'espace vert où l'arbre commémoratif d'Alice va être planté. Mme Peacock nous a dit hier que l'arbre est un *Prunus avium*, ou cerisier sauvage, et nous a donné à tous une fiche d'information à son sujet. On dit que c'est l'un de nos plus beaux arbres indigènes et qu'il peut atteindre huit mètres de hauteur en dix ans. Je dois avoir lu cette fiche au moins vingt fois. Je la connais pratiquement par cœur.

Je regarde mes chaussures qui, malgré tous mes efforts, sont déjà très abîmées au niveau des orteils. Dans dix ans, j'aurai 23 ans. Une adulte. Mais Alice aura toujours 13 ans. Elle ne vieillira plus jamais. Alors qu'Alice est figée dans le temps, l'arbre continuera à grandir, fleurissant chaque année en avril, le mois de sa naissance.

J'ai une boule dans la gorge. J'essaie tant bien que mal de déglutir, mais la boule grossit. Comme quand j'ai mal à la gorge et que j'ai du mal à déglutir, le fait de ne pas y parvenir me donne encore plus envie de le faire, bien que cela soit inutile.

Mme Peacock nous a dit hier que l'endroit choisi pour planter l'arbre est ensoleillé et abrité, ce qui signifie que les fragiles grappes de fleurs blanches ne seront pas emportées par le vent trop tôt, et même lorsqu'elles tomberont sur l'herbe, il y aura un tapis de pétales pour nous rappeler Alice. Mme Peacock n'a pas eu besoin d'élever la voix pour attirer notre attention comme elle le fait habituellement. Elle n'a pas eu besoin de nous demander de nous taire. Elle a seulement eu à prononcer le nom d'Alice et tout le monde est devenu silencieux et triste.

Avec l'ongle de mon index, je triture la peau autour de l'ongle de mon pouce. J'insiste tellement qu'elle vire rouge et douloureuse, mais je suis incapable de m'arrêter. Un souffle d'agitation se répand dans la classe. Le jardinier est arrivé en retard au rendez-vous et nous attendons qu'il finisse de creuser le trou. Celui-ci doit être suffisamment profond pour accueillir l'intégralité des racines de l'arbre et le jardinier transpire déjà sous le coup de l'effort.

Enfin, le trou est prêt. J'avais tellement peur que la sœur d'Alice vienne, mais elle n'est pas là, Dieu merci. Sa mère non plus. Seul son père a répondu à l'invitation. Il se tient aux côtés du jardinier et de M. Davis, le principal. Les mains croisées sur sa poitrine, il n'arrête pas de taper du pied et de toussoter. Je suis soulagée de ne pas être au premier rang, parce que je ne veux pas attirer son attention. Il a bien regardé une ou deux fois dans ma direction, mais j'ai fait en sorte de me placer pile derrière la fille devant moi afin qu'il ne puisse pas me voir.

Heather Langton me donne un petit coup de coude.

— Ça va, Lizzie ? murmure-t-elle.

Je hoche la tête, la bouche serrée. C'est gentil de sa part de demander, mais je préférerais qu'elle s'abstienne. Tout ce que je veux, c'est que ça se termine pour qu'on puisse rentrer. J'ai redouté cette matinée toute la semaine. Je sais que ces rituels sont censés être importants, mais j'irai bien mieux quand ils seront terminés.

Enfin, M. Davis s'éclaircit la gorge et demande le silence. Il nous dit que M. Baines, le jardinier, et le père d'Alice vont à présent mettre l'arbre en terre. Les derniers murmures s'évanouissent tandis que M. Baines tient le jeune arbre en place et que M. Dawson prend la pelle. Les rayons du soleil se reflètent sur le métal brillant.

Désormais, nous n'entendons plus que le bruit de la pelle qui s'enfonce dans le monticule de terre et la terre qui remplit le trou. Cela me fait penser au jour où Alice a été enterrée et, l'espace d'un instant, j'imagine avec horreur sa main émergeant du sol, le doigt pointé droit sur moi. Le choc me fait sursauter violemment et les filles assises à côté de moi s'écartent brusquement comme si elles pensaient que j'étais sur le point de faire une crise d'épilepsie.

Ne serait-ce pas horrible ? De faire une autre crise pendant que l'arbre commémoratif d'Alice est planté. J'imagine sans mal ce que Melissa et Bethany et les autres diraient si cela arrivait. Elles diraient que je fais exprès de gâcher la journée d'Alice, que j'accapare toute l'attention et que j'en fais une affaire personnelle.

Mon Dieu, faites que ça n'arrive pas. Pas pendant que le père d'Alice est là, en train de planter son arbre.

Quand l'arbre est en terre et que les deux hommes ont repris leur place, M. Davis prononce un discours similaire à celui du service commémoratif d'Alice, mais plus court. Il dit qu'un filet de protection sera installé autour de l'arbre pour le protéger pendant sa croissance, tant qu'il est encore jeune et délicat. Il dit aussi que nous devrons éviter de l'approcher trop près le temps qu'il prenne racine. Mais tant que nous nous montrerons prudents et respectueux, cette partie du jardin de l'école sera ouverte à la visite et au recueillement. Ainsi nous pourrons continuer à nous sentir proches d'Alice.

Un frisson remonte le long de ma colonne vertébrale à la dernière mention de son prénom. Tout à coup, j'ai cette sensation étrange qu'elle se tient juste derrière moi et que je peux sentir son souffle glacé sur ma nuque. Alors, je sais qu'aussi longtemps que je vivrai, Alice sera toujours avec moi. Sa mort pèsera toujours sur ma conscience. Je n'ai pas besoin d'un arbre commémoratif pour me souvenir d'elle.

46

Aujourd'hui

Je me relève avec difficulté, les genoux encore faibles, luttant pour retrouver un semblant de stabilité. J'ai le souffle coupé par le choc et l'angoisse. Pourquoi Ross me ferait-il subir une chose pareille ? Pourquoi aurait-il simulé une relation entière ? Il ne peut pas avoir menti sur tout, c'est impossible. Je l'aurais su si c'était le cas. Je m'en serais rendu compte, non ?

Je ramasse la feuille de papier tombée par terre et je la remets avec les autres, me dépêchant de ranger le dossier intitulé « Tante Jessie » dans son tiroir. Puis je ferme le tiroir, le cœur battant la chamade.

Je fais les cent pas dans le couloir. Je ne peux pas rester ici, comme si rien ne s'était passé. Et je n'ai pas non plus la force de confronter Ross et Catherine. Je dois m'éloigner d'eux. M'éloigner de cette maison et réfléchir à ce que je vais faire.

J'appelle maman mais tombe immédiatement sur son répondeur. Ils doivent être à l'aéroport maintenant, attendant leur vol, peut-être même embarquant dans l'avion. Je parie qu'elle n'a même pas allumé son foutu portable. Elle a le don de m'agacer avec ça. De m'agacer au plus haut point. Elle ne l'allume que lorsqu'elle veut passer un appel. J'essaie aussi de joindre papa, au cas où il aurait son portable sur lui, mais c'est la même chose. Bon sang ! Pile au moment où j'ai le plus besoin d'eux.

Ils m'avaient pourtant mise en garde contre Catherine, mais je ne les ai pas écoutés. J'imagine leur réaction – leur choc et leur incrédulité – lorsqu'ils découvriront qu'elle est liée à Ross, depuis le premier jour, et que loin d'être la « personne fiable » qu'ils imaginent, Ross m'a trompée tout ce temps. Eux aussi. Et quand ils découvriront que j'ai invité Catherine chez moi…

Chez moi. De qui je me moque ? Ce n'est pas chez moi. Ça ne l'a jamais été.

Catherine s'est insinuée dans ma vie comme une mauvaise herbe. Si seulement je n'avais pas balayé mes doutes. Si seulement j'avais fait confiance à mon instinct. Elle a profité de ma vulnérabilité et de mon besoin d'amitié. Elle m'a manipulée pour gagner mon affection.

Toutes ces petites bizarreries que j'ai choisi d'ignorer. Parce que j'avais pitié d'elle. Mais quand je repense à la façon dont elle s'est tenue devant le réfrigérateur ce matin et en a fixé le contenu, comme si c'était *son* réfrigérateur. *Sa* cuisine. À la façon dont elle mange ses céréales sur le canapé au lieu de s'asseoir à table. Et puis cette manie de regarder la télévision avec nous le soir, comme si elle avait parfaitement le droit de s'immiscer dans notre espace personnel, de jouer au ménage à trois.

À présent, bien sûr, je sais ce qu'il en est réellement. Il n'y a pas de ménage à trois dans cette maison, mais une troisième roue du carrosse. Et la troisième roue, c'est moi. C'est la raison pour laquelle elle s'est comportée si bizarrement ce matin. Elle en a marre des faux-semblants et commence à laisser transparaître sa vraie nature.

Je retourne à l'étage direction la chambre pour récupérer mon sac à dos en haut de l'armoire. En me hissant pour l'attraper, je ressens comme une brûlure sur le côté de mon estomac. *Calme-toi, Lizzie. Pense au bébé. Pense au bébé.*

Qui d'autre appeler à l'aide ? Pourquoi diable ne me suis-je pas encore fait d'amis ici ? J'ai été si complaisante. Si totalement dépendante de Ross. *Réfléchis, Lizzie. Réfléchis.*

J'ouvre mon sac à dos et commence à y jeter des affaires à la hâte. Pas étonnant que Ross ait eu l'air si consterné quand je lui ai parlé de la grossesse. Il avait l'air pris de court. Déconfit. J'ai mis ça sur le compte du choc à l'époque. Mais il *était* bel et bien pris de court. Un bébé ne faisait clairement pas partie du plan. Mais quel est donc ce *plan* ?

Quoi qu'il en soit, je suis en danger. Je dois partir d'ici et me réfugier dans un endroit sûr. Un hôtel, peut-être ? Une chambre d'hôte ? Il n'y a presque pas d'argent sur mon compte, juste ce que Ross me transfère chaque mois pour les courses et autres, mais cela devrait être assez pour payer une nuit dans une auberge ou quelque chose d'équivalent. Peut-être même deux. Ça me permettra de tenir jusqu'à ce que je parle à mes parents et qu'ils rentrent à la maison.

J'ouvre les tiroirs et en inspecte le contenu. Comment puis-je savoir ce dont j'aurai besoin ? Je vais avoir besoin de tout, sûrement. Ce n'est pas comme si j'allais remettre les pieds ici. Mais je ne vais pas pouvoir tout emmener avec moi. Je dois me concentrer sur les choses les plus importantes. Des vêtements de rechange. Quelques articles de toilette. Mes lunettes. Mon téléphone et mon chargeur. Mes médicaments. Devrais-je aussi prendre mes documents personnels ? Merde ! Ça va prendre plus de temps que prévu. J'ai l'impression d'être dans un rêve où je dois faire mes bagages très vite et où je ne sais pas par où commencer ni ce dont j'ai besoin.

Sauf que ce n'est pas un rêve. Ma vie est en train de tourner au vinaigre.

Ce n'est qu'au moment où je sors le classeur de dessous le lit, celui où je range tous mes papiers, et que je le fouille, que la solution parfaite se présente à moi. Une vague de soulagement m'envahit. J'ai toujours mon jeu de clés de la maison de Dovercourt. Je voulais les rendre à mes parents lors de notre dernière visite, mais j'ai complètement oublié. Dieu merci, j'ai oublié !

Je n'ai qu'à prendre un bus jusqu'à Woolwich puis un train pour Liverpool Street. De là-bas, j'irai ensuite à Dovercourt. Quand maman et papa rentreront de New York, nous pourrons alors réfléchir à la marche à suivre.

Je ferme mon sac à dos, m'arrêtant dans l'embrasure de la porte le temps de jeter un dernier regard en arrière. Et c'est à ce moment-là que les larmes se mettent enfin à couler. À cet instant précis, l'horreur de la situation me frappe de plein fouet. Ma vie entière avec Ross n'a été qu'une imposture. Combien de mensonges m'a-t-il dits ? M'a-t-il au moins jamais aimée ?

Oh mon Dieu. Le garçon avec qui Catherine était, le jour où Alice et moi l'avons suivie depuis *Nando's*. Le garçon en short de surf. Il portait une casquette de baseball bleu marine à l'envers. Il ne fait aucun doute qu'il s'agissait de Ross. Je porte la main à la bouche en repensant à la façon dont la tête de Catherine a disparu de notre champ de vision après qu'ils ont pris place dans la voiture, au moment où j'ai pris conscience de ce qui se passait là-dedans. Je nous revois, Alice et moi, gloussant tellement que nous avons failli nous étouffer avec nos bonbons.

Les larmes coulent à flots et ma vision se brouille. Je ne peux pas rester ici une minute de plus. Je dois partir. Je tends la main pour prendre appui sur le cadre de la porte, mais il se dresse dans un angle étrange et je le manque complètement. Mes oreilles bourdonnent. La pièce a soudain l'air irrégulière et anguleuse, comme une peinture cubiste. Quelque chose de bizarre est en train de se produire. Quelque chose de bizarre et, en même temps, d'effroyablement et irrémédiablement familier.

TROISIÈME PARTIE

« Une histoire n'a plus le même sens après un certain temps ; ou plutôt, nous qui la lisons ne sommes plus les mêmes interprètes. »

George Eliot

Pendant les mois qui ont suivi, j'étais terrifié à l'idée que quelqu'un découvre que c'était moi qui avais fait tomber Sue Molyneux. Que c'était à cause de moi qu'elle avait failli perdre son bébé. Qu'elle avait failli perdre Lizzie. Catherine a dit que si je me faisais prendre, je serais condamné pour tentative de meurtre et envoyé dans un centre de détention pour mineurs.

J'ai découvert plus tard que ce n'était pas vrai. D'abord, je n'avais que 9 ans quand c'est arrivé, et les enfants de moins de 10 ans ne peuvent être jugés pour meurtre. De plus, la tentative de meurtre d'un enfant à naître n'existe pas. Aux yeux de la loi, l'enfant à naître n'est pas une personne. Donc même si j'avais eu 10 ans, j'aurais été accusé au maximum de lésions corporelles réelles, si la justice avait pu prouver que c'était intentionnel. Et comment le pourrait-elle ? Catherine avait brûlé le seul élément de preuve qui existait – cette stupide promesse qu'elle m'avait fait signer dans sa chambre et qui nous avait paru si solennelle et importante sur le moment.

Quand j'ai fait cette découverte et que je l'ai dit à Catherine, elle est restée affreusement calme et j'ai tout de suite compris que j'aurais mieux fait de garder l'information pour moi. Elle m'a dit que cela ne faisait pas la moindre différence. Que je pouvais être puni d'une autre manière. En étant par exemple placé dans un programme de protection de l'enfance. En étant renié par tante Jessie. Elle a dit que je serais probablement placé sous la tutelle de l'état et que la police me surveillerait pour le restant de ma vie.

Surtout quand ils auraient découvert les « autres choses » que j'avais faites.

C'était la menace qu'elle faisait planer sur moi. Dire à ses parents et à tante Jessie que j'avais touché ses parties intimes. Même si elle m'avait dit de le faire. Même si elle m'avait montré exactement quoi faire et qu'elle aimait ça autant que moi.

J'avais une peur profonde d'être placé sous tutelle. Si tante Jessie ne m'avait pas recueilli à la mort de ma mère, j'aurais probablement terminé dans un foyer pour mineurs, ou été confié à une famille d'adoption. Je n'aime pas me remémorer cette période de ma vie. Enfermé avec un père endeuillé, à me demander s'il allait me battre pour un rien. À me demander si je trouverais quelque chose à me mettre sous la dent pour le dîner ou si j'allais une nouvelle fois devoir me contenter d'une boîte de haricots à la sauce tomate.

Tante Jessie n'était pas la plus aimante des femmes. Elle n'hésitait pas à me coller une bonne gifle si je faisais mal mes corvées ou si j'oubliais de faire mes devoirs. Néanmoins, je savais à quoi m'en tenir avec elle, et si je suivais ses règles, tout allait bien. Parfois, quand elle était de bonne humeur et que son visage était doux et calme, elle me rappelait énormément ma propre mère.

En dépit des menaces, Catherine était ma meilleure amie. J'étais un garçon étrange et maladroit, et avoir quelqu'un comme elle pour veiller sur moi signifiait qu'on ne se moquait plus jamais de moi. À cette époque, Riley Road et le reste du quartier pouvaient être un endroit assez difficile à vivre si vous n'aviez pas d'allié. Et Catherine Dawson était probablement la meilleure alliée possible.

Ce n'était pas sa faute si elle était si perturbée. Sa mère était trop absorbée par sa propre douleur pour donner à sa fille l'amour et l'attention qu'elle désespérait de recevoir. Quant à Mick, il a fait ce que beaucoup d'hommes font quand les choses deviennent difficiles à la maison : il s'est jeté à corps perdu dans son travail et ses loisirs. Il s'est retiré dans son propre petit monde. Alors quand je suis arrivé, Catherine a porté toute son attention sur moi. Elle m'a donné l'amour dont j'avais besoin de la seule façon qu'elle connaissait. Par intermittence...

Je l'adorais. Je la détestais. Je ne pouvais pas me passer d'elle.

Vous vous demandez peut-être pourquoi je l'ai laissée prendre toutes les décisions. Pourquoi j'ai abandonné toute estime de soi sur l'autel de ses désirs. Je me le demande parfois moi-même, mais je n'ai jamais eu le choix. Pas vraiment.

Certaines personnes sont comme ça, n'est-ce pas ? Elles prennent l'ascendant sur vous – chaque partie de vous – et même si ça fait mal et que vous essayez de résister, au fond vous savez que le combat est vain. Car la triste vérité, c'est que vous aimez plutôt ce qui vous arrive.

J'aimais ce qui m'arrivait.

Jusqu'à ce que je cesse d'aimer ce qui m'arrivait et qu'il soit trop tard pour revenir en arrière.

47

Au début, je me dis que c'est sûrement la pluie qui tombe ou le bruissement des feuilles sur le trottoir. C'est un bruit réconfortant, le genre de bruit qui pourrait bercer quelqu'un jusqu'à ce qu'il s'endorme. J'essaie d'ouvrir les yeux et de revenir à la réalité. Il y a une raison pour laquelle je dois me réveiller. Une raison importante. Si seulement je pouvais me souvenir de quoi il s'agit.

Le bruit s'amplifie. Il semble si proche qu'il pourrait se produire juste sous la fenêtre. Je tourne la tête vers le réverbère qui brille à travers l'interstice des rideaux. Le réverbère ? Comment se fait-il que la nuit soit déjà tombée ? C'est alors que je reconnais le bruit. Ce n'est pas la pluie ou le bruissement des feuilles. C'est un chuchotement. Le même qui m'a hantée toute ma vie. Mes parents chuchotant derrière des portes closes. Des officiers de police chuchotant dans les couloirs. Des camarades d'école chuchotant dans mon dos.

Il provient de derrière les rideaux, dont je réalise maintenant qu'ils ne sont pas du tout ceux de ma chambre. Non, ces rideaux-là entourent mon lit. Un lit d'hôpital. Les vestiges d'un rêve planent au fond de mon esprit. Un cauchemar à propos de Ross et Catherine.

Je tente de me redresser en position assise, mais je suis si faible que j'arrive à peine à bouger. J'ai l'impression d'être enveloppée dans une gaze. Chaque muscle de mon corps me lance. Chaque tendon. Chaque os.

Je pose les mains à plat sur mon ventre, en faisant très légèrement pression, jusqu'à ce que je sois enfin récompensée par un mouvement tout juste perceptible.

Je pousse un soupir de soulagement, mais la joie est de courte durée. Mes tempes sont vrillées par le pire mal de crâne que j'ai eu depuis longtemps. J'ai la bouche sèche et la langue gonflée et douloureuse.

Je m'affale sur les oreillers, vaincue. Un sentiment de découragement me fait l'effet d'une enclume au creux de mon estomac. La chose que je redoute le plus a dû se produire à nouveau. Une crise.

Une paire de mains écarte les rideaux et le visage de Ross apparaît, les yeux fatigués et ternes, les coins de sa bouche tirés vers le bas, figés dans une expression d'inquiétude qui se transforme en sourire aussitôt qu'il me voit.

— Bonjour, belle endormie. Comment te sens-tu ?

Il s'assied sur le côté du lit et me caresse la joue. C'est à cet instant précis que le rêve me revient en mémoire. Moi en train de tirer le sac à dos du haut de l'armoire. De jeter des affaires à l'intérieur. Toujours ces vieux rêves familiers et angoissants, celui-ci particulièrement désagréable. La découverte que Ross ne m'avait en réalité jamais aimée. Que lui et Catherine se jouaient de moi derrière mon dos. Conspiraient contre moi. Je déteste ces foutus rêves.

Je serre fort son poignet et embrasse ses doigts, les larmes aux yeux à le voir face à moi, solide et aimant. Présent à mes côtés quelles que soient les circonstances. L'homme que j'aime. Le père de mon enfant à naître.

— Quand je suis rentré à la maison, je t'ai trouvé effondrée sur le sol près de la porte de la chambre, dit-il. Oh, Lizzie. Ma chérie.

Quelque chose dans le ton de sa voix me perturbe. C'est ce rêve affreux. Pour une raison quelconque, je ne peux pas m'empêcher d'y penser. Des réminiscences désagréables continuent d'affluer. Sa casquette de baseball dans le tiroir de Catherine. Sa tante vivant sur Riley Road. Les souvenirs – aléatoires et étranges – me paraissent tellement réels qu'ils en deviennent douloureux.

Je le laisse me serrer contre sa poitrine et me caresser le front. Je fais toujours des rêves comme ça quand je m'inquiète de quelque chose. Et c'est le *cas* aujourd'hui. Je vais avoir un bébé, l'expérience la plus importante, la plus bouleversante que je puisse imaginer vivre un jour. Et je viens de faire une autre crise. Pas étonnant que je me sente si bizarre et désorientée. Pas étonnant que j'aie si peur.

Je reste en observation à l'hôpital toute la nuit. Encore des tests. Encore des scanners. Je m'endors par à-coups, me réveillant chaque fois que j'entends le cliquetis d'un chariot, ou les pas d'une infirmière venant s'assurer que mon état est stable. Je voudrais être à la maison avec Ross, dans mon propre lit. Je n'arrive pas à croire que j'ai manqué sa soirée d'anniversaire – la sortie au cinéma et le dîner que j'avais réservés pour lui. Mais en même temps, je suis aussi contente d'être ici, sous surveillance. Car je suis terrifiée à l'idée que cela puisse se reproduire. Je connais les dangers. Les risques. Et tout ce qui compte maintenant, c'est d'avoir mon bébé. Un bébé en bonne santé, sans complications. Le sommeil ne tarde pas à s'emparer de moi de nouveau.

Je sors de l'hôpital le lendemain matin, mais mon départ est largement retardé par la disparition de mon téléphone portable. Ross dit qu'il se souvient parfaitement l'avoir mis dans mon sac quand il m'a conduite aux urgences hier, mais nous ne le trouvons nulle part dans le service. Nous regardons dans l'armoire à côté de mon lit. Nous regardons dans le lit et sous le lit. Nous enlevons même les taies d'oreiller, juste au cas où il se serait coincé dans l'une d'elles, mais il est introuvable. Ross remplit un formulaire d'objets perdus, mais je n'ai pas beaucoup d'espoir de le retrouver. Les vols sont courants dans les hôpitaux.

Quand nous arrivons enfin à la maison, c'est comme si j'étais partie bien plus longtemps qu'une nuit. La maison est différente, les odeurs sont différentes. Familière et étrange à la fois. Comme dans un rêve. Ross me suit à l'étage. Je monte les marches lentement, avec précaution, en me tenant d'une main à la rampe. Je me sens toujours instable et fatiguée. Mal à l'aise.

Et puis je suis tellement en colère avec cette histoire de téléphone. Je sais que je n'aurai aucun mal à en trouver un nouveau, mais je ne connais pas les numéros de papa et maman par cœur – j'ai fait la bêtise de ne jamais les noter quelque part – et je ne peux donc pas leur apprendre ce qui s'est passé. Bien qu'il soit peut-être mieux qu'ils ne l'apprennent pas tout de suite. Cela faisait si longtemps qu'ils attendaient leur semaine de vacances. Je ne voudrais pas la gâcher en leur donnant un motif d'inquiétude et, de toute façon, je vais mieux. Je pourrai leur dire quand ils rentreront.

La première chose que je vois quand je monte à l'étage, c'est le vide de la chambre d'amis. La porte est grande ouverte et toutes les affaires de Catherine ont disparu. Je m'arrête un moment, pour digérer l'information.

— Elle a été recontactée par le propriétaire de son nouvel appartement, dit Ross quand il s'aperçoit de l'incompréhension dans mon regard. Le locataire actuel est parti plus tôt que prévu, donc nous avons enfin récupéré notre maison.

Je franchis le seuil de la pièce et me réhabitue à l'espace maintenant qu'il a été débarrassé de ses affaires. Une faible odeur d'huile de coco flotte toujours dans l'air. Le tapis aurait besoin d'un bon coup d'aspirateur.

— Oh, vraiment. Tant mieux.

Ça me surprend, étant donné qu'elle-même avait sous-entendu qu'elle allait sûrement devoir rester plus longtemps. Pourtant, il m'est impossible de nier mon soulagement, surtout après cet horrible rêve sur elle et Ross.

Ross pose les mains sur mes épaules et m'embrasse délicatement les lèvres.

— Et si tu te mettais au lit le temps que j'aille te préparer une tasse de thé ?

Pendant qu'il est en bas et que j'enfile un pyjama propre, le rêve revient me hanter de plus belle. Je regarde mon sac à dos sur le dessus de l'armoire et me souviens de la douleur fulgurante qui m'avait vrillé les côtes lorsque je m'étais hissée sur la pointe des pieds pour l'attraper. Mais c'était dans le rêve, n'est-ce pas ? Ce n'est pas vraiment arrivé.

C'est étrange. Quelque chose ne me semble pas normal. Le sac à dos est poussé beaucoup trop près du mur du fond. Je m'assure toujours qu'il reste un peu devant afin de pouvoir le descendre facilement en cas de besoin. Peut-être que Ross voulait l'utiliser pour y mettre mes affaires pour l'hôpital et qu'il a finalement changé d'avis.

Je suis prise de l'envie soudaine de vérifier l'intérieur. Le fait d'être de retour dans la chambre rend le rêve encore plus réel, comme s'il s'était vraiment produit.

Je grimpe sur la chaise de ma coiffeuse et prends le sac à dos. Il est léger et vide, comme je m'y attendais, et je fais en sorte de le replacer à l'avant pour la prochaine fois. C'est alors que je remarque un petit renflement dans l'un des compartiments sur le côté. Je me demande ce que c'est.

J'ouvre la fermeture éclair et en tire une poignée de plaquettes de mes médicaments. Que font-ils *là-dedans* ? Il y a autre chose, aussi. Mon passeport et quelques documents médicaux pliés en deux. Une sensation de malaise s'empare de moi. Pourquoi diable aurais-je mis mon passeport là-dedans ? Je le garde toujours dans la boîte de rangement sous le lit.

Les images du rêve défilent dans mon esprit. Mes mains feuilletant des dossiers. La casquette de baseball dans le tiroir de Catherine avec les initiales de Ross inscrites sur l'étiquette. Le dossier intitulé « Tante Jessie ». Je suis prise d'un violent frisson. Les contours d'un souvenir sombre et tordu commencent à se dévoiler. Mon estomac se tord alors que le brouillard dans lequel je dérive depuis mon réveil à l'hôpital se dissipe enfin. Ce n'était pas un rêve. Oh, mon Dieu ! C'est vraiment arrivé.

Je me fige de stupeur alors que l'horrible vérité commence à émerger. J'ai dû essayer de partir avant de perdre connaissance à cause de la crise d'épilepsie. Ross a dû voir mon sac à dos quand il est rentré et m'a trouvée évanouie sur le sol. A-t-il compris que j'essayais de m'échapper ?

Les escaliers grincent. Je remets les comprimés et le passeport dans le sac et je descends de la chaise, réussissant tout juste à la remettre devant la coiffeuse avant que Ross n'ouvre la porte. Mon cœur bat tellement vite et fort que je suis étonnée qu'il ne puisse pas l'entendre. La vérité est comme une drogue qui se répand dans mes veines, transformant mon sang en glace.

Je fais semblant de ranger quelque chose dans un tiroir. Il faut que je garde mon calme et que j'agisse normalement, sinon il saura que quelque chose ne va pas. Il ne doit se rendre compte de rien. Qu'il pense que je suis toujours la même Lizzie qu'avant. Celle qui est persuadée que sa tante Jessie vivait à Sittingbourne. Celle qui n'a aucune idée du temps qu'il a passé avec Catherine Dawson.

Oh, mon Dieu. Alors il savait qui j'étais depuis le début ! Sa confusion à la fête quand j'ai fait tomber le verre de vin – tout ça, c'était de la comédie. Et toutes ses questions quand les invités sont partis. Il en connaissait déjà les *réponses*.

Il pose la tasse de thé sur la coiffeuse et me caresse la joue du bout du doigt. Ce geste tendre et intime que j'ai toujours aimé. N'est-ce rien de plus qu'une démonstration d'affection calculée ?

Je sens la fureur monter en moi. Il n'a fait que jouer un rôle pendant tout ce temps. Quel formidable comédien. Rien dans notre relation n'est réel. Tout ce qui m'a ancrée dans cette maison, cette vie, m'échappe. Tout ce que je sais de lui, ou plutôt que je *pensais* savoir de lui, s'est envolé en un clin d'œil. Ross s'est désagrégé sous mes yeux, remplacé par un clone de lui-même.

— Heureuse d'être à la maison ? me demande-t-il.

Il y a quelque chose d'anormal dans sa façon de s'exprimer. Du moins c'est ce dont mes oreilles méfiantes tentent de me persuader. Ma fureur laisse peu à peu place à la peur. Mais qu'est-ce qui se passe ? Je n'arrive pas à trouver le courage de parler, et pourtant je dois le faire, sinon il va se rendre compte que quelque chose cloche.

— J'ai hâte d'être à nouveau dans mon propre lit, dis-je.

A-t-il perçu les trémolos dans ma voix ?

Je retiens ma respiration, me préparant à sa réaction, mais il continue à bavarder comme si de rien n'était. Mon esprit tourbillonne tandis que je me glisse sous la couette. Même s'il avait regardé dans le sac à dos, il n'aurait vu que quelques objets. Quelques vêtements. Il aurait pu penser que je le préparais pour un cours de yoga ou autre. Il n'a manifestement pas regardé dans les compartiments, sinon il les aurait aussi vidés et aurait remis chaque chose à sa place. Et même s'il l'avait fait, même s'il savait avec certitude que j'essayais de partir, il supposerait que mon cerveau post-crise a tout oublié.

Je sens une menace émaner de lui à présent. Un je-ne-sais-quoi indéfinissable qui devait être présent depuis le début, mais que je n'avais jamais remarqué avant. Je ne l'ai jamais remarqué parce que j'étais aveugle à ses défauts. Aveugle et stupide. Une petite idiote crédule. Si seulement je n'avais pas été si mal en point à l'hôpital, j'aurais pu alerter quelqu'un. Lui dire que je ne me sentais pas en sécurité. On m'aurait porté secours. Maintenant, sans moyen de contacter mes parents avant leur retour de New York, je suis livrée à moi-même.

48

Ross me tend une tasse de thé, mais c'est à peine si j'arrive à la tenir. Je me sens toujours faible et chancelante après une crise. Fatiguée aussi. Tellement, tellement fatiguée. Trop pour penser correctement, pourtant je n'ai pas le choix. Je dois me forcer à rester la plus alerte possible.

Il me retire la tasse des mains et verse une partie de son contenant dans le verre vide posé sur ma table de chevet depuis deux nuits.

— Tiens, dit-il en posant la tasse à côté de moi. Tu auras moins de mal à la tenir comme ça.

Il réarrange mes oreillers. Si je n'étais pas au courant de son petit jeu, je serais touchée par tant d'attention et de gentillesse de sa part. Je me dirais à quel point je suis chanceuse qu'il prenne soin de moi.

Il va ensuite poser le verre à moitié rempli de thé sur le plateau de la coiffeuse.

— Essaie de dormir un peu. À ton réveil, tu auras peut-être envie de manger un petit quelque chose.

Je hoche la tête. Je veux juste qu'il s'en aille et qu'il me laisse réfléchir. Je ne peux même pas supporter de le regarder. Il faut que je parte d'ici dès que possible. Mais pour l'instant, je ne pense pas pouvoir atteindre la porte d'entrée sans m'effondrer. Et puis il m'arrêtera si j'essaie de partir. Marcher me semble impossible tellement je suis épuisée. Je devrais peut-être appeler la police sur le téléphone fixe quand il descendra ? Leur dire que je suis en danger.

Mais suis-je seulement en *danger* ? Catherine n'est plus là, à présent. Elle a déménagé. Ross a peut-être menti à ce sujet, d'ailleurs. Si ça se trouve, c'est *lui* qui lui a demandé de partir. Après tout, il n'avait pas l'air particulièrement ravi quand j'ai proposé à Catherine de venir s'installer chez nous. Et il est clair qu'ils étaient en froid le matin de son anniversaire. Et s'ils ne formaient pas un couple, contrairement à ce que je pensais ? Et si elle ne faisait que se servir de lui pour m'atteindre et que lui se contentait d'obtempérer ?

Mais pourquoi ? Quel genre de personne ferait ça ? Ce n'est plus un petit garçon. C'est un adulte. Un médecin. Quelle raison pourrait-il avoir de tremper avec elle dans cette affaire ? Quelle que *soit* l'affaire en question.

Le seul motif qui me vient à l'esprit pour le moment est la vengeance. À cause de la mort d'Alice. Catherine a-t-elle réussi à convaincre Ross de ma culpabilité, à le persuader de me faire marcher pour me détruire ensuite d'une manière ou d'une autre ?

Quoi qu'il en soit, si j'appelais la police, que pourrais-je bien leur dire ? Que mon fiancé m'a menti ? Qu'il m'a caché qu'il connaissait une de ses collègues depuis l'enfance ? Que cette collègue en question se trouve être la sœur de ma meilleure amie qui est morte percutée par un train ? Et que, donc, elle ne m'a jamais aimée et m'a toujours reproché la mort de sa sœur, même si elle est maintenant mon amie. Enfin, *plus maintenant*.

Ils vont penser que je suis folle. Que je traverse une sorte d'épisode psychotique. Ross sera le médecin généraliste raisonnable et respectable qui leur dira que j'ai été sous tension ces derniers temps, à cause du stress provoqué par la nouvelle de ma grossesse. Il leur dira à quel point je suis toujours désorientée et malade après une crise. Il leur suffira de regarder mon visage pâle et mes cheveux en bataille pour le croire. Et l'hôpital confirmera ma récente admission.

Mais quand Ross ôte le téléphone de son socle, ma peur s'intensifie.

— Je vais le descendre avec moi, dit-il. Comme ça, il ne te réveillera pas s'il se met à sonner.

Avant même que l'information monte à mon cerveau et que j'ouvre la bouche pour protester, la porte se referme doucement derrière lui.

Je m'affale sur les oreillers, frustrée. Ça n'aurait pas marché de toute façon. Toute cette histoire paraît absurde. Elle *est* absurde.

La seule chose qui me reste à faire, c'est de cogiter. Décider où j'irai quand j'aurais recouvré assez de forces pour quitter la maison. Je devais certainement avoir un plan en tête, quand j'ai pris mon sac à dos pour le remplir. Si seulement je pouvais m'en souvenir.

Je commence à retracer mentalement les événements de cette journée, repensant à chacune de mes actions depuis le moment où j'ai regardé Ross et Catherine partir au travail, jusqu'à celui où j'ai pris le sac à doc pour y jeter mes affaires. Après, c'est le trou noir.

Je me recroqueville sous la couette, la remontant jusqu'au cou pour me réconforter. Où avais-je prévu d'aller avant que la crise ne coupe court à mon plan ? De toute évidence, j'ai dû penser à appeler papa et maman. C'est la première idée qui a dû me venir. J'imagine la fureur de mon père après lui avoir annoncé que Ross était un menteur. J'ai beau avoir 25 ans, il me considère toujours comme sa petite fille. Je redoute déjà sa réaction quand je lui dirai toute la vérité.

Mais il est peu probable que j'ai parlé à mes parents, ou que je leur ai même laissé un message. Si papa pensait une seconde que j'étais en danger, il aurait attrapé maman et sauté dans le premier vol retour. J'en suis convaincue. Il serait venu me chercher et m'aurait emmenée à Dovercourt.

Mes yeux se remplissent de larmes quand je pense à lui. Papa va régler ça. Je sais qu'il le fera. Lui et maman n'ont peut-être pas été tout à fait honnêtes avec moi au sujet de leur amitié avec les Dawson, mais ce n'est rien comparé à ce qui se passe ici.

Tout à coup, c'est le déclic. Dovercourt. La maison de papa et maman. Mais bien sûr ! J'ai toujours la clé ! Je n'ai pas besoin d'attendre qu'ils rentrent de New York. Est-ce la conclusion à laquelle j'étais arrivée ?

Enfin, le sentiment panique qui enserrait ma poitrine commence à s'estomper. J'ai un plan. Un endroit où aller. Je n'ai plus qu'à attendre ici le temps de retrouver mes forces. Puis je partirai à la nuit tombée, quand Ross se sera endormi. Je n'aurai rien à craindre tant qu'il sera persuadé que je ne sais rien au sujet de lui et de Catherine, ou que la crise d'épilepsie m'a fait tout oublier.

Je dois juste faire semblant un peu plus longtemps.

49

À mon réveil, la chambre est plongée dans une obscurité quasi totale. Plusieurs secondes s'écoulent avant que je me rappelle où je suis et ce qui s'est passé. Catherine doit être rentrée du travail. Elle est dans le salon avec Ross. J'entends le faible murmure de leurs voix par-dessus le bourdonnement de la télévision.

Les savoir tous les deux en bas, pendant que je suis clouée au lit, la tête dans le cirage et sans défense, me donne la nausée.

Attendez une minute. Elle est censée avoir déménagé. Elle *a* déménagé. Alors pourquoi est-elle ici ?

Je me lève avec des gestes lents et prudents. J'ai les nerfs à vif, les muscles en coton. L'inconfort de mon corps ne fait que refléter l'angoisse qui me ronge de l'intérieur. Le choc de la trahison. La colère. La peur.

Je ne peux rien laisser transparaître de tout cela. Je dois au contraire leur montrer que rien n'a changé, et que je n'ai pas le moins du monde peur. Parce que s'ils ont regardé dans ce sac à dos, ou si j'ai laissé quelque chose dans le bureau ; s'ils soupçonnent un tant soit peu que j'avais l'intention de partir ; s'ils pensent que je me souviens de ce qui est arrivé avant ma crise, alors je serai en danger.

Ma tête me dit de m'habiller et de partir tout de suite. Mais ils vont m'entendre descendre et je n'ai pas la force d'argumenter avec eux. Je n'ai certainement pas l'énergie pour m'enfuir. Pas le choix, je dois continuer à faire semblant encore un peu.

Je me tiens dans la pénombre du palier et observe le couloir d'entrée par-dessus la balustrade, tendant l'oreille pour entendre leur conversation, mais la seule chose que je capte, c'est le ton de celle-ci. Un ton conspirateur employé par deux personnes qui ne veulent pas être entendues mais qui ont manifestement beaucoup de choses à se dire.

Je renonce à essayer d'écouter et vais me rincer le visage. Un coup d'œil dans le miroir me confirme que je suis aussi mal en point que je le pressentais. Je suis plus pâle qu'un fantôme et mes yeux sont cerclés de noir. Mes cheveux en bataille n'ont pas vu de brosse depuis des lustres et mes lèvres sont sèches et craquelées. Je discipline ma chevelure et applique un peu de baume à lèvres, puis je me pince les joues avec les doigts pour essayer de leur redonner un peu de couleur.

Quand je sors de la salle de bains, je sursaute violemment. Catherine est là, immobile, comme si elle avait écouté à travers la porte. Il me faut un effort surhumain pour ne pas frissonner en la voyant.

— Mon Dieu, je suis désolée ! s'écrie-t-elle en reculant d'un pas. Je ne voulais pas te faire peur.

Elle affiche une mine inquiète, mais rien de tout cela n'est vrai. Je le sais maintenant. Elle pense toujours que j'ai tué Alice.

— Lizzie, *comment* vas-tu ? me demande-t-elle.

Les sentiments que j'ai éprouvés quand je l'ai vue pour la première fois dans le couloir d'entrée, le soir de la pendaison de crémaillère, me reviennent alors en mémoire. Le choc. Le dégoût. Et maintenant, ces sentiments sont plus exacerbés que jamais. J'ai envie de la pousser, de lui marteler la poitrine avec mes poings et de lui hurler de dégager d'ici. Pourtant, tout ce que j'arrive à faire, c'est sourire faiblement et prétendre que je suis heureuse de la voir. Elle a certainement décelé de la suspicion dans mon regard, non ?

— Je pensais que tu étais partie, je réponds, le cœur battant à tout rompre.

Je dois rassembler tous mes efforts pour m'exprimer de façon naturelle et chaleureuse. Alors qu'en réalité, je suis prise de nausée.

— C'est le cas, mais j'ai oublié mon fer à lisser. J'ai fait un saut pour le récupérer. Oh, Lizzie, j'étais si inquiète quand je t'ai trouvée inconsciente.

— Oh, c'est toi qui m'as trouvée ? Ross a pourtant dit...

— Eh bien, c'est moi qui suis rentrée du travail en premier. Ross est arrivé quelques minutes après. Ma pauvre. Ross m'a dit que le bébé allait bien, que tu avais été examinée et qu'il n'y avait aucune blessure à déplorer. Quel soulagement.

La sueur me picote la nuque. Tout sonne faux chez elle, à présent. Quand je pense aux remords qu'elle a éprouvés, à sa volonté de se rapprocher de moi, de devenir mon amie. Comment ai-je pu me laisser berner si facilement ?

— Dieu merci, tu m'as trouvée à temps, dis-je en essayant de paraître aussi reconnaissante que possible, consciente des pulsations dans ma paupière gauche et du rouge qui me monte aux jours.

Elle va le remarquer, c'est sûr.

Ross est monté et se tient avec nous sur le palier.

— L'important, c'est que nous t'ayons trouvée *tout court*, ajoute-t-elle. Et que toi et le bébé soyez en parfaite santé.

Elle jette un regard en coin à Ross.

— Une chose est sûre, ces dernières vingt-quatre heures n'ont pas été de tout repos.

Je scrute leurs visages. Y a-t-il un sens caché à ces mots ? S'inquiètent-ils vraiment de mon état de santé ou se demandent-ils plutôt si je les ai démasqués ?

Ross acquiesce. Il a le teint blafard. Il semble plus faible que d'habitude, par certains aspects. Je me raccroche peut-être à n'importe quoi, mais j'ai la nette impression qu'il a peur d'elle, lui aussi, que pour une raison inexplicable, il se soumet à sa volonté. Il a beau être le docteur grand et fort qui pratique le rugby, c'est Catherine qui mène la danse ici. Je n'ai aucun doute là-dessus. Elle exerce une sorte d'emprise sur lui, j'en suis convaincue.

Elle va dans la chambre d'amis et en ressort avec son fer à lisser.

— Je ne peux pas vivre sans ce truc-là, dit-elle avec un large sourire. On se voit demain au travail, Ross. Et Lizzie, je t'appellerai dans quelques jours. Quand tu te sentiras mieux.

— Avec plaisir, je réponds, sachant que dans quelques jours, je ne serai plus là.

Peut-elle le lire sur mon visage ?

Nous descendons pour nous dire au revoir.

— Catherine ?

Je l'interpelle alors qu'elle est sur le point de partir, en essayant toujours de parler sur un ton aussi léger et décontracté que possible.

— As-tu rendu le double des clés à Ross ?

Elle fait une pause un peu trop longue. Une lueur d'irritation passe dans ses yeux, puis elle fouille dans son sac à main avant d'en ressortir le trousseau de clés. Alors que la porte d'entrée se referme derrière elle, Ross se détend visiblement.

Devrais-je le confronter maintenant ? Lui dire ce que je sais ? Tout le temps que j'ai été avec Ross, je n'ai jamais eu peur de lui. Il m'a fait me sentir en sécurité. Protégée. Peut-être que c'était de la comédie, mais je ne peux pas croire qu'il ferait volontairement quelque chose pour me blesser ou blesser le bébé.

Mais à chaque fois que je suis sur le point d'ouvrir la bouche, quelque chose m'arrête, car j'ai beau essayer de me convaincre qu'il est de mon côté, je me rends compte que je ne connais pas du tout cet homme. Je n'ai absolument aucune idée de ce dont il est capable. Et est-ce que je le veux vraiment de mon côté, après tous les mensonges qu'il m'a racontés ?

Non, *pas question* de flancher maintenant. Le fait est qu'il m'a trompée de la manière la plus insidieuse qui soit. Qu'il représente à présent un danger pour moi et le bébé.

J'observe discrètement Ross tandis qu'il se prépare pour aller au lit. Je fais semblant de lire et de temps à autre, je relève le menton pour le regarder alors qu'il jette ses vêtements sur la chaise. C'est la toute dernière fois que je le vois faire cela et je ne peux pas m'empêcher d'être malgré tout submergée par l'émotion. L'amour, semble-t-il, ne peut pas s'éteindre en un claquement de doigts, quelle que soit la gravité de la trahison, quelle que soit la profondeur de la blessure.

Je repense aux prémices de notre relation. Combien tout ce romantisme me faisait tourner la tête. Combien je voulais être aimée. Notre première rencontre dans le café de Dovercourt. Les promenades sur la plage. Le fait de renverser son café sur mes bottines était-il un stratagème délibéré ? Comment lui et Catherine ont-ils bien pu savoir où me trouver ?

Il se met au lit et vient se coller à mon dos, son bras reposant doucement sur le renflement de mon ventre, son souffle chaud sur ma nuque. Est-il possible d'aimer quelqu'un et de le détester en même temps ? De se représenter la personne de deux manières totalement opposées ?

Ses mains se fraient lentement un chemin vers ma poitrine, qu'elles viennent ensuite caresser avec délicatesse, comme elles l'ont fait tant de fois auparavant. J'ai envie de le repousser. Je veux lui hurler d'arrêter, me lever et partir sur-le-champ. Au lieu de ça, je reste allongée dans ce lit, enlacée par cet inconnu. Cet imposteur. Prête à le laisser me faire l'amour comme si rien n'avait changé.

Je pourrais dire non. Lui dire que je suis trop fatiguée. Trop malade. Parce que c'est le cas. Je suis bel et bien épuisée, mal en point. Il ne m'a jamais forcée à faire l'amour, pas une seule fois. Mais quelque chose me dit que ce n'est pas le moment de refuser, qu'il est plus important que jamais de le garder à mes côtés et de le convaincre de mon amour, de mon désir pour lui. Le sexe est un langage à lui seul. Si mon corps ne parvient pas à communiquer normalement, il saura que quelque chose ne va pas.

Je le laisse donc entrer en moi pour la dernière fois, et je m'efforce de ne pas fondre en larmes. Je le laisse aller et venir encore et encore, en arquant le dos comme j'aime à le faire. En me pressant tout contre lui et en reproduisant les gestes habituels. Je pousse les mêmes gémissements. Les mêmes petits soupirs et halètements. Parce que je peux jouer la comédie, moi aussi. Je n'ai pas d'autre choix.

Quand c'est terminé, je suis allongée dos à lui, des larmes coulant silencieusement sur mes joues. J'aimerais pouvoir faire disparaître chaque molécule de lui de mon corps.

Mais je ne peux pas, n'est-ce pas ? Car je porte son bébé. Notre bébé.

Mon bébé. Ma petite fille. Je pose la main sur mon ventre pour la protéger et je me dis que je dois être forte pour elle. Sous mon lit se trouve un sac en toile que j'ai préparé plus tôt, avec mon sac à main, les clés de la maison à Dovercourt, les médicaments que j'ai trouvés dans le sac à dos ainsi que des vêtements de rechange. Il y a tant d'autres choses que j'aimerais prendre avec moi, mais le plus important est de partir. Aussi vite que possible, sans être encombrée de possessions qui ne feraient que me ralentir.

Dès que l'occasion se présentera, je me lèverai et je descendrai silencieusement les escaliers. J'enfilerai mon jean et mon pull, puis je prendrai mon manteau sur la patère et je me tirerai d'ici aussi vite que possible.

50

Tout le temps que Catherine vivait avec nous, le sommeil de Ross était très perturbé. Il se tournait et se retournait sans cesse en poussant des soupirs d'exaspération. Ce soir, en revanche, il s'endort presque immédiatement et se met à ronfler au bout de quelques minutes. Malgré cela, je veux être absolument certaine qu'il dort profondément avant de m'aventurer en bas.

Je me redresse doucement en position assise et enfonce mes ongles dans la chair de mon avant-bras, maintenant la pression afin de ne pas m'endormir en attendant l'opportunité de me lever. J'aurai une vilaine marque demain matin.

Enfin, lorsque je remarque le mouvement rapide des yeux de Ross sous ses paupières, je me penche sur le côté et tire le sac en toile de dessous le lit. Puis je me lève prudemment et m'approche de la porte de la chambre, mes yeux n'osant pas quitter la silhouette endormie de Ross, dont l'épaule droite dépasse de la couette. Il est positionné dos à la porte, Dieu merci. Je suis soulagée de ne pas voir son visage.

J'appuie sur la poignée aussi silencieusement que possible et pénètre dans l'obscurité du palier, les oreilles à l'affût du moindre son – un changement dans sa respiration, le craquement des lattes. Rien. Je referme doucement la porte derrière moi.

Le moment est arrivé. Je m'en vais. Quand je reviendrai, ce sera avec papa et maman, pour récupérer le reste de mes affaires.

Non sans appréhension, je m'accroche à la rampe d'escalier et descends progressivement. Chaque craquement, chaque respiration semblent amplifiés dans le silence. Je prends soin de marquer une pause après chaque marche afin de tendre l'oreille. Lorsque j'atteins le bas des escaliers, chaque muscle de mon corps est tendu à l'extrême.

La sonnerie stridente du téléphone me fait l'effet d'une décharge électrique. Je dévale les dernières marches en titubant, la frustration et la peur enserrant douloureusement ma poitrine. Merde ! Impossible qu'il ne se réveille pas avec tout ce tapage.

L'espace de quelques secondes, je suis paralysée par l'indécision. Deux options se présentent à moi : ou bien je pars tout de suite en pyjama, sachant que Ross va se réveiller et se rendre compte de ma fuite – peut-être même se lancer à ma poursuite –, ou bien je réponds moi-même au téléphone en faisant croire que j'étais en train de descendre chercher un verre d'eau.

Mais c'est trop tard. Le téléphone cesse de sonner et j'entends la voix de Ross à l'étage. La porte de la chambre s'ouvre et la lumière du palier s'allume. Merde ! J'aurais dû partir quand j'en avais encore l'occasion.

Soudain, il apparaît en haut des escaliers. Je me dirige vers la cuisine, le cœur battant. Je vais devoir attendre jusqu'au matin maintenant, une fois qu'il sera parti au travail. C'est de toute façon ce que j'aurais dû faire dès le départ. C'est de la folie de se faufiler ainsi au milieu de la nuit, comme si j'étais une criminelle. Mais l'envie de partir était irrésistible. Elle l'est toujours. Ce n'est qu'une fois devant l'évier de la cuisine que je me rends compte que j'ai toujours le sac en toile suspendu à l'épaule.

J'ouvre le placard où nous rangeons les casseroles et le jette au fond, à l'abri des regards. Puis je fais rapidement couler le robinet d'eau froide et attrape un verre sur l'égouttoir. Mes mains tremblent tellement que c'est un miracle que je ne le fasse pas tomber.

Ross descend et entre dans la cuisine. Il écoute attentivement, se contentant de quelques interjections occasionnelles telles que « Oui, je vois, merci » ou « D'accord ». Enfin, l'appel se termine. Il range le combiné du téléphone dans la poche de sa robe de chambre et se frotte le visage.

— C'était la maison de retraite, dit-il sur un ton las et résigné. Mon père vient de mourir.

— Oh non, je suis désolée.

Les mots sortent d'un coup, parce que je suis réellement désolée. Quels que soient les mensonges que Ross m'a racontés, il est sincère à cet instant précis. Sa relation avec son père était compliquée, je le sais. Mais j'ai entendu dire que dans ces cas-là, la perte pouvait souvent frapper plus durement une personne. À en voir l'expression sur son visage, je comprends que c'est vrai.

Il s'humidifie les lèvres avec sa langue.

— Je vais devoir aller à Aberdeen pour tout mettre en ordre.

Il jette un coup d'œil à l'horloge de la cuisine.

— Je vais essayer de dormir encore quelques heures avant d'aller à l'aéroport prendre le premier vol. Plus tôt je peux régler cette histoire, mieux ce sera.

Je fais un pas vers lui et l'embrasse. Il semblerait que la situation tourne en ma faveur. Si Ross part pour Aberdeen demain matin, je pourrai prendre le temps de faire mes valises. Je pourrai ainsi m'assurer de prendre tout ce dont j'ai besoin et appeler un taxi ensuite. Maintenant que Catherine n'est plus là, je n'ai plus à m'inquiéter.

— En fait, dit-il, tu pourrais venir avec moi. Ce serait l'occasion pour nous de passer un week-end ensemble.

Je reste immobile au creux de ses bras.

— Je ne suis pas rassuré à l'idée de te laisser seule, surtout avec ce qu'il vient de t'arriver.

Je fais un pas en arrière et secoue la tête.

— Non, c'est mieux si tu y vas sans moi. Je ne pense pas être suffisamment remise pour voyager.

J'essaie tant bien que mal de dissimuler le désespoir dans ma voix.

— Tu ne m'en voudras pas, hein ?

Il prend mon visage dans ses mains et plonge son regard dans le mien. Moi qui trouvais ce geste si romantique, je sais à présent que ce n'est que de la comédie. Une manière d'assurer son emprise sur moi. Il m'embrasse doucement sur les lèvres.

— Tu n'es pas obligée de m'accompagner à la maison de retraite si tu ne te sens pas d'attaque. Je n'ai qu'à louer une chambre d'hôtel où tu resteras te faire dorloter en appelant le room-service. Et puis nous pourrons dîner dehors le soir. Aller dans un endroit sympa. Tu as toujours voulu découvrir la ville où j'étais né.

Bon sang. Quelle ironie. Et dire qu'à chaque fois que je suggérais de l'accompagner à Aberdeen, il me repoussait. À présent que c'est la dernière chose que j'ai envie de faire, voilà qu'il insiste pour que je vienne avec lui. Le problème, c'est que si je réponds que je ne suis pas en état de faire le voyage, il pourrait bien le retarder de quelques jours. Et alors je n'aurais aucun moyen de parler à maman et papa jusqu'à ce qu'ils m'appellent. Je serai coincée ici avec lui.

— J'aimerais beaucoup t'accompagner, Ross. Vraiment. Mais j'ai un rendez-vous prénatal avec la sage-femme demain, et je ne voudrais pas l'annuler au dernier moment.

Je me détourne de lui pour prendre mon verre d'eau, priant pour qu'il ne remarque pas la teinte rouge de mes joues provoquée par le mensonge.

— Oh, je n'étais pas au courant, dit-il.

Il se tient le menton quand je lui fais à nouveau face.

— Ce ne serait pas dramatique si tu décalais ton rendez-vous, non ?

— Non, mais ça m'embêterait de devoir le faire. Surtout après ce qui vient de se passer. Je ne veux pas prendre le risque d'attendre un autre rendez-vous. D'autant que ça peut prendre des semaines.

Je pose les mains sur ses épaules.

— Et puis, je veux passer un *vrai* week-end à Aberdeen avec toi. Être suffisamment en forme pour visiter la ville. Nous pourrons y aller une autre fois, quand tu auras plus de temps libre.

Il pousse un soupir, mais je pense – j'espère – l'avoir convaincu.

— Je suppose que tu as raison, finit-il par répondre.

Je souris.

— J'ai toujours raison.

Il se verse un doigt de whisky dans un verre.

— Au vieux salaud, dit-il en levant son verre et en m'adressant un petit sourire triste.

Je lève mon verre d'eau à mon tour pour trinquer avec lui.

— Au vieux salaud, dis-je en regardant Ross droit dans les yeux.

Catherine est sortie de ses gonds quand je lui ai demandé de partir. Encore plus que lorsqu'elle a appris que Lizzie était enceinte. La tension était pourtant déjà élevée à ce moment-là, croyez-moi. Je lui ai dit que je n'allais pas pouvoir continuer comme ça toute ma vie, à me plier en quatre pour satisfaire ses fantasmes de vengeance. Il était grand temps que je sois enfin maître de ma propre existence. Je commençais à avoir des sentiments pour Lizzie. Des sentiments étranges et difficiles à interpréter. Le genre de sentiments que je n'avais jamais éprouvés auparavant, mais qui d'une certaine façon me semblaient… justes. Jouer le rôle du fiancé aimant devenait à la fois plus facile et plus difficile que jamais. Facile parce que ça venait de plus en plus naturellement. Difficile parce que je n'avais plus envie de jouer.

Parfois, au travail, je regardais la photo de Lizzie, celle que j'avais encadrée et posée sur mon bureau. Lizzie y apparaît au naturel et décontractée, en plein éclat de rire, ses yeux bleus reflétant le soleil, le nez et les joues parsemés de taches de rousseur. Qui aurait cru que Lizzie Molyneux deviendrait aussi belle avec l'âge ? Pas étonnant que Catherine détestait cette photo et qu'elle retournait toujours le cadre quand elle entrait dans mon bureau.

Elle a menacé de tout révéler à Lizzie et je lui ai répondu que je m'en fichais. Parce que j'avais de toute façon pris la décision de lui dire la vérité. De lui dire que j'avais été manipulé et contrôlé depuis l'enfance. Catherine n'a pas apprécié. Elle n'a pas apprécié du tout parce que c'était vrai et qu'il n'y avait rien qu'elle puisse dire pour qu'il en soit autrement.

Je me sentais alors invincible. Capable de surmonter le moindre de ses coups tordus. Comme cette fois où elle m'a tendu une embuscade au beau milieu de la nuit, vêtue seulement de sa petite nuisette en soie, m'invitant à la rejoindre dans son lit. Je savais très bien que si je ne me défendais pas, je ne serais jamais libéré d'elle. Jamais.

Or c'est avec Lizzie que je voulais être désormais. Lizzie et le bébé.

51

Je me réveille d'un sommeil profond et sans rêve. Le soleil matinal s'infiltre par la fente des rideaux. Je cligne des yeux et détourne le visage de la lumière. J'ai l'impression d'avoir dormi pendant un temps infini, recroquevillée dans la même position fœtale.

Je jette un œil au réveil de Ross : neuf heures vingt-sept. J'ai dormi toute la nuit. Je suis toujours dans la maison. Je me redresse péniblement en position assise et pivote les jambes par-dessus le bord du lit. Merde !

À l'instant même où mes orteils se posent sur le sol, les souvenirs remontent aussitôt, me faisant l'effet d'un coup de poignard. Je me laisse retomber sur le lit, envahie par le soulagement. Le père de Ross est mort. Il est parti à Aberdeen. Je vais pouvoir prendre le temps de me lever et faire mes valises, puis appeler un taxi pour m'emmener à la gare. Je serai à Dovercourt en début d'après-midi tout au plus.

Je m'étire comme un chat. Je n'arrive pas à croire que j'ai réussi à me rendormir après les événements de la nuit dernière. Mais après que Ross et moi nous soyons recouchés, il m'a parlé de son père et du genre d'homme qu'il était, de ce qu'il avait vécu dans les jours qui ont suivi la mort de sa mère. C'était la première fois qu'il me parlait en détail de cette période de sa vie. J'ai eu l'impression qu'il se préparait à s'ouvrir pleinement à moi, peut-être même à me faire une confession, et j'avais tellement envie de l'entendre. Je voulais tellement comprendre.

Mais sa voix était profonde et basse, un son monotone et apaisant à mes oreilles tandis qu'il me caressait délicatement le dos avec ses doigts. J'ai dû m'assoupir. Mon corps, encore fatigué par la crise, et mon esprit, beaucoup plus relâché à présent que je savais que j'aurais la maison pour moi toute seule au matin, ont finalement pris le pas et décidés de se mettre en pause, me permettant de dormir profondément et de récupérer.

Je me lève et bois une longue gorgée d'eau dans le verre posé sur ma table de chevet, puis je me dirige vers la salle de bains. J'ai besoin d'une bonne douche. J'ai chaud, je suis collante et je me sens sale. Néanmoins, je me contente d'une rapide toilette. Je sais que je n'ai plus besoin de me presser, mais ça ne veut pas dire que j'ai envie de rester ici plus que nécessaire. Je pourrai me doucher une fois chez papa et maman.

Je me réjouis déjà à l'idée de prendre une douche dans leur salle de bains, de sortir de la cabine sur le tapis de bain blanc duveteux et de me sécher avec une de leurs serviettes toutes douces, séchées au sèche-linge, tout en sachant que je suis de retour à la maison. Raison de plus pour appeler ce taxi au plus vite.

De retour dans la chambre, j'enfile une robe d'été. Quelque chose d'ample, frais et confortable. Puis je descends mon sac à dos du haut de l'étagère et sors une valise de dessous le lit. Je ne pourrai pas tout emporter, mais au moins je n'aurai pas à me contenter de quelques vêtements de rechange comme je l'avais initialement prévu.

En fait, c'est une bonne chose que maman et papa ne soient pas là quand j'arriverai. Je ne suis pas sûre que je pourrais supporter leur choc et leur colère. Leur déception aussi. J'ai besoin de temps pour laisser émerger mes propres sentiments, soigner mes émotions conflictuelles seule avant d'avoir à gérer ceux de mes parents à leur tour.

Après avoir emballé tout ce que je pouvais, je referme la valise et le sac à dos et commence à les porter en bas. Il ne me reste plus qu'à récupérer mon sac en toile dans le placard à casseroles où je l'ai fourré hier soir, à rassembler le reste de mes médicaments et appeler un taxi. J'écrirai un mot à Ross en attendant qu'il arrive.

Dieu sait ce que je vais bien pouvoir lui dire. Il ne doit avoir aucun doute sur le fait que c'est fini, qu'il n'y a pas de retour possible. Et je ne veux pas qu'il devine où je suis allée et qu'il se retrouve sur le pas de la porte de maman et papa alors que je suis seule là-bas.

Je suis au milieu des escaliers quand je suis prise d'un étrange pressentiment. Comme s'il y avait quelque chose de différent dans la maison. Un léger changement d'atmosphère. J'ai l'impression de ne pas être seule. Un bourdonnement envahit mes oreilles. Je me mets à frissonner des pieds à la tête.

— Ross ? Tu es toujours là ?

Pas de réponse. Pourquoi en serait-il autrement ? Ross est parti il y a des heures. Je suis en train de me faire des films. Je descends et dépose mes affaires devant la porte d'entrée.

J'attrape le téléphone sur la table de l'entrée, mais ma main se fige en plein mouvement. Il n'est pas là. Comment est-ce possible ? Il y était sans aucun doute hier soir, puisque le bruit de sa sonnerie m'a presque fait perdre l'équilibre sur les dernières marches des escaliers. Peut-être que Ross l'a utilisé ce matin pour téléphoner à ses collègues et leur dire qu'il ne pourrait pas se rendre au travail. Il l'a probablement laissé dans le salon, comme ça lui arrive de le faire. Mais quand je vais pour le chercher, il ne s'y trouve pas. Mes narines frémissent de dégoût. Je sens encore l'odeur de l'huile de coco de Catherine, depuis la dernière fois qu'elle s'est tenue ici.

Je vais dans la cuisine pour utiliser l'autre téléphone, mais celui-ci aussi a disparu. Comment se fait-il qu'*aucun* téléphone ne soit à sa place dans cette maison ? Bon sang, je vais devoir utiliser celui de la chambre. Je retourne dans le couloir et me dirige vers les escaliers. C'est alors que je m'aperçois que mon trousseau de clés ne se trouve pas non plus dans le petit bol prévu à cet effet à côté du téléphone de l'entrée.

Ross a dû le prendre par erreur. Il lui est déjà arrivé de se retrouver au travail avec les deux trousseaux dans sa poche. Non pas que ça pose un problème. Ça veut juste dire que je ne pourrai pas verrouiller la maison quand je partirai. Malgré tout, je voulais les prendre avec moi, pour que papa et moi puissions revenir plus tard récupérer le reste de mes affaires. Peut-être que ça n'a pas d'importance. Ce que je ne peux pas prendre avec moi peut être remplacé. Ce qui compte vraiment, c'est de partir d'ici.

Attendez, où sont les doubles des clés ? Catherine me les a rendus avant de partir, n'est-ce pas ? Ils devraient être dans le bol aussi. Ross ne peut quand même pas avoir *tout* embarqué ?

J'essaie d'ouvrir la porte d'entrée. Impossible. Je tourne la poignée dans tous les sens. Il l'a verrouillée. Je cours jusqu'à la cuisine et tourne la poignée de la porte de derrière, mais elle est verrouillée elle aussi, et les clés ne sont pas dans la serrure contrairement à d'habitude.

L'exaspération se transforme en rage. Une rage chauffée à blanc. Ross m'a enfermée dans la maison et a pris tous les téléphones, sachant que je n'ai pas mon portable non plus. Comment ose-t-il me faire ça ? Comment ose-t-il, merde ! Oh mon Dieu. Tout ce temps à chercher mon téléphone à l'hôpital, puis Ross qui remplit le formulaire des objets perdus. On parie qu'il ne l'a jamais mis dans mon sac en premier lieu ?

Je me dirige rapidement vers le salon, ma colère ayant laissé place au calme et à la détermination. Je dois sortir de cette maison par tous les moyens possibles.

Les rideaux sont toujours tirés et je les ouvre d'un grand geste. Mais alors que mes doigts se referment sur la poignée en laiton de la fenêtre, je sais qu'elle ne s'ouvrira pas. Les petites clés ont disparu.

J'appuie le front sur le verre froid. Des fenêtres solides, à triple vitrage, économes en énergie. C'était une des choses dont Ross était très satisfait quand il a acheté la maison. Quelqu'un m'entendra-t-il si je tape dessus ? Parce que c'est ce que je vais finir par faire. À moins que celles d'en haut ne soient pas verrouillées ? Avec un peu de chance, il les aura oubliées et je pourrai alerter un passant, lui demander d'appeler la police.

Je me retourne pour quitter la pièce. Je sortirai de cette maison même si je dois me tuer en essayant.

Je m'arrête net dans mon élan. La terreur s'empare de moi quand je l'aperçois, assise dans le fauteuil au fond de la pièce.

— Tu vas quelque part, Lizzie ? lance-t-elle.

52

Mon corps se recroqueville sur lui-même au son de sa voix. Elle déplace quelque chose sur l'accoudoir du fauteuil. Le poussant et le tirant d'avant en arrière comme un enfant avec une voiture miniature. Je la regarde fixement, bouche bée. J'ai l'impression que toute la pièce a été vidée de son air. C'est le petit train que j'ai vu sur le mur, il y a quelques semaines, le jour où je suis allée à l'université. Était-ce aussi elle derrière les appels téléphoniques ? À n'en pas douter.

Je la dévisage avec consternation. Les pensées se bousculent dans ma tête. Ross a-t-il tout mis en scène pour me confronter avec Catherine ? Mais non, il voulait que je l'accompagne à Aberdeen. Pourquoi diable n'ai-je pas dit oui ? Maintenant, je suis piégée. Piégée avec la femme qui a attendu douze ans pour prendre sa revanche. La même qui a profité de ma vulnérabilité et de mon besoin d'amitié depuis la première fois qu'elle a mis les pieds dans cette maison. Je repense à ses larmes dans le bureau la nuit de la pendaison de crémaillère. Des larmes de crocodile. La haine qu'elle me voue depuis la mort de sa sœur n'a pas été altérée par le temps. Elle la ressent toujours avec autant de force.

Je passe en revue tous les plans d'évasion possibles et imaginables, mais tous me semblent irréalisables et je les abandonne aussitôt après les avoir envisagés.

— Je n'essaie pas de vous vendre quoi que ce soit, je vous le promets, dit-elle.

Je fronce les sourcils, confuse. Qu'est-ce qu'elle veut dire ? Et pourquoi parle-t-elle comme ça, avec un accent australien ? Cela me semble étrangement familier.

Elle se penche en avant, un sourire au coin des lèvres.

— J'aurais simplement besoin de cinq minutes de votre temps.

Bien sûr. Ruby Orchard. La journaliste à qui j'ai raccroché au nez. Il n'a jamais été question d'un article sur Élodie Stevens. C'était encore une des stratégies de Catherine pour m'attirer vers elle et m'embobiner. Et ça a marché, n'est-ce pas ? J'ai mordu à l'hameçon, comme elle savait que je le ferais.

Mon corps tout entier est tendu par la nervosité.

— Comment es-tu entrée ?

Elle sourit à nouveau. Exactement le même genre de sourire que Melissa Davenport et Bethany Charles m'adressaient. En apparence, on pourrait croire à un sourire ordinaire, mais il dissimule en réalité un profond mépris.

— J'ai eu la bonne idée d'aller faire un double des clés.

Évidemment. C'est la première chose à laquelle elle a dû penser.

La panique monte de plus en plus, mais je ne veux pas qu'elle le voie. Hors de question. Je redresse les épaules et me force à soutenir son regard.

— Je veux que tu me rendes mes clés et que tu partes tout de suite.

Elle pointe le doigt vers moi comme si j'étais une vilaine petite fille.

— Ne me donne pas d'ordre, Lizzie. Ce ne sont pas *tes* clés de toute façon. Et si quelqu'un doit quitter cette maison, ce sera toi. Mais seulement après que tu m'as avoué la vérité.

La colère gonfle en moi.

— Tu ne m'intimides pas, Catherine. Je ne suis plus la petite fille effrayée que tu avais l'habitude de terroriser au milieu de la nuit.

Elle lève les sourcils.

— Tu veux dire la petite fille effrayée qui a poussé ma petite sœur devant un train ? Non, c'est vrai. Tu as grandi maintenant, pas vrai, Lizzie ? Mais tu es toujours une menteuse. Et tu es toujours une meurtrière.

Ses mots flottent dans la pièce. Elle se lève et fait un pas vers moi. Les battements de mon cœur résonnent jusque dans mon cou et mes oreilles, mais je ne bouge pas d'un pouce.

— Qu'est-ce que tu espères obtenir avec cette petite mise en scène ? Ça ne ramènera pas Alice d'entre les morts.

J'ai l'air bien plus courageuse que je ne le suis.

Elle me dévisage avec dégoût, comme si j'étais quelque chose de désagréable qu'elle était forcée de regarder. Ses lèvres se mettent à trembler.

— Que s'est-il vraiment passé ce jour-là, Lizzie ?

— Je ne m'en souviens pas. Tu sais *très bien* que je ne peux pas m'en souvenir. Tu es infirmière, pour l'amour de Dieu ! Tu sais ce qu'est l'épilepsie. Pourquoi me fais-tu subir cet interrogatoire ?

— Pourtant tu te *rappelles* t'être disputée avec elle, n'est-ce pas ? Tu en as parlé à Ross.

Je ferme les yeux. Je lui en ai parlé lorsqu'il a trouvé les fleurs de Catherine dans la poubelle. J'ai commencé à évoquer l'accident et c'est sorti tout seul. Il n'avait pas l'air d'y prêter attention sur le moment, raison pour laquelle je ne me suis pas inquiétée et ai fini par oublier cette histoire.

Néanmoins, l'information ne lui a visiblement pas échappé. Puisqu'il s'est empressé de la rapporter à Catherine.

Le fait de les imaginer tous les deux ensemble, complotant contre moi, provoque une nouvelle vague de douleur et de tristesse. Voilà comment les choses se sont passées : il m'a surveillée tout du long, attendant que je commette une erreur. Pourtant, je suis certaine qu'il n'a pas *toujours* joué la comédie. Il n'a pas pu me mentir sur toute la ligne.

Catherine se penche vers moi, son visage si proche du mien que je peux sentir son haleine chargée de café.

— Pourquoi vous disputiez-vous ? Qu'est-ce que tu n'as *pas* dit à la police ?

Sa voix est de l'acide pur.

Mon souffle se bloque dans ma poitrine.

Elle durcit la mâchoire.

— Était-ce la même dispute que vous avez eue après la soirée disco ? Celle où tu as dit que tu souhaitais qu'elle soit morte ?

Je la regarde avec incrédulité. Le silence entre nous se fait de plus en plus lourd. Oppressant. Comment peut-elle savoir ça ? Elle n'était pas là quand c'est arrivé.

Catherine lève le menton vers moi.

— Ce n'est pas parce que tu m'as vue la gifler une fois qu'elle ne m'aimait pas. Et ça ne veut certainement pas dire qu'elle ne se confiait pas à moi quand elle était malheureuse. J'étais comme une mère pour elle.

Les coins de sa bouche s'étirent en un affreux rictus.

— Tu as déjà fait semblant de faire une crise, avoue. Tu utilisais ce prétexte pour échapper à des choses que tu ne voulais pas faire. Comme cette sortie scolaire qu'Alice et toi vouliez à tout prix éviter.

La chaleur envahit mes joues.

— C'est arrivé une seule fois. Je l'ai fait pour Alice. C'est elle qui ne voulait pas y aller.

— Toi non plus. Elle me l'a dit le lendemain. Je l'ai surprise en train d'imiter la signature de maman sur un mot pour Mlle Nandy. Alice n'a jamais été une très bonne menteuse…

Elle plisse les yeux.

— Contrairement à *toi.*

Son visage est inflexible. Impitoyable.

— Et toi ! je réplique. Tu m'as menti depuis la pendaison de crémaillère. Et Ross m'a menti depuis plus longtemps encore.

Soudain, j'ai comme un déclic. Une sorte de prise de conscience. Je repense à la colère de Ross quand je lui ai dit que j'avais proposé à Catherine de loger dans notre chambre d'amis. Sa maladresse tout le temps qu'elle était chez nous. L'expression sur son visage l'autre soir, quand nous étions tous les trois devant la porte d'entrée. Et la nuit dernière, après l'appel de la maison de retraite. La façon dont il m'a parlé de son passé alors que nous étions allongés dans le lit.

Ce n'est peut-être qu'un vœu pieux. Une pensée désespérée. Pour ce que j'en sais, il est aussi fou qu'elle, sinon pourquoi m'aurait-il trompée de cette façon ? Mais une petite voix me dit que, malgré tout ce qu'il a fait, il n'est pas comme elle. Il est différent.

— Il ne sait pas que tu es ici, n'est-ce pas ? Tu n'es pas partie de ton plein gré. C'est lui qui t'a *demandé* de t'en aller.

Son visage change. Tout à coup, elle a l'air sur la défensive. J'ai raison. Notre relation n'était pas uniquement basée sur le mensonge. Ross a bel et bien des *sentiments* pour moi. Je le *savais*. C'est pour ça qu'il voulait que j'aille à Aberdeen avec lui. Le regret me transperce la poitrine. Il doit être dans l'avion à l'heure qu'il est, les jambes allongées sous le siège de devant, occupé à regarder son iPad. C'est pour ça qu'il a vidé mon sac à dos et qu'il l'a remis au-dessus de l'armoire. C'est aussi pour ça qu'il ne m'a pas demandé où j'allais. Il ne voulait *pas* que je m'en souvienne. Il ne voulait pas que je parte.

C'est la raison pour laquelle Catherine est revenue. Qu'elle est entrée par effraction. Parce qu'elle sait qu'elle l'a perdu.

Je suis prise de nausée à l'idée de ce qu'elle pourrait faire. Si elle me considère responsable de la mort d'Alice, elle me considérera responsable de la perte de Ross aussi. Et voilà que je me retrouve à sa merci, exactement comme elle le souhaitait. Prise au piège dans la toile qu'elle a si méticuleusement tissée.

— C'est seulement à cause du bébé, rétorque-t-elle. Il ne veut pas de toi.

Ma main se déplace instinctivement vers mon ventre, et ses yeux font de même.

— Tu es comme ta mère. Une sale garce en chaleur.

Son attaque me déstabilise

— Quel est le rapport avec ma mère ?

— Tout ! crache-t-elle. Tout a un rapport avec elle.

Elle me lance un regard glacial.

— Tu ignores complètement de quoi je parle, hein ?

Je la dévisage en retour.

— Ignore quoi ?

Elle prend une brusque inspiration.

— Ta mère voulait quelque chose que la mienne avait déjà.

Je ne comprends pas. Ce qu'elle dit n'a aucun sens.

— Quelque chose qu'elle ne pouvait pas obtenir de ton « papa » adoré.

Elle forme des guillemets avec ses doigts et m'adresse à nouveau ce petit sourire méchant.

— Toutes ces conneries religieuses qu'elle avait l'habitude de débiter. Quelle putain d'hypocrite !

J'ai l'impression de me tenir au bord d'un gouffre sombre et chaotique. Un gouffre renfermant quelque chose d'innommable.

— Il était stérile, ton père. Je parie que tu n'en savais rien.

Elle rit, mais c'est un rire horrible, dépourvu de joie.

— Bien sûr que tu n'en savais rien.

C'est absurde. Je suis incapable de réfléchir clairement tant les pensées dans mon esprit s'embrouillent. Puis, c'est le vide. Je ne peux plus bouger.

— Tu mens !

— Non, je ne mens pas. Pourquoi crois-tu que ma mère était si dépressive ?

Elle parle d'une voix tranchante.

— Parce qu'elle a été trahie par sa meilleure amie et son mari. Voilà pourquoi. Tu penses qu'on ne peut pas faire pire ? Attends un peu la suite. Ma mère était si heureuse quand elle a découvert que Sue était enceinte, parce qu'elle savait à quel point elle désespérait d'avoir un bébé à elle. Elle savait aussi que c'était probablement sa dernière chance. Mais lorsqu'elle a découvert ensuite qui était le père du bébé, elle aussi était enceinte à ce moment-là.

Elle secoue la tête avec dégoût.

— Bien joué, papa.

J'essaie en vain de contrôler ma respiration, de comprendre toute l'étendue de ce qu'elle dit. Il y a un vide terrible à l'intérieur de moi. Comme une douleur qui continue de s'étendre jusqu'à ce qu'il n'y ait plus rien. Mon monde vient de se briser en mille morceaux et aucun ne semble retomber au bon endroit. Je me sens extérieure à mon propre corps. Paralysée par le choc et… le chagrin. Mon père n'est pas mon vrai père. Je porte la main à la bouche et recule en vacillant. Mick Dawson est mon père biologique.

53

La mâchoire serrée, je secoue la tête comme si, en continuant de nier cette vérité, je pouvais la faire disparaître.

J'enroule mes bras autour de ma poitrine. Cela signifie qu'Alice et moi étions demi-sœurs. Oh mon Dieu. Cela signifie que Catherine et moi sommes demi-sœurs, aussi ! Le choc ne tarde pas à laisser place à une douleur physique, le sentiment d'être prise dans un étau. Quand je parviens enfin à parler, c'est comme si on m'arrachait les mots de la bouche. Ma voix est à peine audible, mon ton, rauque.

— Mais… Pourquoi ne nous l'ont-ils pas dit ? Pourquoi nous le cacher ?

Catherine secoue la tête, un sourire amer sur les lèvres. Elle et moi, de la même famille ? Cela semble impossible.

— Parce que c'est ce qu'ils ont décidé, répond-elle. Tes parents et les miens.

Je m'assieds lentement sur le canapé. Mes parents m'ont menti à un point que je n'aurais jamais pu imaginer. J'ai vécu dans une bulle pendant tout ce temps. Coupée de la vérité. Même quand j'ai trouvé cette carte et qu'ils ont enfin eu l'occasion d'avouer la vérité, ils n'ont *toujours* rien lâché. Tout ce que maman a dit au téléphone à propos de Sheena qui l'accusait d'être une fouineuse coincée était peut-être vrai, mais c'était loin d'être toute l'histoire. Bien loin.

Catherine continue de parler.

— Je n'étais pas censée être au courant, mais j'étais douée pour écouter. Ross et moi avons découvert le pot aux roses. Nous formions un excellent duo de détectives, tous les deux.

La sensation d'écœurement qui me prenait jusqu'ici à la gorge empire soudain à la mention du nom de Ross. Toutes ces fois où il a rendu visite à mes parents, discutant avec eux, buvant le whisky de papa et faisant des compliments à maman. Il ne s'est pas contenté de me tromper, il les a trompés eux aussi. Pendant tout ce temps, il connaissait leur coupable secret. Même s'il regrette de m'avoir trompée, même si ses sentiments pour moi sont à présent réels, c'est trop à pardonner.

— Maman ne voulait pas que tu fasses partie de nos vies. Elle ne pouvait pas supporter de voir le fruit de la trahison de son mari et de sa meilleure amie. Et ça convenait à tes parents, aussi. Ils ont enfin eu leur précieux bébé, voilà tout. Ils ont déménagé et l'histoire a été balayée sous le tapis.

Ma tête me crie que ce n'est pas vrai, que ce n'est que le produit de son esprit malade et tordu, mais mon cœur me souffle autre chose. Mon cœur est *convaincu* qu'elle dit la vérité parce que tout tombe sous le sens. La connexion que j'ai ressentie avec Alice. L'instantanéité de notre amitié était sa force aussi. La façon dont mes parents n'ont jamais approuvé que nous soyons amies. Les conversations que nous ne pouvions jamais avoir. La façon étrange dont ils se sont comportés dernièrement.

Catherine tourne la tête vers la fenêtre, le regard dénué d'expression.

— Je faisais comme si elle était à moi, tu sais. Alice. Maman a fini par aller mieux, elle a recommencé à être une mère, mais Alice m'appartenait. Ça a toujours été le cas. Elle était la seule conséquence positive de tout ce désastre.

Ma lèvre inférieure se met à trembler tandis que les pièces du puzzle se mettent en place. Je sais ce qu'elle va dire avant même qu'elle n'ouvre la bouche.

Ses yeux viennent se poser sur moi, réduits à deux fentes remplies de haine.

— Puis elle *t'a* rencontrée et tout a changé. Elle n'avait plus besoin de moi. Et tu peux imaginer ce que ça a fait à ma mère quand elle a découvert qui tu étais. Toute sa douleur a rejailli et elle a replongé dans la dépression.

Ses poings se serrent.

— Et nous savons toutes les deux ce qui s'est passé ensuite, n'est-ce pas ?

Elle fait un pas dans ma direction.

— Maintenant, tu vas me dire une bonne fois pour toutes ce qui est arrivé ce jour-là. Depuis le tout début jusqu'à la dispute et le moment où tu as décidé de tuer ma sœur.

Elle baisse la voix.

— Je lui ai tout raconté ce jour-là, avant que vous ne partiez ensemble pour votre stupide promenade. Je pensais qu'il était temps qu'elle sache la vérité. Si tu ne l'avais pas tuée, elle t'aurait tout raconté à toi aussi. Elle t'aurait dit qu'elle était ta sœur. Alors, qu'est-ce que ça te fait d'entendre ça ?

Ses mots me font l'effet d'un coup de poing, mais je m'efforce de soutenir son regard.

— Je n'ai pas tué Alice. Je ne l'ai jamais touchée. Tu dois me croire. On se disputait, oui, mais je ne l'ai pas poussée. J'ai fait une crise. Je me suis évanouie.

— Ne mens pas ! siffle-t-elle entre ses dents. Tu ne supportais pas qu'Alice soit plus jolie et plus populaire que toi. Tu étais rongée par la jalousie. Admets-le.

Mes yeux se brouillent de larmes. Que je sois damnée si je pleure devant elle.

— Tu te trompes ! J'aimais Alice. Elle était ma meilleure amie.

Pourtant, à l'instant même où je prononce ces mots, je sais que Catherine a raison. J'étais jalouse d'Alice. Infiniment jalouse. Je détestais le fait qu'elle soit tout ce que je n'étais pas : jolie, sûre d'elle, populaire. Je détestais le fait qu'elle ait dansé avec Dave Farley, après qu'il m'a humiliée devant tout le monde. Et je détestais ce petit sourire agaçant, celui-là même qu'elle affichait depuis le début de notre promenade. J'étais sûre qu'elle allait me parler de Dave et de ce qui était arrivé. Je m'attendais tellement à ce qu'elle me dise qu'il l'avait invitée à sortir. Et alors plus rien n'aurait été pareil entre nous. Je l'aurais perdue.

Catherine éclate d'un rire méprisant. Sa spécialité.

— Ta meilleure amie ? Tu veux dire comme ta mère était la meilleure amie de ma mère ?

Elle se renfrogne.

— Telle mère, telle fille. Deux garces jalouses et amères.

— Non ! Ce n'est pas vrai ! C'était une dispute idiote. Nous avions 13 ans, Catherine. Treize ans ! Nous n'étions que des gamines.

Je parle par à-coups.

— Je n'aurais jamais rien fait qui puisse la blesser. C'était un accident. Un terrible accident !

Mais comment Catherine pourrait-elle me croire alors que je ne me crois pas moi-même ? Tous ces cauchemars que j'ai faits au fil des années, ces scènes horribles où l'on se battait sur les rails, où je la poussais et la bousculais avec fureur. Le choc et la peur sur son visage. J'ai toujours pensé que c'était un symptôme du stress post-traumatique. Mais si ces choses-là étaient réellement arrivées ?

J'ai bien cru que ma découverte de la relation entre Ross et Catherine était un rêve alors que ce n'était pas le cas. C'était on ne peut plus réel. Alors peut-être que les cauchemars sont réels, eux aussi.

Peut-être que les cauchemars sont des souvenirs.

54

Une vive douleur me vrille soudain les côtes, comme si un muscle s'était déchiré. Elle disparaît presque aussi vite qu'elle est arrivée, mais peu importe ce que c'était, c'est un rappel brutal et viscéral que je dois nous protéger, moi et mon bébé. Je dois échapper à l'emprise de Catherine. M'échapper de cette maison.

Je me lève, lentement, essayant d'ignorer le tremblement qui secoue mes jambes. Le regard de Catherine se pose sur mes pieds nus. Elle écarquille les yeux de surprise. Et c'est alors que je le sens : un filet humide s'écoulant jusqu'à l'intérieur de ma cheville.

Je baisse les yeux, horrifiée. Je perds du sang.

— Il faut que j'appelle une ambulance. Où est le téléphone ? Donne-moi le téléphone !

Mais Catherine ne bouge pas, les bras croisés.

— Pour l'amour de Dieu, Catherine. Ne vois-tu pas ce qui m'arrive ? Je dois aller à l'hôpital. J'ai besoin de ton *aide.*

Une expression de dégoût passe sur son visage. Puis, d'un mouvement soudain, mais tout à fait contrôlé, elle se dirige vers la fenêtre et ferme les rideaux.

— Ces choses-là arrivent et c'est ainsi, dit-elle. C'est la façon qu'a trouvée la nature pour nous dire qu'il y a un problème.

— *Arrête* tes salades. Je suis enceinte de quatre mois et demi. Je dois aller à l'hôpital. Qu'est-ce qui *cloche* chez toi ? Et où est ce maudit téléphone ?

Tout mon corps tremble.

— Je t'en prie, Catherine. Tu dois m'aider. Ma grossesse est à haut risque, tu le sais très bien. Ça ne devrait pas arriver.

Je me sens étourdie et faible, alors je me rassieds. Il faut à tout prix que je garde mon calme. J'ai besoin de me reposer. J'ai besoin d'aller à l'hôpital !

Elle acquiesce lentement.

— Oui, tu as tout à fait raison.

Mon cœur se gonfle d'espoir. Elle n'est pas un monstre, après tout. Elle va m'aider. Elle *doit* m'aider.

— Ça ne devrait *pas* arriver, répète-t-elle.

Une lueur d'indifférence brille au fond de ses yeux et me fait peur.

— Tu n'aurais jamais dû être enceinte en premier lieu.

Son visage se durcit.

— Ta mère non plus. Si Ross avait fait le travail correctement, tu ne serais même pas *ici*.

Mon cœur s'emballe au point d'en devenir douloureux. Je pose les paumes de mes mains sur ma poitrine et appuie fermement. Une fois de plus, mon esprit lutte pour comprendre.

— Qu'est-ce que tu veux dire ? De quoi parles-tu ?

— Il était censé la pousser plus fort, l'envoyer valdinguer. Mais le petit imbécile a tout gâché.

Elle ricane.

— J'aurais dû le faire moi-même.

Il me faut plusieurs secondes pour que ses mots prennent tout leur sens. Après quoi, une vague de dégoût me traverse avec violence, me faisant presque perdre l'équilibre.

— Tu veux dire que Ross était l'enfant sur lequel ma mère a trébuché ? Tu veux dire que c'était un acte *délibéré* ?

Elle acquiesce.

— Je l'ai mis au défi de le faire, et il l'a relevé. Maintenant, c'est toi qui vas perdre *ton* bébé, et je ne lèverai pas le petit doigt.

De la sueur sur mes tempes. J'avais tort. *C'est* un monstre. Ils le sont tous les deux.

Les pensées qui se bousculaient jusque-là dans mon esprit commencent peu à peu à se remettre en ordre. Ross faisait donc partie de cette « bande de petits voyous bruyants » dont mon père se plaignait sans cesse. Mes parents étaient un couple vieillissant et sans enfant quand ils vivaient sur Riley Road. Pas étonnant qu'ils aient pris en grippe les autres enfants du quartier. L'amitié de maman et Sheena touchait déjà à sa fin quand maman a essayé de lui parler du comportement sauvage de Catherine. Pendant ce temps, Sheena nouait des liens de plus en plus forts avec sa voisine. Jessie, la tante de Ross. Alors, quand elle a découvert la liaison de maman avec Mick, je ne peux qu'imaginer le genre de choses que la jeune Catherine et Ross ont dû entendre.

Catherine se penche vers moi.

— Je n'ai toujours désiré qu'une seule chose : connaître la vérité sur la mort d'Alice. Et ensuite j'ai voulu que Ross brise ton petit cœur en deux, comme tu as brisé le mien et celui de ma mère.

Elle pointe du doigt les gouttes de sang s'infiltrant dans le tapis entre mes pieds.

— Tout ça, c'est du bonus, poursuit-elle. Tu as peut-être Ross, mais tu n'auras jamais ce bébé. Et bientôt tu sauras ce que c'est que de perdre un être cher. Non pas que ça s'approche de la douleur que tu m'as causée. J'ai vécu treize ans avec Alice.

J'ai envie de la frapper au visage. De l'attraper par les cheveux pour lui arracher les yeux. Mais la sensation de déchirement est de retour. Je me plie en deux de douleur.

— Appelle une ambulance, bon sang !

Je crie, mais elle se contente de rire. Un rire ignoble et rempli de haine.

— Tu crois avoir mal alors que ce n'est rien. Attends un peu que les vraies douleurs arrivent.

Oh mon Dieu. Elle est déséquilibrée. Il n'y a pas d'autre explication. Une phrase de maman me revient en mémoire. Elle m'a dit un jour que Sheena soufflait toujours le chaud et le froid mais que ce n'était pas sa faute car elle était malade. Et si elle était malade bien avant que maman ne la trahisse ? Et si ses problèmes psychologiques venaient de quelque chose de bien plus grave qu'un chagrin d'amour ? La trahison a dû être dévastatrice, bien sûr, mais pas au point que sa dépression dure toutes ces années... Était-elle également atteinte d'une sorte de trouble de la personnalité ?

Se pourrait-il que Catherine souffre de la même chose ? Je me creuse la tête, cherchant désespérément les bons mots pour la raisonner. Pour la convaincre de me venir en aide.

— Mais c'est aussi le bébé de Ross, dis-je. Tu me détestes peut-être, mais tu l'aimes, n'est-ce pas ?

— Il a fait son choix, coupe-t-elle. Et ce n'est pas moi.

Sa voix semble sur le point de se briser. Est-ce la faille dans son armure ?

Ses épaules s'affaissent. Toute cette colère froide qu'elle gardait en elle – tout ce venin – s'écoule comme si une vanne avait été ouverte. Elle se tord les mains et se balance d'avant en arrière sur la pointe des pieds.

— Tu as pourtant dit qu'il ne restait avec moi que pour le bébé. C'est toi qu'il aime, Catherine. Il t'a toujours aimée. Il fait seulement ce qu'il pense être juste.

Elle me jette un regard suspicieux.

— Tu dis ça parce que tu veux que je t'aide.

Elle ricane, l'air dédaigneux.

— Crois-moi, ce sera mieux pour tout le monde si tu perds ce bébé. Tu n'es pas faite pour être mère. Aucun enfant ne serait en sécurité avec toi. Tu l'as dit toi-même.

Je cligne des yeux pour dissimuler mes larmes. Elle connaît mes peurs les plus profondes parce que, comme l'idiote confiante que j'étais, je les ai partagées avec elle. Tous les conseils qu'elle m'a donnés, les encouragements... Tout ça n'était que du vent.

Dans ce cas, autant entrer dans son jeu.

— Ross ne m'aime pas, je reprends. Je l'ai toujours su, au fond. J'ai toujours su qu'il était trop bien pour moi. Dans des circonstances normales, il ne se serait jamais arrêté sur quelqu'un comme moi. Tu crois que je ne le sais pas ? J'ai vu la façon dont il te regarde.

Un léger sourire se dessine sur ses lèvres. Elle aime ce qu'elle entend. C'est une narcissique.

— Il n'arrêtait pas de trouver des excuses pour ne pas me faire l'amour. Il disait qu'il était trop fatigué. Qu'il n'était pas d'humeur. C'est un miracle que je sois tombée enceinte de lui.

— On peut difficilement le blâmer pour ça, non ? siffle-t-elle.

Je secoue la tête, tristement.

— Non, on ne peut pas. Pas quand il a quelqu'un comme toi. Tu es si...

Je serre les orteils.

— Tu es si belle. Je parie qu'il aimerait que ce soit votre bébé. Le tien et le sien.

Les mots restent coincés dans ma gorge et je dois lutter pour les faire sortir. À mes oreilles, ils sonnent ridicules et peu convaincants, mais je dois essayer.

— Il t'appelait parfois dans son sommeil.

Le mensonge plane entre nous et, l'espace d'un instant, je me demande si je ne suis pas allée trop loin. Elle soutient mon regard. Son expression ne change pas, mais la qualité du silence, *si*. Enhardie, je continue.

— Tu es ma sœur, Catherine. Ma chair et mon sang.

Elle se hérisse aussitôt. C'était une erreur. Je n'aurais pas dû dire ça. Je change rapidement de tactique.

— Le bébé de Ross fait partie de *toi* aussi. Elle sera ta nièce.

Je marque une pause. Quelque chose d'indéchiffrable scintille dans ses yeux.

— Je suis désolée qu'Alice soit morte, dis-je. Et tu as raison, j'étais jalouse d'elle. Parce qu'elle était tout ce que je savais que je ne serais jamais. Tout comme *tu* es tout ce que je ne pourrai jamais être. Je lui ai *crié* dessus ce jour-là. Mais je ne l'ai pas poussée, Catherine. Je ne l'ai pas poussée sous ce train. Je te le promets. J'ai fait une crise, et quand je me suis réveillée…

Quand je me suis réveillée, elle était partie.

Les yeux de Catherine sont mouillés de larmes, mais cette fois-ci, je suis presque sûre que ce sont les vraies. Il ne me reste plus qu'une carte à jouer.

— Ce bébé fait aussi partie d'Alice.

Son front se plisse et elle fronce les sourcils. Elle semble troublée à cette idée.

Une autre goutte de sang coule le long de ma cuisse.

— Pitié, Catherine, je t'en conjure. Aide-moi à la sauver.

Elle me dévisage à travers ses yeux plissés.

— Je ne t'ai jamais considérée comme un membre de ma famille, finit-elle par dire. Je n'ai jamais voulu reconnaître ton existence. Je vous rendais responsable de tout, toi et ta mère.

J'ai envie de lui demander pourquoi elle n'en a jamais voulu à son père, mais je m'arrête juste à temps. Je ne voudrais pas qu'elle se renferme à nouveau, pas maintenant que j'ai fait tout ce chemin. Elle est en pleine hésitation et il n'est pas question de lui donner une raison de se retourner contre moi.

— Je me demande ce que dirait Alice, si elle était là.

Elle lève brusquement les yeux, comme si elle n'y avait jamais pensé auparavant. Quelque chose dans l'atmosphère a changé.

Je dois choisir mes mots avec soin. La vie de mon bébé pourrait en dépendre. La mienne aussi. Je pense à la bible que j'ai trouvée dans sa chambre. Celle qu'elle a gardée toutes ces années. L'inscription sur la couverture intérieure. Autant tenter le tout pour le tout.

— Et ta grand-mère Dot ? Elle aurait souhaité que tu me viennes en aide, Catherine. J'en suis convaincue. Elle aurait souhaité que tu sauves ce bébé.

Ma voix faiblit.

— Que tu sauves ta nièce.

Elle cligne des yeux, le regard plein d'incertitude. J'observe sa gorge bouger quand elle déglutit, puis contre toute attente, je vois le froncement de sourcils laisser place à une expression de tendresse. Mais la tendresse se transforme en panique et soudain, elle attrape mon poignet pour vérifier mon pouls. Elle m'aide à me relever. La terreur et le soulagement s'entrechoquent en moi comme deux courants opposés. Elle est peut-être dérangée, mais c'est une infirmière qualifiée, et à cet instant précis, j'ai besoin d'elle.

Une porte de voiture claque à l'extérieur. J'entends des bruits de pas se rapprocher à la hâte de la porte d'entrée. Une clé tourne dans la serrure.

— Lizzie ? Lizzie, où es-tu ?

Ross ! Moi qui le pensais en plein vol, le voilà de retour à la maison. Il fait irruption dans le salon, essoufflé et agité. Il s'arrête net. Son visage pâlit quand il voit le sang qui s'écoule lentement le long de mes jambes jusque sur le tapis, Catherine tenant toujours mes poignets.

Il serre les poings. Je ne l'avais jamais vu dans cet état. Livide. Fou de rage.

— Qu'est-ce que tu lui as fait ?

— C'est bon, Ross, je lui dis en lui lançant un regard d'avertissement. Elle ne fait que m'aider. Elle m'emmène à l'hôpital.

Mais il ne me regarde pas. Il ne m'écoute pas. Il traverse la pièce à grands pas et arrache les mains de Catherine de mes poignets. Il la saisit ensuite par les épaules et la pousse contre le mur, la clouant sur place, les bras tendus et les muscles saillant à travers les manches de sa chemise.

— Ross, qu'est-ce que tu fais ? Il faut qu'on aille à l'hôpital ! Conduis-moi là-bas et nous réglerons cette histoire plus tard.

— Monte dans la voiture, Lizzie, grogne-t-il. Monte dans la voiture et attends-moi.

Il parle sans pour autant relâcher Catherine, son visage à quelques centimètres à peine du sien. À présent ses mains sont autour son cou.

— Je ne peux plus faire ça, tu m'entends ? J'en ai assez de tes petits jeux sadiques et stupides. Tu ne peux plus me contrôler.

Ses doigts se resserrent autour de son cou. Les yeux de Catherine s'écarquillent comme ceux d'un cerf effrayé. Elle essaie de le repousser, de s'agripper à ses mains, mais il est trop fort pour elle. Elle n'arrive pas à se dégager de son emprise. Les muscles de ses bras se gonflent tandis qu'il enfonce ses pouces dans la cavité entre ses clavicules. Ses yeux brillent d'une lueur sauvage, à la limite de la folie, alors qu'elle se débat pour s'échapper.

Je tire sur ses bras pour essayer de lui faire lâcher prise, mais c'est sans espoir. Il est comme possédé. J'attrape une poignée de ses cheveux et je tire aussi fort que je peux. C'est la seule chose que je puisse faire.

— Ross ! Non ! Arrête ça ! Arrête ! C'est ma sœur, pour l'amour de Dieu. Elle est malade et a besoin d'aide.

Tout ce temps, j'ai cru que j'étais vulnérable. Pas victime de mon épilepsie – jamais –, mais plutôt *tourmentée* par elle. Pourtant, Catherine est tourmentée par quelque chose de bien pire. Je m'en rends compte aujourd'hui.

Finalement, il relâche sa prise sur son cou, et elle halète en essayant de reprendre son souffle. Je titube en arrière, puis tombe à genoux, le sang pulsant dans mes oreilles. Si j'avais encore de la force dans les jambes, j'aurais pu m'enfuir et appeler à l'aide dehors. Mais je suis faible et prise d'étourdissements. Je sens que je vais m'évanouir.

Les yeux mi-clos, j'observe Ross tandis qu'il berce le visage de Catherine avec ses mains, l'embrasse sur la bouche, caresse son cou à l'endroit où il l'a blessée. Mais qu'est-ce que... ? Comment peut-il faire ça ? Comment peut-il faire ça maintenant, alors que je saigne sur le tapis, sur le point de perdre notre bébé ? Bon sang. Il est aussi tordu et mauvais qu'elle. Il a essayé de blesser ma mère. Il a essayé de me tuer alors que j'étais encore dans le ventre de ma mère !

Mais il ne l'embrasse plus. Il sanglote. Il sanglote comme un petit garçon. Je n'avais jamais vu un homme pleurer auparavant. Pas comme ça. Tout son corps se soulève et tremble. Catherine me regarde par-dessus son épaule, avec sur le visage un air triomphant. La bile monte au fond de ma gorge.

Puis l'expression sur le visage de Catherine change. Les mains de Ross sont à nouveau autour de son cou, et cette fois, je sais qu'il ne s'arrêtera pas. Oh mon Dieu, non. Je t'en prie, pas ça.

J'essaie de me relever, mais ça ne sert à rien. Mon esprit s'obscurcit, comme lorsqu'on tire un store contre la lumière. Des larmes chaudes coulent sur mes joues. Je me laisse progressivement happer par le néant.

La dernière chose que je vois, c'est Catherine glissant le long du mur et s'effondrant sur le sol, telle une poupée de chiffon.

55

Je m'installe dans la voiture, étourdie et désorientée. J'ai pris place à l'arrière, enveloppée dans une grande serviette de bain. Je ne porte pas de chaussures et mes pieds sont maculés de taches de sang. Ma culotte est imbibée de sang elle aussi, et une douleur sourde me vrille le bassin. J'ai l'impression qu'une enclume me cloue à mon siège.

Je ferme les yeux pour me protéger du soleil. Des images terribles tourbillonnent sous mes paupières closes. L'expression terrifiée de Catherine. Les doigts de Ross s'enfonçant dans un cou.

Mon corps est pris d'un violent soubresaut, puis retombe lourdement en arrière.

Ross me regarde dans le rétroviseur.

— Ne t'inquiète pas, chérie. On est presque arrivés, dit-il. Tu t'es évanouie.

Nos regards se croisent dans le reflet du rétroviseur. Il vient d'étrangler quelqu'un sous mes yeux. Ross vient de tuer Catherine.

Je suis en état de choc.

Lorsque nous arrivons aux urgences, Ross me porte jusqu'à l'intérieur. Il parle à la personne de la réception.

J'ai beau ouvrir la bouche pour raconter ce qui s'est passé, les mots refusent de sortir. Je dois avoir l'air d'un poisson suffoquant à l'air libre. Je me sens détachée de la réalité, comme si je flottais au-dessus de moi-même, observant l'action se dérouler de loin. Je ne peux pas croire ce qui est en train de m'arriver. Il s'agit forcément de quelqu'un d'autre. Les voix qui s'activent autour de moi semblent distantes et étouffées, comme si mes oreilles étaient bouchées, comme si la structure de l'hôpital était faite de coton.

On me conduit dans un box, où Ross m'allonge doucement sur un lit et me recouvre d'une couverture. Il plane au-dessus de moi. L'incarnation même de l'amoureux transi et attentionné. Le fiancé dévoué qui est arrivé juste à temps. Je plane aussi au-dessus de nous deux : une présence vigilante, désincarnée, incapable de rejoindre la terre ferme.

L'infirmière me pose des questions et je parviens miraculeusement à m'exprimer : des réponses rauques et monosyllabiques qui confirment mon nom, mon âge, ma date de naissance. Ma voix appartient à quelqu'un d'autre. C'est la voix d'un robot.

Je pense à Catherine, dont le corps recroquevillé et sans vie gît toujours sur le sol du salon, la trace des doigts de Ross formant un anneau violet autour de son cou. J'étais parvenue à l'amadouer. Tout allait bien se passer. Elle aurait reçu l'aide dont elle avait besoin. Ross n'était pas obligé de le faire.

Il n'était pas obligé de la tuer.

Une obstétricienne m'examine. Elle est douce et compétente et j'aimerais tant qu'elle puisse lire dans mes yeux tous les mots que je ne peux pas dire. Mais il est impossible de lui parler car Ross s'en charge à ma place. On me fait une prise de sang, puis on m'installe dans un fauteuil roulant pour aller passer un scanner. Direction le service prénatal.

Quelqu'un m'apporte une tasse de thé et des biscuits. Ross me caresse les cheveux avec les mêmes mains qu'il a utilisées pour étrangler Catherine, et je ne peux toujours *pas* parler. Il embrasse mon front et me murmure des excuses à l'oreille, me disant qu'il est enfin libre et qu'il n'a jamais été aussi heureux et plein d'espoir de toute sa vie et que tout ira enfin pour le mieux entre nous. Il dit qu'il va *régler la situation*, aussi calmement que s'il me décrivait le menu du dîner de ce soir. Je dois juste lui faire confiance.

Lui faire confiance. Oh, mon Dieu. Enfin, je prends la mesure de ses actes. *Qui* est cet homme ? Que sais-je vraiment de lui ?

Enfin, lorsque les rideaux sont tirés autour de nous et que nous sommes seuls, une phrase commence à se former dans ma bouche.

— Qu'est-ce que...

Il pose son index sur ses lèvres et me dit de me taire. Puis il prend mes mains dans les siennes et commence à parler. Ses mains sont chaudes et sèches. Son ton posé et calme. Le même ton qu'un docteur emploierait avec ses patients. Ross *est* un médecin. Autoritaire, mais doux. Aucun soupçon d'émotion inutile.

— Tu ne peux pas imaginer à quel point son cœur est empli de haine, dit-il.

Je cligne des yeux, à défaut de pouvoir faire quoi que ce soit d'autre. Pourquoi parle-t-il d'elle au présent alors qu'elle est morte ? J'humidifie mes lèvres. Il doit penser que je vais dire quelque chose parce qu'il pose cette fois-ci son index sur *mes* lèvres, m'obligeant à les maintenir fermées.

— Elle ne m'aurait jamais laissé partir. Jamais. Elle aurait tout gâché, tu comprends ? Elle m'aurait accusé de comportement inapproprié au travail, ou pire. Bien pire. Elle avait déjà menacé de le faire. Elle aurait dit que je l'avais violée. Et ils l'auraient crue, n'est-ce pas ? Parce qu'elle est comme ça. Elle est capable de convaincre n'importe qui de n'importe quoi. C'est presque un don chez elle. Elle a pris le contrôle sur moi dès le début. Elle m'a fait faire des choses...

Il lâche mes mains pour se masser le cuir chevelu du bout des doigts. C'est le premier signe qu'il est perturbé par ce qui s'est passé. Je l'imagine sanglotant contre le cou de

Catherine avant de l'enserrer de ses mains et de presser la vie hors d'elle. Mon pouls commence à s'emballer.

— J'aurais d'abord été suspendu. Puis j'aurais été arrêté et il y aurait eu un procès. J'aurais été envoyé en prison. J'aurais été privé d'exercer jusqu'à la fin de mes jours.

Bon sang, qu'est-ce qui lui prend ? Ne se rend-il pas compte que toutes ces choses vont lui arriver de toute façon ? Il a tué une femme de sang-froid.

J'acquiesce, comme si ce qu'il racontait était parfaitement logique. Comme si je comprenais et que j'étais de son côté. À l'entendre, il est assez clair que sa préoccupation première est de s'en sortir. Alors je l'écoute parler, j'écoute sa justification insensée du meurtre et je ne l'interromps plus. À quoi bon ? Il est aussi malade qu'elle. Comme elle l'*était*.

Finalement, il se prépare à partir. Il rechigne, mais il n'a pas le choix. Les heures de visite sont terminées et l'infirmière insiste sur le fait que je dois me reposer. De plus, comme Ross le dit lui-même quand elle s'en va, il y a certaines choses à la maison qu'il doit « régler ». Je ne détache pas le regard du sien tandis qu'il prononce ces mots. Je ne réponds pas. J'étire mes lèvres en un petit rictus. Pas tout à fait un sourire, mais c'est suffisant pour le rassurer.

Cette implication me fait froid dans le dos. Il ne pense qu'à l'aspect pratique et rien d'autre. Il est convaincu de pouvoir « régler la situation », comme si le cadavre de Catherine n'était qu'un simple problème à résoudre. Comment imagine-t-il une seule seconde pouvoir se débarrasser d'elle ?

J'attends cinq bonnes minutes après son départ avant de presser le bouton d'appel sur le côté de mon lit. Je ne m'attends pas à ce que l'infirmière me croie et je ne peux pas lui en vouloir. Toute cette histoire paraît tellement absurde. Comme un fantasme tordu tout droit sorti de mon imagination. Finalement, je parviens à la convaincre et elle s'empresse d'appeler la police.

Je ferme les yeux pour me protéger des lumières vives de la pièce, et je vois de nouveau le corps de Catherine glisser le long du mur.

Si je m'autorise à me détendre – à me détendre complètement –, au point de ne plus ressentir qu'une sensation de légèreté et de picotement dans les membres, c'est comme si mon corps se mettait à flotter dans les airs. Alors j'ai l'impression de ne plus faire qu'un avec l'univers. Le tourbillon de pensées qui s'agitait dans mon esprit se calme et l'atrocité de ce que j'ai commis cesse de me hanter. Tant que je reste dans cet état de transe, je suis libre.

Libéré du passé. Libéré d'elle.

Mais mon esprit a cette fâcheuse habitude de me ramener à la réalité, s'efforçant de percer le voile du songe. Il y a toujours quelque chose qui m'y ramène : le claquement d'une porte qu'on ferme, le cliquetis des clés d'un gardien, le vent lâché par mon compagnon de cellule. Dès lors, ma conscience reprend le dessus. Et la honte et le dégoût de m'envahir.

J'ai fait une erreur. Une erreur colossale. J'ai sous-estimé Catherine Dawson. Dès qu'elle est arrivée au travail ce jour-là et a découvert que je devais prendre l'avion pour Aberdeen, elle a su qu'il y avait de fortes chances que Lizzie soit seule à la maison. J'aurais dû me douter que ça arriverait. J'aurais dû convaincre Lizzie de m'accompagner.

Quand j'ai rappelé le cabinet depuis l'aéroport pour leur faire savoir que je resterais en Écosse pour la nuit et qu'ils feraient mieux de me remplacer, l'une des réceptionnistes m'a fait comprendre que les prochains jours n'allaient pas être de tout repos à présent que deux membres du corps médical se retrouvaient aux abonnés absents au même moment.

« Ah bon ? avais-je répondu. Qui est la deuxième personne ? »

Dès qu'elle a prononcé le nom de Catherine, j'ai su. Mon cœur s'est mis à battre furieusement dans ma poitrine. Mon cerveau s'est emballé. C'est alors que j'ai commencé à courir en direction de la voiture, sans aucune pensée pour le billet d'avion que je venais d'acheter et le corps de mon père qu'il me fallait récupérer. Je n'avais plus qu'une idée en tête : rentrer à la maison. Retrouver Lizzie.

Le reste, comme on dit, appartient à l'histoire.

J'ai sous-estimé Lizzie aussi. Elle est plus forte que je ne le pensais.

56

Mercredi 25 décembre 2019

Je suis assise par terre, au milieu du salon de mes parents, entourée de papiers cadeaux aux couleurs vives. Toby gazouille de satisfaction tandis que papa balance un morceau de ruban rouge devant lui comme s'il s'agissait d'un chaton prêt à se jeter dessus. Toby est installé entre les jambes de papa, les lumières du sapin de Noël se reflétant dans ses yeux. Ce n'est pas tout à fait la petite fille que j'attendais – on ne peut pas dire que j'ai eu le nez à ce sujet –, mais mon amour pour lui est absolu, et ce depuis le moment où j'ai posé mes yeux sur lui pour la première fois. Je ne l'échangerais pour rien au monde.

Papa soulève le bras droit de Toby et lui fait faire un signe de la main. Il porte un de ces pulls de Noël ringards avec une tête de renne sur le devant. Maman lui a offert pour plaisanter. Elle nous achète toujours des choses amusantes en plus de nos véritables cadeaux. Pour ma part, j'ai eu droit à une paire de pantoufles d'elfe aux extrémités recourbées et serties d'une clochette.

Nous n'avons pourtant pas autant ri que d'habitude. En fait, nous n'avons presque pas ri du tout. Nous avons simplement fait comme si de rien n'était. Que pouvions-nous faire d'autre ? Par ailleurs, c'est le tout premier Noël de Toby et, bien qu'il ne soit âgé que de quatre petites semaines et qu'il n'aura aucun souvenir de cette journée, nous, nous nous en souviendrons. Parce que d'une certaine manière, c'est aussi *notre* premier Noël. Notre premier Noël en tant que famille, certes brisée, mais une famille quand même.

Je leur *pardonnerai* avec le temps. Je pense qu'une partie de moi l'a déjà fait. Ce sont mes parents, après tout, et je les aime. Rien de tout cela ne serait arrivé s'ils n'avaient pas eu envie d'avoir un bébé. Si maman n'avait pas pris les choses en main et couché avec Mick Dawson pour parvenir à ses fins. Si papa ne l'avait pas tant aimée et n'avait pas compris son besoin désespéré d'avoir un enfant à elle. S'il n'avait pas été assez altruiste pour ravaler sa fierté et devenir mon père de substitution. Mon *vrai* père. Parce que, avouons-le, peu importent les liens du sang, c'est ce qu'il est. C'est ce qu'il a toujours été.

Quelles que soient les motivations malavisées qu'ils avaient pour ne pas me dire la vérité, je dois accepter le fait qu'ils pensaient agir pour les bonnes raisons.

Ce qui n'était pas le cas de Ross.

Mes orteils se contractent dans leurs stupides chaussons d'elfe. Je me suis promis de ne pas penser à lui aujourd'hui, mais comment faire autrement ? L'esprit a le don de vous rappeler des choses que vous préféreriez oublier. Une autre lettre de la prison de Wormwood Scrubs est arrivée la semaine dernière. Il y raconte la même chose que dans la précédente, mais cette fois il a inclus une longue confession, écrite comme une histoire, pour que je comprenne exactement comment les choses en sont arrivées là. *Pourquoi* elles en sont arrivées là. Je ne l'ai pas encore lue, mais je le ferai un jour ou l'autre.

Son explication changera-t-elle mes sentiments à son égard ? D'une certaine manière, j'en doute. Parce que l'homme dont je suis tombée amoureuse n'existe pas. Il est le fruit de mon imagination et ne doit son existence dans ma vie qu'au petit plan sournois de Catherine. Il est la projection de mes propres désirs romantiques.

Quand ils l'ont emmené à la fin du procès, j'ai eu pitié de lui, naturellement. La prison doit être une expérience épouvantable. Mais dans cette salle d'audience, j'avais l'impression de me tenir face à un étranger.

Je n'ai jamais connu Ross Murray.

J'aime imaginer le genre d'homme qu'il *aurait pu* être, s'il n'était jamais allé vivre chez sa tante Jessie à Riley Road. S'il n'avait jamais rencontré Catherine Dawson et ne lui avait jamais succombé. Parce que j'ai eu un aperçu de cet homme. Il était toujours là, quelque part. Et cet homme m'aimait. Je dois le croire.

J'en suis même *convaincue.*

Je ferme les yeux et je me force à ne pas penser à ses mains autour du cou de Catherine. Si seulement il avait été assez fort pour lâcher prise. Pour me porter dans la voiture et la laisser partir. Avec le temps, je serais peut-être parvenue à lui pardonner. Pas suffisamment pour rester avec lui mais assez pour le laisser voir son fils de temps en temps, pour rester présent dans sa vie. J'aurais aussi pris sa défense si elle avait mis ses menaces à exécution en l'accusant d'agression sexuelle ou pire.

Une nouvelle bouffée d'horreur m'envahit quand je revois le visage de Catherine gonflé par l'afflux soudain de sang, ses yeux sans vie et fixes. Mon psy recommande de me lancer dans une activité physique chaque fois que mon esprit me force à revivre ce moment. Me rejoue la scène encore et encore. Je me lève donc et commence à ranger les morceaux de papiers cadeaux qui jonchent encore le sol. Je plie les morceaux pouvant être recyclés et forme un petit tas que je mets de côté. Mon monde a peut-être changé au point d'être méconnaissable, mais la vie continue. Il le faut. Et parfois ce sont de petites tâches comme celles-ci qui me permettent de rester saine d'esprit. Qui font taire le bruit dans ma tête.

Papa me regarde, un mélange de tristesse et de fierté dans les yeux. Il m'a dit que ça ne le dérangerait pas si je décidais de contacter Mick Dawson dans les temps à venir. Si je ressentais le besoin de lui parler et de lui dire que je savais. Mais je n'en ai pas envie. Je sais que je ne peux pas parler pour mon futur moi, mais je suis presque sûre que je ne changerai pas d'avis. C'est une des raisons pour lesquelles je ne suis pas allée à l'enterrement de Catherine. Parce que je ne voulais pas le voir, et je ne pense pas que lui et Sheena auraient voulu que je sois là de toute façon. J'étais avec leurs deux filles quand elles sont mortes. Je n'arrive toujours pas à me faire à cette idée, alors la plupart du temps, je n'essaie même pas.

Papa et maman voudraient que je retourne vivre avec eux de façon permanente, mais j'ai refusé. Ce serait tellement facile de les laisser continuer à s'occuper de nous, de rester dans ce petit cocon d'amour. Mais après tout ce qui s'est passé et la situation dans laquelle je me trouve aujourd'hui, je sais qu'il est temps pour moi de vivre seule et d'être enfin indépendante.

Si Ross n'avait pas insisté pour transférer les titres de propriété de la maison de Charlton à mon nom, je n'aurais pas été en mesure de refuser. Mais maintenant que la paperasse est enfin terminée, je vais mettre la maison en vente et acheter un endroit à moi ici, à Dovercourt. Je serai assez proche de mes parents pour qu'ils puissent faire partie de nos vies et voir Toby grandir, mais nous ne serons pas non plus ensemble à longueur de temps. En tout cas j'y veillerai.

Papa ne voulait pas que je m'occupe de la maison de Ross au début, puis il a fini par se faire à l'idée. « Tu as raison », m'avait-il dit. « Je ne vois pas pourquoi il ne soutiendrait pas son enfant financièrement. Il vous doit bien ça, à toi et à Toby. Pour ce qu'il a fait. Tant qu'il ne se met pas dans la tête qu'il aura un quelconque droit sur vous quand il sortira de prison. Parce que s'il s'approche de toi ou de Toby, je... je... »

Il fut un temps où il aurait pu dire quelque chose comme : « Je le tuerai de mes propres mains », mais vu les circonstances, il n'a pas pu finir sa phrase.

Ça ne va pas être une partie de plaisir de retourner dans cette maison, mais je dois le faire si je veux aller de l'avant. Je dois rassembler le reste de mes affaires et tout ranger pour que les agents immobiliers puissent prendre leurs photos. Papa a déjà acheté la peinture pour couvrir les taches dans le couloir.

Une fois que j'aurai retrouvé un certain équilibre, je m'inscrirai à l'université locale. Dans l'idée, je suivrai un cursus d'anglais à temps partiel.

En attendant, Toby et moi allons camper dans mon ancienne chambre. Ça me donnera le temps de m'habituer à être maman.

Que lui dirai-je lorsqu'il sera en âge de comprendre ? Quoi qu'il en soit, j'ai déjà pris la décision de lui dire la *vérité*. En partie, du moins. Je lui dirai qu'il était une fois, j'avais deux sœurs, Alice et Catherine, mais qu'elles sont mortes toutes les deux. Qu'il fut un temps où j'aimais son père tellement que je voulais être sa femme, mais il s'est avéré qu'il n'était qu'un menteur et un meurtrier. Voilà la vérité, aussi laide soit-elle.

Je déglutis avec peine. Parce que voilà le truc : moi aussi je ne suis qu'une menteuse. Et presque certainement une meurtrière. Irai-je jusqu'à lui dire ça ? Quelque part, je ne le pense pas. Nous avons tous fait des choses dont nous ne sommes pas fiers. Des choses que nous préférerions enfouir loin dans notre mémoire.

Maman nous appelle depuis la cuisine. Elle veut que j'installe Toby dans sa chaise bébé et que papa découpe la dinde. La table est déjà dressée. J'ai prêté main-forte à ma mère plus tôt, pendant que Toby faisait sa sieste. Sur la table, quatre biscuits de Noël attendent d'être mangés. Un pour chacun de nous, dans cet étrange petit groupe que nous appelons une famille.

— Tiens, ma puce, dit papa en me tendant Toby comme le précieux cadeau de Noël qu'il est.

Je le prends dans mes bras et embrasse sa petite tête duveteuse tandis qu'il renifle dans mon cou. Quand je pense que j'ai failli le perdre… Que maman a failli me perdre aussi.

Mon Toby chéri. Mon petit garçon. Nous formons une équipe à présent, tous les deux… Et nous sommes tellement plus forts que nous en avons l'air.

Trois mois plus tard

Je m'attendais à ce que l'endroit n'ait pas changé, mais je me trompais. Cette affreuse passerelle de béton et d'acier est nouvelle et il me faut un certain temps pour accepter ce changement et le concilier avec l'image que j'avais dans ma tête depuis toutes ces années. L'image qui hante mes rêves. Une parmi toutes celles qui continueront de me hanter à jamais.

C'est papa qui a suggéré que nous venions ici. Pour m'aider à faire mon deuil, a-t-il dit, bien que je ne sois pas certaine qu'une chose pareille soit possible. Il ne m'a pas accompagnée sur la passerelle. Il attend en bas des marches, portant Toby dans le porte-bébé. Il y a tout juste un an, Toby avait la taille d'un pépin de pomme. Je ne savais même pas que j'étais enceinte. À présent il pèse six kilos et parvient à se hisser sur ses bras quand il est couché sur le ventre.

J'imagine à quel point il se sent bien, blotti contre la poitrine large et chaude de mon père, et je me demande si c'est comme ça que papa me portait autrefois. La petite fille qui n'était pas à lui, mais qu'il aimait de tout son cœur. Qu'il aime toujours.

Je m'arrête et passe mes doigts dans le filet en acier installé pour empêcher les gens de s'élancer ou les enfants téméraires de descendre. Je ne peux pas poser les fleurs que j'ai apportées avec moi sur les rails comme j'avais prévu de le faire, mais c'est peut-être mieux ainsi.

J'ose à peine imaginer dans quel état je serais s'il n'y avait pas ce treillis métallique devant mes yeux.

Je pose mon front contre l'acier froid et porte le regard vers le bas. Je ne pourrai pas m'approcher davantage de l'endroit où l'accident s'est produit. Ma respiration s'accélère et j'ai le souffle court.

Quelque part au-dessus de ma tête, un corbeau pousse un cri et je bascule dans le temps, luttant avec Alice sur les rails. Cette bagarre, je ne l'ai pas rêvée. Elle a véritablement eu lieu et je la revis à présent. Mon monde a convergé vers cet instant précis dans le temps et l'espace. Tour à tour, nous nous bousculons avec force, fendant l'air de nos mains dans l'espoir d'atteindre une parcelle de chair. Nous perdons l'équilibre au ralenti, nos bras tournoyant dans le vide, nos jambes se dérobant sous nous. Bouche ouverte, nos visages affichent un mélange de concentration et de surprise.

Notre drôle de danse semble durer éternellement, comme si retrouver l'équilibre n'était qu'une question de temps et de réajustement du corps. Éclairés par le soleil, les rails brillent d'une lueur vive et argentée. Son visage est si près du mien que je peux voir la veine bleue en relief qui palpite sur sa tempe. Le rose brut au fond de sa gorge.

D'autres souvenirs émergent de l'obscurité. Est-ce que c'est ce qu'ils sont ? Des souvenirs ? Ils sont bien trop réels pour sortir tout droit de mon imagination. Bien trop familiers. Comme des fantômes longtemps réprimés.

Je me suis longtemps interrogée sur tous ces morceaux manquants de ma vie, les choses qui m'arrivaient avant les crises. J'avais l'habitude de prier pour que les souvenirs remontent car d'une certaine manière, le tableau serait complet et je serais à nouveau entière. Mais que faire si une de ces choses dont je ne me souviens pas est trop horrible pour être envisagée ? Ne serait-il pas mieux de ne *jamais* se souvenir ?

Mes doigts se resserrent et je prends appui contre la cage d'acier, luttant pour que mes pensées reviennent à l'instant présent. Cela n'a pas pu se passer ainsi. Pitié, mon Dieu, dites-moi que ce n'est pas possible ! Je l'ai peut-être détestée à ce moment-là, mais je ne l'aurais jamais poussée. Je n'aurais pas pu !

Elle a le regard possédé, la voix stridente, comme dans les cauchemars qui m'ont tourmentée toute ma vie. Ma prise se resserre et la maille d'acier s'enfonce dans la pulpe de mes doigts alors que la scène se joue dans mon esprit. Je me déchaîne sur elle, frappant ses bras et son visage. Elle essaie de m'attraper, mais je me débats avec trop de force. Je n'entends pas le son de sa voix, seulement un bourdonnement de plus en plus fort. Au point que j'ai l'impression qu'il provient de mes entrailles. Pourtant, je sais qu'elle est toujours en train de crier. Je peux voir le trou noir et béant de sa bouche. La peur dans ses yeux. La peur.

Mon estomac se tord violemment et je me penche pour cracher la bile qui a envahi ma bouche sur le béton entre mes pieds, espérant que papa soit trop préoccupé par Toby pour remarquer ce qui se passe. Je jette un coup d'œil vers lui, soulagée de voir qu'il a le dos tourné et qu'il se balance doucement d'un côté à l'autre. Il est probablement en train de chanter une berceuse à Toby, mais je ne peux pas l'entendre de là-haut.

Tout ce que j'entends, c'est un étrange sifflement qui n'est pas, comme je l'ai d'abord pensé, le vent sifflant à travers les arbres, mais le son des battements de mon propre cœur amplifié dans mes oreilles.

Je me laisse tomber à genoux, des larmes chaudes coulant le long de mes joues, le nez bouché. Enfin, je comprends ce que mon subconscient a essayé de me dire pendant toutes ces années. Je n'ai pas poussé Alice. Nous ne nous battions pas du tout. Nous nous disputions, oui. Une prise de bec enfantine qui a dégénéré.

C'était peut-être le stress de la dispute, mais j'ai dû trébucher sur les rails dans ces quelques minutes surréalistes qui ont précédé la crise. Ces brefs instants où le corps et l'esprit se séparent, où la conscience vacille et s'estompe. Tout ce que nous avons pu nous balancer à la figure juste avant a soudain perdu tout intérêt. Cela n'a jamais eu un quelconque intérêt. Il y avait bel et bien de la peur dans *ses yeux* pendant que nous nous débattions. Mais elle n'avait pas peur *de* moi comme je m'y attendais. Non, elle avait peur *pour* moi.

Je ne me suis jamais battue avec elle sur ces rails. J'ai été victime d'une crise et Alice a essayé de me sauver. Elle a toujours fait attention à moi, s'assurant que j'allais bien. D'une manière ou d'une autre, elle a trouvé la force de me pousser sur le côté. Et c'est là que j'ai finalement atterri.

Mais c'était trop tard pour Alice.

Toute ma vie, j'ai voulu avoir une sœur. Cela explique-t-il pourquoi nous sommes toutes les deux devenues amies si rapidement ? Y avait-il un fil invisible nous reliant depuis le début ? Était-ce pour cette raison que notre amitié semblait si naturelle, si juste ? Tous les rires que nous avons partagés. Tous les jeux. Si seulement je n'avais pas vu cette ébauche de sourire sur ses lèvres. Si seulement elle n'avait pas laissé entendre qu'elle avait un secret, nous n'aurions jamais commencé à nous disputer en premier lieu. Mais une fois de plus, j'ai laissé ma stupide jalousie prendre le dessus et j'ai commencé à lui crier dessus. À lui dire des choses horribles et méchantes.

Aujourd'hui, bien sûr, je sais exactement pourquoi elle souriait. Catherine avait rompu son silence long de treize ans et avait dit à Alice tout ce qu'elle savait. Elle lui avait dit que nous étions sœurs. Et moi qui étais persuadée qu'elle jouait les mystérieuses à cause de Dave Farley, bouillonnant de jalousie et de colère, alors que pendant tout ce temps elle essayait simplement de trouver la bonne façon de me dire que nous étions liées.

Alice était excitée. Aux anges. Tout ce qu'elle voulait faire, c'était partager la nouvelle.

Alice, ma meilleure amie.

Alice, ma sœur.

Remerciements

Merci, Amanda Preston, d'être l'agente la plus gentille et la plus intelligente que je connaisse. Rien de tout cela ne serait arrivé sans toi. Merci aussi à Hannah Schofield et Alison Bonomi chez LBA Books, pour tout ce que vous faites en mon nom, ainsi qu'à toutes les personnes qui travaillent dur à l'ILA pour vendre mes droits à l'étranger.

Je voudrais exprimer toute ma gratitude envers mon équipe éditoriale britannique : Sarah Adams, Alison Barrow, Imogen Nelson, Kate Samano, Sarah Day, Julia Teece, Richard Ogle (l'homme qui trouve toujours la couverture parfaite), et tous les autres membres de Transworld. Je suis profondément honorée d'être publiée par un groupe de personnes aussi talentueuses et créatives.

Je suis également redevable à mes éditeurs américains. C'est un privilège de travailler avec Anne Speyer, Kathleen Quinlan, Allyson Lord, Jesse Shuman, Kim Hovey et tous les autres chez Ballantine, à New York. J'apprécie énormément votre enthousiasme pour mes livres.

Comme toujours, cependant, mes plus sincères remerciements vont à mon mari, Rashid – mon meilleur ami et allié, mais aussi cascadeur occasionnel pour avoir joué diverses scènes d'action avec moi afin que je sache comment les décrire.

Dernières parutions

Domaine étranger

Alexandra Andrews
L'Énigmatique Madame Dixon

Jeffrey Archer
Ni vu ni connu

Anja Baumheier
La Liberté des oiseaux

Anne Glenconner
Dame d'honneur

Elin Hilderbrand
Un été à Nantucket

Victoria Hislop
Cette nuit-là

Gilly Macmillan
Pour tout te dire

Lydia Millet
Nous vivions dans un pays d'été

Ariana Neumann
Ombres portées

Olivia Potts
Une année douce-amère

Esther Safran Foer
Sachez que nous sommes toujours là

Alexis Schaitkin
Un si joli nulle part

Domaine français

Catherine Bardon
Un invincible été

Fabienne Betting
La Théorie des poignées de main

Nicole Giroud
Par la fenêtre

Caroline Laurent
Rivage de la colère

Osvalde Lewat
Les Aquatiques

Marie-Diane Meissirel
Les Accords silencieux

Ivan Nabokov et Philippe Aronson
La Vie, les gens et autres effets secondaires

Grégory Nicolas
Les Fils du pêcheur

Roland Perez
Ma mère, Dieu et Sylvie Vartan

Emmanuel Pierrat et Joseph Vebret
Ernestine ou la justice

Anne de Rochas
La Femme qui reste

Akli Tadjer
D'amour et de guerre

Pour en savoir plus sur l'actualité des Escales,
vous pouvez consulter notre site Internet
www.lesescales.fr
et nous suivre sur les réseaux sociaux

Editions Les Escales

@LesEscales

@LesEscales

Achevé d'imprimer par
Normandie Roto Impression s.a.s.
N° d'impression : 2106854
Imprimé en France